Dud em Piljerdom

Simone Lucas

Die Autorin

Simone Lucas lebt als Autorin mit Familie und Hund im Bergischen Land, geboren wurde sie in Köln. Sie schreibt Bücher über Politik und Wirtschaft.

www.simone-lucas.de

info@simone-lucas.de

Dud em Pilgerdom

Simone Lucas

BÜCKEN
SULZER

Übersetzung ins Kölsche nach Art der Übersetzerin und des Lektors.

Die Geschichte ist frei erfunden. Ähnlichkeiten mit lebenden oder verstorbene Personen sind rein zufällig.

2019 by Bücken & Sulzer Verlag, Overath
Alexander Bücken
1. Auflage

www.buecken-sulzer-verlag.de

Layout, Satz : Tom Schneider
Covergestaltung: Sandra Fritsch

Druck und Bindung
Print Group Sp. zo.o; Szczecin;Poland

ISBN 978-3-947348-20-4

Liebe Leserin, lieber Leser,

Sie halten den ersten Krimi auf Kölsch in den Händen. Eine echte Premiere! Kurzgeschichten, Anekdoten und Witze auf Kölsch, sicher, das gibt es, aber eben nicht einen ganzen Krimi. Sie mögen einwenden, dass es doch viele Krimis gibt, die in Köln spielen. Die aber sind alle auf Hochdeutsch verfasst. Deswegen gebührt der Übersetzerin ein großes Lob für ihre Pionierarbeit!

Der vorliegende Krimi ‚op Kölsch' spielt in Köln und im Bergischen Land, dem Naherholungsgebiet der Kölner. Da das Buch in einem Verlag im Bergischen Land veröffentlicht wurde, kamen bisher nur die Menschen dort in den Genuss des Krimis. Weil sich das Buch im vergangenen Jahr in sehr kurzer Zeit zum Bestseller entwicklete, kam der Kölner Übersetzerin Lis Sühs die Idee, auch den Kölnern diesen Krimi zur Verfügung zu stellen - und zwar auf Kölsch. So knöpfte sie sich den Text vor. Die ersten Seiten wurden übersetzt. Dabei merkten Autorin, Übersetzerin und später auch der Lektor, wie das Kölsche dem spannenden Krimi noch mehr Schwung und Witz gab, weil man manche Dinge eben einfach nur auf Kölsch sagen kann. Das werden Sie beim Lesen, Lachen und sich Gruseln merken.

Um das Verständnis der kölschen Sprache erheblich zu vereinfachen, haben wir uns zum einen entschlossen, mit ‚Knübbelchen', hochdeutschen Einsprengseln, zu arbeiten, und zum anderen in Fußnoten Wörter und Redewendungen kurz zu erklären. So sind die Erläuterungen direkt auf der Leseseite zur Hand und der Lesefluss wird nicht gestört. Auf den letzten Seiten finden Sie zudem eine Liste von Wörtern, die sich oft wiederholen und daher nicht in den Fußnoten aufgeführt werden, weil sie zu den ‚Basics', den Grundlagen, der kölschen Sprache gehören.

Autorin, Übersetzerin und Lektor hatten viel Mühe, aber auch eine Menge Spaß beim Übersetzen und haben dabei die kölsche Sprache mit all ihren Besonderheiten, ihrem Witz, und dem ganz besonderen Umgang mit allem Menschlichen, die die kölsche Sprache auszeichnet, nochmals ganz neu entdeckt. Diesen Spaß mit dem Kölschen in Kombination mit einem spannenden Krimi wünschen wir auch Ihnen beim Lesen!

Simone Lucas

Vörop e Wood ...

Üvverlat, jeschrevve un widder jeändert. Esu fing dat an. An dä Sätz eröm jeknuv, dä ein e oder andere Diskösch durchjestande. Ja un dann? Dann woodt einfach de Reißling jetrocke, söns wör dat Boch och jetz noch nit fädisch.

Op eimol woodt et janz locker. Et leef us de Fedder, Wood an Wood, Satz an Satz. Zweschedurch fließich rechercheet, eröm jefroch und telefoneet, et soll jo alles stemme un richtich sin. Et wor en schön Zick, vör allem, wenn mänch einer met Rotschläch, Tipps un Informazijone ärch helfe kunt. Doför muss jedank wäde, wat mer hemet dun.

Un wie alles fädich wor, han mer dä Krimi noch ens selver jelese un mer müsse sage, hä hät uns ärch jot jerfalle. Esu soll et Üch, leev Leserin, leeve Leser, och jon. Dat wünsche üch vun Hätze

Lis Sühs un Hubät Groß

Üvversetzerin un Lektor

Dä Orjanis jrief met Elan en de Taaste. E Jeföhl voll Freud erfüllt in. Hä hät dat Huhamp[1] von Hätze jähn, besonders am Dach vun dä Unbefleckten Empfängnis.[2] *Ach, wat für en Bühn! Endlich kann hä zeige, wat hä drop hät!*
Hä spillt Bach un versink en de Musik. Toccata un Fuge en d-Moll, dat bedügg hühste mentale Konzentrazijon un Anspannung em Liev.[3] De Föß[4] fleege üvver de Pedale, sing Finger beröhre em flöcke Rhythmus de Taaste. De Orjelsklang schwillt an un wäd luuter,[5] erfass en jänze dä sakrale Raum. Obwohl hä ovven op dä Empore setz, spört hä wie de Minsche unge in dä Bann vun dä Musik jerode.[6] En Musik wie gemaht um Jott,[7] dä Allmächtije zo ihre.
Elena mät de Auge zo.

---

[1] Huhamt = Hochamt
[2] Unbefleckte Empfängnis = kirchlicher Feiertag, zu Ehren der Mutter Gottes
[3] dat bedügg hühste mentale Konzentrazijon un Anspannung em Liev = das bedeutet höchste mentale Konzentration und Anspannung im Körper
[4] de Föß = die Füße
[5] luuter = lauter
[6] ovschüns hä ovven op dä Empore setz, spört hä wie de Minsche unge em Kirchescheff in dä Bann vun dä Musik jerode = Obwohl er oben auf der Empore sitzt, spürt er, wie die Menschen unten im Kirchenschiff in den Bann der Musik geraten
[7] Jott = Gott

Wie schön doch de Adventszick en Dütschland es! Ävver janz anders wie en Spanie. Do mät mer Party, Böller un en janz jroße Lotterie an Chressdach.[8] *Wie feerlich es dojäje de Zick em Bergischen Land! Do hängk mer Kränze an de Dürre, op de Holzdesche kumme Dannezappe met Dannejrön, leckere Plätzjer met Anis, Nöß un Spretzgebäck. He drink mer dozo ne heiße Kaffe us dä Dröppelminna,*[9] *nem ahle Zinnjefäß, us däm dä janz fresch opjebröhte Kaffe in die blowieße Kaffetasse dröppelt. Jo, feerlich un heimelig schön es et dann he. En janz besondere Zick.*

Elena höt dä Musik met Andaach zo. Se mät ehr Hoffnung. Et wor jod jewäse[10] met ehrem Broder Felipe noh Dütschland zo kumme wie se en zom Pastur en Marialinden jemaat han. Et es kein Wunder, dat se de Pastürsch[11] us fäne Länder holle, denn et jitt beinoh kein mih, die dä Job maache well.

Jewess, zoeehsch[12] wor et nit einfach för dä Felippe. Hä wood schääl anjeloort,[13] ävver wie hä anfing zo prädije, do kunt hä viel Lück[14] för sich jewenne. Hä

---

[8] Chressdach = Weihnachten

[9] Dröppelminna = Zinngefäß auf der Bergischen Kaffeetafel

[10] et war jot jewäse = es war richtig gewesen

[11] Pastürsch = Pastöre, Geistliche

[12] zoeehsch = zuerst

[13] schäl anjeloort = schief angeguckt

[14] Lück = Leute

sproch vun de Leev zo däm Nöchste,[15] dat mer verzeihe künne muss un vun Jemeinsamkeiten en dä ungerscheedliche Weltreligione. Janz wie dä neue Paps Franziskus. Dat hät sich bis nom Äzbischof eröm jesproche.
Doch Felippe hät allemol esu en singer Aat zo dä Minsche jesproche,[16] do wor dä neue Paps noch nit em Amp. Ävver e paar Minsche woren domet nit enverstande. Et jitt Kirchemetjlidder die et tradizijoneller möje.
De Orjelmusik höt op.
Elena mät de Auge op un loort no ehrem Broder am Altar, dä jrad de Wandlung zelebreere deit. Dä Weihrauch hängk en ner decke, wieße Wolk üvver däm Altar.Wie ehre Broder de Kelch in de Hüh hiv, süht it, dat hä janz kiesig im Jeseech es un de Ping im em Jeseech jeschrevve steit.[17] Trotzdäm sprich hä de Wandlungswöder:

---

[15] de Leev zo däm Nöchste = die Nächstenliebe
[16] Felippe hät allemol esu en singer Aat zo dä Minsche jesproche = Felippe hat immer so in seiner Art zu den Menschen gesprochen
[17] Wie ehre Broder de Kelch in de Hüh hiv, süht it, dat hä janz kiesig im Jeseech es un de Ping im em Jeseech jeschrevve steit = Als ihr Bruder den Kelch in die Höhe hebt, sieht sie, dass er ganz käsig im Gesicht ist und der Schmerz ihm ins Gesicht geschrieben steht

»Nehmet und trinkt alle daraus. Dies ist der Kelch des neuen und ewigen Bundes, mein Blut, das für euch und für alle vergossen wird.«
En dem Moment fällt im dä Kelch us de Häng un kraach op dä Kircheboddem. Felippe kipp vürneröver op dä Altar, dä met wieße Lingedöcher afjedeck es.

2

Kommissär Oliver Böll brasselt nervös am Radio eröm. Hä drieht von WDR 2 no WDR 5 un widder zoröck. De Musik jefällt im janit, se mät in janz kribbelich.[18] Un dä Verzäll es och nix. Et jitt ävver och nix, wat im de Langewiehl verdriev, sulang dä Stau dore deit.[19]
Herrjott noch eimol!
Hä haut mit dä Häng op et Lenkrad.
Allemol dä ewige Stau!
Zickdäm Oliver Böll vun Kölle no Jläbbisch[20] versatz wode es, steit hä bloß noch em Stau. Morje för Morje zwesche sibbe und nüng Uhr jet janix mih. En Kölle un

---

[18] mät in janz kribbelich = macht ihn ganz nervös
[19] dore deit = dauert (dauern tut)
[20] Jläbbisch = Bergisch Gladbach

en dä Jäjend eröm sin de Stroße all verstopp. Un am späde Nommedach jeit dat jliche Spill noch ens loss.

Nä, et es nix zo maache!

Pö a pö[21] rollt dä jröne Opel vör im wigger. Kommissär Böll leet de Kupplung zo flöck[22] kumme un würch de Motor af. Wödich krallt hä sing Häng öm dat Lenkrad, dat ne janz finge Ledderüvverzog hät. Dat es e Präsent von singer Frau, domit sing Häng och en dä kalde Johreszick öntlich wärm blieve. Met einem Mol jitt dä Motor singe Jeis op.

Och dat noch!

Tirek[23] fängk hinger im de Huperei an. Hä versök et allemol,[24] ävver dä Motor bliev stell. Op emol flupp et doch[25] un hä kann widder Jas jevve. Hä läd de ehschte Jangk eren un fäht loss. Jlich an dä nächste Affahrt fäht hä rächs erus.

Nur eraf vun dä verstoppte Autobahn! Rösrath! Jo, och jot.

Wie vun Jeisterhand jelenk, fäht hä nit en et Kommissariat no Jläbbich, sondern op ene Parkplatz em Königsforst. Dä Wald dämp noch vun dä föchte Naach. Böll holt düchtig Luff un föhlt sich alt besser.

---

[21] pö a pö = langsam
[22] zo flöck = zu schnell
[23] tirek = sofort
[24] hä versök et allemol = er versucht es immer wieder
[25] op emol flupp et doch = auf einmal klappt es doch

Hä schleit[26] dä Mantelkrage vun singem Burberrymantel huh - och e Jeschenk von singer Frau - un mascheet mit flöckem Schrett en de Waldwäch eren. De fresche Luff deit im jot un hiev sing Stemmung.

Ich muss janz flott ne andere Lösung finge!

Villeich e Zimmer in Jläbbich nemme? Jeden Dach dä Stau – dat mät enem op Dor de Nerve kapott![27]*Dann maach ich leever unger de Woch Üvverstunde un jökele*[28] *ab Friedach no Huus zor Familich. Dann han ich och en janz entspanntes Wochenengk... Jo, dat es besser wie esu jereiz ovends no Huus zo kumme!*

Janz zo fredde met singem Entschloss jeit hä met neuem Schwungk en dat Waldcafé. Et süht jet plüschich us, ävver et jefällt im. Hä setz sich un bestellt en heiße Schokolad met vill Sahne drop. Dann jrief hä zom hiesige Kiesblättche[29] un loort de Wonnungsanzeige durch.

Et Handy klingelt. Sing Frau es dran.

»Hallo Leevster.« De Stemm vun singer Frau höhrt sich zuckersöß an.

Wann se su ne Ton annemmp, hät se jet för! Dann es jet em Busch!

---

[26] hä schleit = er schlägt

[27]dat mät enem op Duur de Nerve kapott = das macht einem auf Dauer die Nerven kaputt

[28] jökele = fahren

[29] dann jrief hä zom Kiesblättche = dann greift er zur Zeitung

»Hallo,« sät hä un wad jespannt af, wat se vun im well.

»Oliver, ich setze he mem Traudche zosamme, du weiß jo, et Traudche hät Verwandte em Berjischen Land.«

»Aha...,« sät hä un wad af, wat do noch kütt.

»En Tant vum Traudche wonnt op enem Landjot en Overath-Linde, su etwa en halve Stund fott vun Jläbbich.« De Stemm singer Frau es su weich wie Sammet.[30]

»Dat es schön för de Tant«, brummt Böll, emmer noch muss hä schwer op dä Hot sin,[31] wat sing Frau vun im well. Esu fröch hä jereiz:[32]

»Jo, un…?«

»Se vermeede Zemmer. Och op Dor.«

Böll es vun de Söck! Sing Frau kann Jedanke lese! Nit zom ehschte Mol kütt se em bei singe Planunge zovör.

»Loor se dir bitte ens an!« Un zo jode Letz meint se noch: »Dat hin un her es doch kein Lösung.«

Böll es durchenein, hä weiß nit, wat hä dovun halde soll. *Well se in loswäde? Oder hät se einfach metjedaach?*

Op de nit usjesprochene Froch, sät sing Frau:

---

[30] weich wie Sammet = so weich wie Samt

[31] muss hä schwer op dä Hot sin = muss er schwer auf der Hut sein = aufpassen

[32] esu fröch hä jereiz = so fragt er gereizt

»Nä, Liebelein, ich well dich nit usem Huus jage, sondern ich well bloß ding Nerve schone.«
Se jitt[33] im de Adress un hängk en.

3

Dat loore ich mer tirek an,[34] denk Böll un fäht noh däm Jot.[35] En et Kommissariat kann hä och noh dä Meddachspus fahre. Em Büro wesse se suwiesu, dat hä off wäje däm Stau, kütt un jeit wie et sich jrad erjitt.[36]
Böll es jespannt, wat in op däm Landjut erwade dät.
De Landschaff jedenfalls es sensazijonel!
Sanefte Hüvvel[37] so wick dat Auge reich. Dä Fröhnevvel hängk noch en dä Däler un de Sonn steit deef un blängk in.[38]
Et süht he us wie en dä Toskana. *Ech schön!*
Hä klemmp us däm Auto un streck sing Jlidder.

---

[33] jitt = geben
[34] tirek = sofort
[35] Jot = Gut
[36] kütt un jeit wie et sich jrad erjitt = kommt und geht, wie es sich gerade ergibt
[37] sanefete Hüvvel = sanfte Hügel
[38] blängk in = blendet ihn

Overath-Linde. Vun dä Kilometer her es et fass jenau esu wick fott wie vun Jläbbich noh Ihrefeld.[39] *Dat se sich dat nit winnichstens ens op de Kaat anjeloort hät!*[40] *Ävver jot, villeich es et jet flöcker, wann hä üvver de Landstroß jökelt.*

Böll steit vör nem langjestreckte Fachwerkhuus. Dat Jebäude es ärch alt. Hä tipp op et 15. Johrhundert. Dä Enjang es met elejante, zo Kugele jeschnedde Buchsbäumche jeschmöck. An dä Dör jitt et kein Schell un su trick hä an dä Jlöckche, die rächs nevve dä dunkele, met nem jroße Adventskranz behangene Huusdör fass jemaat sin.

Nix dät sich.

Böll jeit e paar Schredde zoröck un röf:

»Frau vun Eschborn«, dä Name, dä im sing Frau jenannt hät!

Widder kein Antwoot.

Böll jeit öm et Huus eröm un süht ene Park met nem kleine Weiher hingerm Huus. Hä bliev ston.[41] De Nevvelschwade löse sich em jrelle Sonneleech op.

Wat für ne dolle Usbleck!

Nur met janz vill Möh rieß hä sich vun däm Natorschauspill loss un jeit wigger op dat Huus zo. Op

---

39 Ihrefeld = Köln-Ehrenfeld

40 op de Kaat anjeloort hät = auf der Karte angeschaut hat

41 hä bliev ston = er bleibt stehen

dä Terrass loort hä durch jroße Jlasschieve un süht ne Saal met fesslich enjedeckte, runde Desche un Stöhl, die met Husse bestöck sin. Böll jeit e paar Schredde zoröck. Singe Bleck jeit an der Ussemor[42] huh. Dat Huus hät zwei Etage. Brunge Holzbalke stötze de wieße Mor, un jevve däm Huus dä typische Scharm[43] vun nem Fachwerkhuus. Noch ens röf hä:[44]

»Frau vun Eschborn!«

Widder nix.

Entschlossen höllt hä sing Handy us dä Täsch, öm se anzurofe. Justemang[45] jeit en Dör op, die dä Kommissä noch nit jesin hät,[46] weil en jroße Zypress dozwesche es. Vör im steit en adrette, äldere Dam und loort in frogend an.

»Sid ehr dä Bräutijam?«[47]

»Ich? Nä, öm Jotteswelle!«,[48] stoddert Böll betrodde.

»Dann sid ehr dä Brautvatter?«

»Och nit.«

---

[42] Ussemohr = Außenmauer

[43] Scharm = Charme

[44] noch ens röf hä = nocheinma ruft er

[45] justemang = in dem Moment

[46] Noch nit jesinn hät = noch nicht gesehen hat

[47] Sid ehr dä Bräutigam? = Sind Sie der Bräutigam?

[48] öm Jotteswelle = um Gotteswillen

Böll föhlt sich durch dat Stakkato an Froge üvverfoddert. Hä es et nit jewennt, dat im Froge jestellt wäde, denn jewöhnlich es hä et, dä de Froge stelle dät.

»Wat wollt ehr dann he?«, fröch se reselutt.

»Ich söke e Zemmer«, antwoot Kommissär Böll, janz fies beröhrt vun däm raue Ton.

»Sid ehr ne Piljer?«, fäht se jnadenlos fott, esu dat Böll denk, dat hä nit dä ehschte Minsch,[49] dä se unger ehre Fittiche jenomme hät.[50]

»Nä, nä«, schöddelt Böll dä Kopp.

»Ich ben en Offer[51] vun däm ewije Kölner Verkehrsstau.«

»Aaaah... dann sid ehr Julias Mann!«, röf se erfraut.

Et ehschte Mol kütt e fingk Lächeln en ehr Jeseech.

»Woröm hat ehr dat nit tirek jesaat!«[52]

»Ich hat jo noch kein Jeläjeheit dozo«, sät Böll met enem vörworfsvolle Ungerton, dä de Frau vun Eschborn einfach üvverhöt.

---

[49] Minsch = Mensch

[50] dä se unger ehre Fittiche jenomme hät = im Sinne von: erzogen hat

[51] Offer = Opfer

[52] Woröm hat ehr dat nit tirek jesaat? = Warum haben Sie das nicht direkt gesagt?

»Kutt met,[53] ich koch jrad en Milchzupp un muss noch dä Häd usmaache, bevör ich üch ehr Wonnung[54] zeije kann«, sät se jetz en nem ärch fründliche Ton.

Ming Wonnung? Wat soll dat? Es dat nit jet üvverdrevve? Schleeßlich well ich de Wonnung doch ehsch ens sin!, denk hä.

Frau vun Eschborn jet met flöckem Schrett en de Köch. Böll süht, dat dä Köcheboddem met schwatz-wieße Kachele usjeläch es, die mer fröher en Jotshäreköche jehat hät.[55] Op däm Holzdesch lijje Ädäppel,[56] e paar davun sin allt jeschelt.[57]

De Frau vun Eschborn steit alsu noch selvs am Häd!

Nohdem se de Zupp vum Häd jetrocke hät, jrief se no nem ärch jroße Schlösselbund,[58] dä op ner Anreech litt, un steig met im de knarrende Trapp erop no ovve.[59] Im Huus bellt irjendswo ne Hungk.

Als se de Dör zo de Daachwonung opmät, es dä Kommissär imponeet, wie jemötlich un stilsicher de Wonnung enjerich es. Nevve däm klein Kamin steit ne

---

[53] Kutt met = Kommen Sie mit

[54] ich üch ehr Wonnung zeije kann = ich ihnen ihre Wohnung zeigen kann

[55] Jotshäreköche = Gutsherrenküchen

[56] Ädäppel = Kartoffeln

[57] sin allt jeschelt = sind schon geschält

[58] ärch jroß Schlösselbund= sehr großer Schlüsselbund

[59] no ovve = nach oben

hellbrunge Klubsessel, janz en Ledder, op däm en jrön[60] karreete Deck litt. Dat dunkelrute Sofa es lang un bequem.

Jo, do kammer jot drop lijje!

En ahle Kess[61] us edlem Teakholz deent als Couchdesch und de Nische im ahl Jemörsch[62] als Böcherrejale.

Nodem se de jode Stuff[63] beloort han, mät se op de rächte Sick en Dör op.

»He es de Köch Här Böll oder darf ich Oliver sage?

Oje, die jeit ävver ran!

Trotzdäm nick hä. Dat Netzwerk vun singer Frau es eng gestreck.[64]

»Ich ben etAnna«, sät se un reck em de Hand hin.

Dann lät se de Kopp scheef un fröch:

»Sid ehr villeich met däm Schreffsteller Heinrich Böll verwandt?«

»Nä, ben ich nit.«

De Froch höt hä nit zom ehschte Mol. Jenau weiß hä et nit, hä hät sich noch nie för singe Stammbaum interesseet-

»Schad!«, sät se.

---

[60] jrön = grün

[61] ahle Kess = alte Kiste

[62] Jemörsch = Gemäuer

[63] jode Stuff = gute Stube, Wohnzimmer

[64] eng gestreck = eng gestrickt

Dann zeich se im et Schlofzemmer. De Ruum hät e janz jroß Bett met ner decke Matratz.
»Die han ich bei nem Spezialis maache loße. De is jot för de Bandscheibe!«, sät se wie en Mamm.[65]
Hät se allt met Julia üvver minge Bandscheibevorfall jesproche? Wat hät ming Frau all verzallt? Dä Jedanke es im fies.[66]
Zom jode Schluss beloore se noch de Badstuff. En schnuggelich Badebütt met Löwenföß steit meddem em Zemmer. Su en dolle Wann hät hä enem Modeschurnal vun singer Frau jesinn[67] ävver noch nie em Orijinal! Et Bad hät de jliche schwatz-wieße Kachele wie de Köch. De janze Enrichtung zeuch vun nem jode Jeschmack.
»Wat koss dä Spass? Eijentlich well ich jo bloß e Zimmer meede, nit en janze Wonnung«, fröch hä janz hösch un hoff,[68] dat de Meet nit alzo huh es, wie et dat Entriör vermode lööt.[69]
»350 wärm!«, kütt et promp. Tirek mät se vun ehrem Schlösselbund zwei Schlössele af.

---

[65] sät se wie en Mamm = sagt sie wie eine Mutter, mütterlich
[66] dä Jedanke es im fies = der Gedanke ist ihm unangenehm
[67] jesinn = gesehen
[68] fröch hä janz höösch un hoff = fragt er ganz vorsichtig und hofft
[69] wie et dat Entriör vermode lööt = wie es das Interieur vermuten lässt

»De Benzinkoste sin zwor nit esu huh wie de Meet, ävver doför hätt ich winniger Brass«,[70] sät Böll mih zo sich selvs un wundert sich üvver dä jode Meetpries.

»Esu es et«, kommenteet die elejante Frau met dä modisch Koothoorfrisur sing Selvsjespräch. Se üvverjitt im zwei Schlössele.

»De Meetkuntrack[71] dun ich üch op dä Köchedesch läje un ehr künnt mer dä morje ungerschrevve zoröckjevve«, sät se un jeit met nem Jroß dovun.

Böll wäd dä Verdaach nit loss, dat et Afsproche zwesche singer Frau un dä Anna vun Eschborn jejovve hät. Solche Afsproche henger singem Rögge, wann och zo singem Vördeil, störe in allemol. Janz zögerlich nemmp hä de Schlössele un jeit noh singem Auto.

Halve zwölf! Meddagszick![72]

Hä künnt jo och de Besprechung met singem Kullech[73] em Brauhuus afhalde. En Jläbbich hät hä e Brauhuus entdeck, en däm dat Esse janz jot schmeck. Am beste kütt dä Kuhle tirek en et ‚Wirtshaus am Bock' am Maatplatz. *Do es et suwieso schöner wie em Büro.*

---

70 Brass = Stress

71 Meetkuntrack = Mietvertrag

72 Meddagszick = Mittagszeit

73 Kullech = Kollege

4

Dä Köbes[74] brängk ne jroße Teller met magerer Sülze, fing jebrodene Ädäppele un selvsjemaate Remulad. Do läuf Böll dat Wasser em Mungk zesamme. De jebrodene Ädäppele sin jenau esu lecker wie se us sin. Kuhle hät soore Kappes met Hämmche[75] bestellt un iss zo Bölls Leid nit bloß dat magere Fleisch, sondern och de decke Fettschich.

»War hück wat op däm Amp loss?«, fröch Böll, derwiel hä anjewiddert op dä Mungk vun singem Jäjenüvver loort.

»Dat kann mer wall sage!«,[76] nuschelt Kommissär Kuhle met vollem Mungk un däut sich noch e Stöck Fleisch zwesche de Zäng. Statt dat zo explizeere, zeich hä op dat Berjische Kiesblättche, dat op däm Desch litt, un tipp op de Schlaachzeil: Dud em Piljerdom. De Üvverschreff hat Böll hück Morje en dä Kaffestuv janit jesin. Kuhle nick bloß un säbelt wigger an singem Hämmche.

»Lis de Artikel«, sät hä met vollem Mungk. Böll loort op dä Artikel un es perplex.

---

[74] Köbes = Kellner

[75] suure Kappes met Hämmche = Sauerkraut mit Eisbein

[76] Dat kann mer wall sage! = Das kann man wohl sagen!

»He steit, dat dä Pastur vermodelich an nem Hätzsinfark jestorve es. Wat han mer domet zo dun?«[77]

»Die Schwester vum Pastur hät hück Morje anjerofe, se jläuv an Mord.«

»Mord? Ävver dä es doch vör alle Auge jestorve! Ohne jechliche fremde Jewalt!«, sät Böll konsterneert.

»Ich weiß«, antwoot Kuhle un mät singe fettich jlänzende Mungk[78] met dä kareete Seviett rein.

»Se jläuv fass doran, dat hä ömjebraat woode es.«[79]

»Hät se ne kunkrete Verdaach?«

»Dorüvver well se am Telefon nix sage.«

»Wie alt wor dann dä Pastur?«, fröch Böll, öm sich vun dä Saach e Bild zo maache.

»Dreiunfuffzich.«

»Dat es ävver kein Alder öm dä Löffel afzojevve. Ävver ne Hätzinfark kann jede treffe.«

»Wat sät uns Chefin? Lööt se obduziere?«

»Enä,[80] do sollst zoesch met dä Schwester spreche.« Dann setz hä met nem süffisante Ton hinzo:

---

[77] Wat han mer domet zo dun? = Was haben wir damit zu tun?

[78] fettich jlänzende Mungk = fettig glänzenden Mund

[79] se jläuv fass doran, dat hä ömjebraat woode es = sie glaubt fest daran, dass er umgebracht wurde

[80] enä = nein

»Se meinte, do du joleever en dä Jäjend erömfährs[81] anstatt en et Kommissariat zo kumme, kannste dä Schwester en dä Farrei och ne Besök afstatte.[82]

5

Et es köhl jewoode. De Luff rüch no Schnie. Op dä Fahrt no Marialinden falle ehschte Schnieflocke vum jriese Himmel. Böll fäht en de Piljerstross eren un süht de Domtürm vun Marialinden ald vun Wiggem. Schleeßlich kütt hä am Marien-Kirchplatzan un loort no nem Parkplaatz. Hä fingk ene, vör däm Weetshuus Alkenrath.[83] Hä mät de Dür vum Auto op un tridd[84] terek en dä Schniematsch nevven singem Auto. Tirektemang[85] dringk Wasser en sing schön Wildledderschohn.[86] Hä versök singe Ärger eraf zo schlecke. Hä weiß, dat hä en dä nöhkste Stund sing Schohn nit wäßele kann.[87]

---

[81] erömfährs = du fährst herum

[82] en de Farrei och ne Besök afstatte – in der Pfarrei auch einen Besuch abstatten

[83] Weetshuus Alkenrath = Wirtshaus Alkenrath

[84] tridd = tritt

[85] tirektemang = sofort

[86] Wildledderschohn = Wildlederschuhe

[87] nit wäßele kann = nicht wechseln kann

Su ene Dress![88]
Hä hölt düchtich Luff, öm widder runger zo kumme. Dann sök hä dat Faaramp.[89] Hä fingk et och, en dä mahle Vikares,[90] tirek vür däm Dom.
Dä Jang wo koot, ävver dä Schohn sin jetz klätschnaaß. Hä hät för sich beschlosse, sing naaße Föß leever zo injoreere.[91]
Böll schleit[92] met däm Klopper jäjen de massive Holzdör. Et kütt kein Laut us däm Huus. Doch dann, met einem Mol, höht hä e schlürpendes Jerüsch.[93]De Dör jeit ne schmale Retz[94] op. Böll präsenteet singe Uswies. Hä merk, dat dat nüdich es, söns mät die Frau de Dör nit op. En schmale Hand nemmp singe Uswiesun mät de Pooz[95] widder zo.
Se well de Uswies bestemp jot studeere, denk Böll.
Minutt för Minutt verstriech. Dat kütt Böll unendlich vör, derwiel hä en däm Schniejestöver ston muss. Dann endlich darf hä entredde. Dä Flur is janz düster. Hä kniep met de Auge un muss sich an dat Düstere

---

[88] Su ne Dress! = So ein Mist!
[89] Faaramp = Pfarramt
[90] Vikares = Vikariat, Verwaltung der Pfarrgemeinde
[91] leever = besser
[92] schleit = schlägt
[93] schlürpendes Jerüsch = schlürfendes Geräusch
[94] Retz = Spalt
[95] Pooz = Türe

ehschens jewenne. Böll nemmp an, dat se de Schwester vum Pastur es. Hä kann dat Jeseech vun dä Frau nit jot erkenne. Se jeit üvver dä Flor un mät de Dör zo dä jode Stuff op, en däm e Kaminför brennt, dat e bessje Leech spende deit. Op däm Couchdesch steit en bunt Keramikkump,[96] en däm Spretzgebäck litt, dat en de Adventszick em Berjische un en Kölle jän jejesse wäd. De Frau setz sich käzejrad[97] op dat Sofa. Böll süht, dat de Frau dunkle Hoor met jriese Strähne hät un zo enem feste Knodde jebunge hät. Dä Knodde mät dat Jeseech janz streng. De dunkle Auge mustere in durch un durch. Böll räuspert sich un weiß, dat hä sich jetz anstrenge un huhdütsch spreche muss. Schleeßlich es de Frau nit vun he.[98]

»Frau Gomez. Ich möchte Ihnen mein Beileid zum Tod ihres Bruders aussprechen.«

Böll jitt sich vill Möh,[99] doch dä rheinische Singsang es nit zo üvverhöre.

Die Frau, ehr Alder tipp hä öm de sechsich, sät nix, nick ävver met däm Kopp.

Böll föhlt sich nit wohl, die deefbrunge Auge fixiere in. Hä räuspert sich un muss de rächte Wöder finge.

---

[96] Keramikkump = Keramikschüssel

[97] käzejrad = kerzengerade

[98] nit vun he = nicht von hier

[99] jitt sich vill Möh = gibt sich viel Mühe

»Frau Gomez, Sie haben heute Morgen im Kommissariat angerufen und den Verdacht geäußert, ihr Bruder sei möglicherweise eines nicht natürlichen Todes gestorben.«

Widder bloß e Nicke.

»Darf ich fragen, warum Sie das annehmen?«

Die Frau loort in an.[100] Als se im dann janz zöjerlich antwoot, hät hä dat Jeföhl, dat ehr Bleck en de Fän jereech es.[101]

»Ich habe es geträumt«, sät se met nem hadde spanische Akzent.

»Wat hat ehr? Et jedräump?«, fröch hä janz üvverrascht un merk, dat hä widder en dä Kölsche Sprooch jefalle es. Doröm versök hä sich jetz zosammezorieße:

»Sie haben es geträumt?«

Dat well im nit en dä Kopp.[102]

»Si.«

Böll sät nix mih, hä süht de Frau nur noch an un hoff op mih Informazijone.

Ävver die Frau häld de Muul.[103]

---

[100] loort in an = schaut ihn an

[101] en dä Fän jereech es = in die Ferne gerichtet ist

[102] dat well im nit en dä Kopp = das will ihm nicht in den Kopf, er kan es nicht begreifen

[103] häld de Muul = schweigt

»Ich brauche von Ihnen mehr Fakten, sonst können wir nicht ermitteln«, sät hä met Nohdrock.[104] De Spanierin senk dä Kopp un flüstert mih, als wie dat se jet sät.[105] »No tengo más. Mehr habe ich nicht. Nur diesen Traum.«

6

Jetz es dä Schnie do.[106] Decke Flocke falle vum Himmel. Bei däm Wedderenbroch mät et kein Senn noch in et Kommissariat zo fahre. Un no Kölle och nit. Dä Stau am Kölner Ring es esu secher wie dat Amen en de Kirch. Un esu jeit Böll noh singem Auto un fäht op däm Jlatties janz höösch[107] noh singer neue Zweitwonnung. Et fuchs in janz fürchterlich,[108] dat hä noch kein Winterreife opjetrocke hät. Ävver durch de Versetzung es hä dazo janit mih jekumme. Et es zwor bloß en koote Streck, ävver sing Reife rötsche janz schön op dä jlatte Stroß. Hä is fruh als hä am Fachwerkhuus ankütt. Hä park vörm Huus, nemmp dä

[104] met Nohdrock = mit Nachdruck
[105] flüstert mih, als wie dat se jet sät = flüstert mehr, als dass sie etwas sagt
[106] Schnie = Schnee
[107] höösch = vorsichtig
[108] et fuchs in janz janz fürchterlich = es ärgert ihn sehr

Schlössel us dä Täsch un well jrad opschleeße, do steit sing Vermeederin en dä Dör. Se hält Schluffe[109] en den Häng. Böll es dankbar, dat hä endlich de naaße Schohn ustrecke kann. Ze jedem andere Zickpunk hät hä et afjelähnt, em Huus Schluffe anzotrecke. De Schohn am Enjang uszodun, wor im schon wie hä noch Puut[110] jewäse es, zowidder!

De Schluffe ävver sin ennedrenn met Fell jefödert. Dat üvverzeuch in, denn sing Föß sin ieskalt.

Ävver domet es de Försorch von singer neue Vermeederin noch nit am Engk.

»Nemmpt esch ens en heiße Dusch!«, sät se en nem Tonfall, dä kein Widderwöder zo lööt. Derwiel maache ich üch de Zupp vun hück Meddach[111] wärm.«

Böll es fruh, dat im noh dä schlemme Faht op dä Stroße huh voll Schnie wärm Esse parat jemaat wäd. Zo Huus mät hä för sich dat Ovendesse miestens selvs. Sing Frau triff sich ovends off met dä Künstler, de eesch ovends us de Bedde krufe.[112]

[109] Schluffe = Pantoffeln
[110] Puut = Kind
[111] vun hück Meddach = von heute Mittag
[112] us de Bedde krufe = aus den Betten kriechen

Wie hä met dä vill zo jroße Filzschluffe de Trapp[113] no ovven jeit, merk hä, dat de Stofe fresch jeblänk sin.[114] Met vill Möh versök hä, de Balangks zo halde.[115] Hä mät de Dör zo singer Wonnung op un spört en anjenehme, jemötliche Wärm un em Bad lijje och noch jroße Badedöcher.[116]

Hät de Frau vun Eschborn die selver do hinjelat?

Vun däm Deens es hä ärch anjedon.[117] Schleeßlich es dat he keine Pension, hä hät bloß en Wonnung gemeed, mih nit. Hä schmieß sing Klamotte[118] op dä Sessel un jeit en et Bad. Hä flutsch[119] unger de Dusch un hält dä heiße Strohl en singe Nacke.

Nä,wat deit dat jot![120]

Hä mät wollich de Auge zo un denk, *de Frau von Eschbach hät räch, en heiße Dusch möbelt ene widder op.*

Dä komiche Verzäll met dä Schwester vum Pastur jeit im durch dä Kopp. *Ne Draum!*[121] *Ne Draum lööt se an*

---

113 Trapp = Treppe

114 dat de Stofe fresch jeblänk sin = dass die Stufen frisch gewienert/geputzt sind

115 Balangks ze halde = Balance zu halten

116 lijje jroße Badetöcher = liegen große Badetücher

117 ärch anjedon = sehr angetan

118 Klamotte = Kleidung

119 flutsch = gleiten

120 Nä wat deit dat jot! = Ne, was tut das gut!

121 Draum = Traum

ne Mord vun ehrem Broder jläuve![122] *Vermodelich steit se unger Schock!*

Böll schöddelt unjläubich dä Kopp, drüch sich met nem mollige Badedoch af un drieht et sich öm de Höff.[123] Wie bestallt lijjt op däm Bett ne rudkareete Huusanzoch.

Loor ens an, die denk jo met, ich han jo och noch nix andres zom antrecke! Minge Krom lijjt jo noh zo Huus en Ihrefeld![124]

Ävver et es jet jewöhnungsbedörftich met nem rutkareete Huusanzoch un Filzschluffe met wießem Fell en ältliche Dam jäjenüvver zo tredde, die hä noch jarnit jot kenne deit.

Ävver de Situazijon es nomol wie se es![125]

Hä mät de Dör op un loort tirektemang en de jlöhende Auge vun nem Jaachhungk,[126] dä in wödich anknottert.[127] Böll bliev wie vor dä Kopp jehaue ston.

Wat jetz?

---

[122] jlöve = glauben

[123] Höff = Hüfte

[124] Minge Krom lijjt jo noh zo Huus = meine Sachen liegen ja noch zu Hausein Köln-Ehrenfeld

[125] De Situatzijon es no mol wie se es! = Die Situation ist nun mal wie sie eben ist!

[126] Jaachhungk = Jagdhund

[127] anknottert = anknurrt

Sing Angs mät dä Hungk bloß noch ajjressiver, hä fletsch de Zäng un lät dobei e Schiersgebess frei.[128]
»Paul! Schluss jetz!«, röf Frau vun Eschborn - un mer jläuv et nit[129] - dä Hungk pareet.[130] Hä läuf no unge un stürmp en de Köch. Böll jeht janz höösch de Trapp eraf.[131] Hä hät jetzt dä Drih erus,[132] wie hä met dä Schluffe de blänkije Trapp erunder jon kann, ohne uszorötsche.
En dä Köch steit de Frau vun Eschborn am Häd un dröppelt Essich[133] en de Zupp. Dä Hungk sitz vör ehr un schleit met däm Stätz.[134] Se mustert Böll met nem Jriemele em Jeseech,[135] ohne jet üvver sing neu Outfit zo sage.
»Ich han Ähzezupp. Dot ehr dat müjje, Oliver?«[136]
De Duzerei vun hück morje wor also janit su jemeint, wie hä jedaach hät. Dat Hamburger Du - Oliver un ehr en Kombinazijon- dat jefällt im.

---

[128] Schiersgebess = Scherengebiss
[129] un mer jläuv et nit = und man glaubt es nicht
[130] pareet = parieren, gehorchen
[131] jeit janz höösch de Trapp eraf = geht ganz vorsichtig die Treppe herunter
[132] hä hät jetz dä Drih erus = er hat jetzt den den Dreh heraus
[133] Essich = Essig
[134] Stätz = Schwanz
[135] Jriemele em Jeseech = mit einem Grinsen/Schmunzeln im Gesicht
[136] Dot ehr dat müjje? = Mögen Sie das?

»Jo, jän![137] Ähzezupp han ich lang nit mih jejesse!«
Sie mät de Zuppeteller randvoll un setzt dä Teller op de jebeizte Holzdeech.

Die Zupp rüsch ärch jot!

Böll setz sich, hält ävver dä Hungk em Bleck. Hä probeet un merk, wie jroß singe Hunger es. De Zupp es richtich lecker. De Frau vun Eschborn freut sich, dat et im schmeck.

Böll kann sich nit erinnere, wann hä dat letzte Mol Ähzezupp jejesse hät. Sing Frau koch leever op fränzösisch, janz ‚Haute Cuisne'. Do hät hä kaum de Müjjeleichkeit[138] rustikal zo esse.

»Bei ner richtije Ähzezupp müsse de Ähze noch jet knackich sin un dozo ne kleine Schoss Essich.[139] Dat rundet dat janze af«, weiht in Frau vun Eschborn en de Jeheimnisse vun ner jelungene Ähzezupp en un füch resulut henzo:[140] »Jevve se däm Hungk en Stöckche vun üüre Mettwoosch, damit hä sich an üch jewent. E bessje besteche jeit allemol.«[141]

Ömständlich pack hä jet Woosch un schmieß däm dütsche Drahthaar em huhe Boge e Stöcke vun dä

---

[137] Jo, jän! = Ja, gerne!

[138] Müjjeleichkeit = Möglichkeit

[139] ne kleine Schoss Essich = ein kleiner Schuss Essig

[140] füch resulut henzo = fügt resolut hinzu

[141] e bessje besteche jeit allemol = ein bisschen bestechen funktioniert immer

leckere Mettwoosch zo. Hä traut sich nit, deWoosch met de Häng herzohalde, nohdem hä dat Jebess schon en Augenschein jenomme hät.

Derwiel[142] de beide de Woosch käue, mät et Anna jekunt en Rudwingfläsch op. Böll loort op dat Etikett un es erstaunt.

»Saperavi Selection 2009«, lis Böll laut vür. Dovun hät hä noch nie jet jehoot.

Hoffentlich keine Wing, dä esu sur es, dat et einem de Söck zesammetrick.[143]

»Wann ehr fädig sit,[144] kutt ehr doch en de Kaminstuff. Ich well üch als neue Meeder met nem jode Jlas Wing bejrößе.«[145]

Do jäjen hät hä nix.

Nohdem hä de letzte Löffel Zupp usjelöffelt hät, schnapp hä sich die zwei Rudwingjläser, de et Anna vun Eschborn op de Köchedesch jestallt hät, un jeit en de Kaminstuff. Do rüch et anjenehm no Bucheholz. Böll hät dä Jeruch ärch jän. Hä nemmp em bläue Ohresessel Plaatz. Et Anna setz sich en dä Rattansessel

---

[142] derwiel = während

[143] hoffentlich keine Wing, dä esu sur es, dat et einem de Söck zesammetrick = Hoffentlich kein Wein, der so sauer ist, dass es einem die Socken zusammenzieht.

[144] wann ehr fädig sid = wenn Sie fertig sind

[145] nem jode Jlas Wing = ein gutes Glas Wein

im jäjenüvver. De Rudwingfläsch stellt se op dä kleine Beistelldesch, enschödde deit se ävver nit.

»Dä Wing muss ehsch noch odeme«,[146] sät se.

Böll es vörwetzig op dä Wing.[147]

»Saperavi sät mir nix.«

»Dat üvverrasch mich nit. Dä Wing kütt us Georgien. Dise Winge sin bei uns kaum bekannt.«

Böll nick Irjendwo hät hä jelese, dat vör rund aachdausend Johr en Georgien allt Wing anjebaut wood. Anna foddert in op, vun däm Wing zo probeere. Hä nemmp ne Schleck un lööt sich Zick för sing Urdeil. Die janze Zick loort de Frau vun Eschborn in an.

»Un?«

»Unjewöhnlich. Nit dat, wat mer kennt. Schmeck wirklich janz anders.«

»Natörlich, schmeck dä anders! Hä wäd ja och janz anders jemaat. Dä Wing wäd en jroße Tondöppe en dä Äad jelagert.[148] De Tondöppe maache Temperator un Luffustuusch müjjelich.[149] Dat mät dä Jeschmack esu fing.«

Böll nemmp noch ne Schleck. Frau vun Eschborn loort in opmerksam an. Schleeßlich nick hä un sät sing

[146] odeme = atmen
[147] vörwetzig = neugierig
[148] Tondöppe en dä Ääd jelagert = in Tongefäßen, Tontöpfen gelagert
[149] Luffustuusch müjjelich = Luftaustausch möglich

Urdeil en Huhdütsch. Dät mät hä allemol, wenn im jet wichtich es.
»Voller, dichter Körper. Eine lebendige Säure. Vielschichtiges Aroma. Wirklich ausgezeichnet.«
Frau vun Eschborn es vun singem Urdeil ärch anjedon.
»Ehr moot ens no Georgien reise. Do jitt et ärch selde Wingzoote.[150] Hat ehr allt ens jet vun däm ‚Orange Wing' jehoot?«[151]
Böll schöddelt dä Kopp.
»De Orange Winge stamme eijentlich von Rebzoote,[152] vun denne em alljemeine Wießwing[153] jemaat wäd. Ävver dä Orange Wing lijjt länger en de Maisch wie wenn üblich.[154] Dann krijje de esu ne orangsche Ton. Ich han sune Wing op ner Kaukasienreis kenne jeliert, un dovun probeet.«
»Höt sich intressant an. Uußerdem es et en dolle Idee, dohin zo reise, wo dä Wing herkütt. Wesst ehr, ming Julia liebt Jenussreise.«
No ner klein Paus sät hä: »Ich üvrijens och.«
Frau vun Eschborn schmunzelt un wäßelt et Thema.

---

[150] do jitt et ärch selde Wingzoote = dort gibt es sehr seltene Weinsorten
[151] Hat ehr allt ens jet vun däm ‚Orange Wing' jehoot? = Haben Sie schon mal etwas von den Orange-Weinen gehört?
[152] Rebzoote = Rebsorten
[153] Wießwing = Weißwein
[154] wie wann = als ob

»No, Oliver, wie wor hück ehre Dach?«
Hä föhlt sich durch de Ähzezupp, dä jode Drope[155] un de volle Opmerksamkeit vun singer Vermeederin janz schön buchjepinselt.[156] Su es hä en dä Stemmung, met ehr e bessche zo schwaade.[157]
»Hmm. Et wor ne komische Dach. Hück Morje han ich e Zemmer jesook un ovends setz ich allt en nem fremde Huusanzoch am Kamin un han och noch en neu Wonnung.«
»Dä Huusanzog künnt ehr jeschengk han. Dä wor mingem verstorvene Mann, ich kann dä nit mih jebruche. Dä steit inne usjezeichnet«, meint de Frau vun Eschborn.
Böll kann nit sinn, op se dat ähnz jemeint hät.[158]Ävver su jenau well hä dat och janit wesse.
»Tja, un dann dä merkwödiche Dude am Altar.«[159]
Hemet versök hä vum Thema Huusanzoch afzelenke.
»Merkwödiche Dudefall?«
Frau vun Eschborn loort in neujeerich an.
»Jo, ich arbeide bei dä Mordkummisson en Jläbbisch.«
»Dat weiß ich vum Julia. Darf ich wesse, wat an däm Dudefall eso merkwödich es?«

---

155 jode Droppe = ein guter Tropfen, guter Wein
156 buchjepinselt = gebauchpinselt
157 zo schwaade = plaudern
158 ähnz jemeint hat = ernst gemeint hat
159 Dude = Tote

»Ehr hat bestemmp en dä Zeidung jelese, dat dä Pastur Felipe Gomez en Marialinden am Altar jestorve es.«
Frau vun Eschborn nick. Dabei fällt ehr en selverne Hoorsträhn frech en de Steen. Se loot ihn janz jespannt an un schödd im Wing noh. Hä muss jetz jet us däm Nihkessje verzälle, dat is klor.[160]
»Sing Schwester meint, dat hä ömjebraat woode es«, jitt Böll pries, ovschüns hä weiß, dat hä sojet eijentlich nit usquatsche darf.[161] Do hä sich ävver secher es,[162] dat et he nit öm ene echte Fall jeit, kann dat verjewwe wäde.[163]
»Ömjebraat? Woröm nemmp se dat an?«
»Se hät et jedräump«, verzällt Böll, jriemelt un loort se jespannt an, domet se allebeids[164] häzlich laache künne. Ävver Frau vun Eschborn reajeert janz andersch, als hä jejläuv hät.[165]
»Dräume künne de Wohrheit erus brenge.«[166]
Böll es perplex. Met su ner esoterische Antwoot hät he nit jerechnet.

---

160 us dem Nihkessje verzälle = aus dem Nähkästchen plaudern
161 ovschüns hä weiß, dat hä sojet eijentlich nit usquatsche darf = obwohl er weiß, dass er so etwas eigentlich nicht ausplaudern darf
162 secher es = sicher ist
163 verjewwe wäde = vergeben werden
164 allebeids = alle beide
165 se reajeert janz anderschwie hä jejläuvt hät = sie reagiert ganz anders als er gedacht hat
166 erus brenge = herausbringen, ans Licht bringen

»En Wohrheit?«, fröch Böll un sing Stemm klingk, wie wenn en dä Ähzezupp zovill Essich jewäs wör.
»Wesst ehr, vör zehn Johr hät ich dat och für Quatsch jehalde. Ävver ich hat och ens sune Draum, koot bevör minge Mann jestorve es. Hä es bei nem Autounfall ömjekumme. Un jenau dat han ich jedräump.«
Böll loort Frau vun Eschborn scheef an.
Eijenadich, einfach eijenadich sin de Lück.[167] *Et Bess wör, dä Dach us mingem Jedächnis zo striche!*[168]
He hält et doher för en jot Idee, dä Ovend met vill Rutwing afzoschleeße. Hä prost däm Anna zo, lov noch ens de staatse Wonnung,[169] de Ähzezupp un dä extra finge Rudwing. Schleeßlich jeneeß hä noch jet dat För em Kamin. *An sunem Dach muss mer dä Bleck op de schöne Momente em Levve lenke*![170]

---

[167] eijenadich = eigenartig
[168] et Bess wör, dä Dach us mingem Jedächtnis zo striche = das Beste wäre es, den tag aus dem Gedächnis zu streichen
[169] lov de staatse Wonnung = lobt die schöne Wohnung
[170] dä Bleck op de schöne Momente em Levve lenke = den Blick auf die schönenn Momente des Lebens lenken

7

Kommissär Böll reck de Jlidder un japp.[171] Hä hät fantastisch jeschlofe. Op dat an däm Rudwing geläje hät oder an dä besondersch jode Matratz, kann hä nit sage. Hä mät dat kleine Dachfinster op. Tirek kütt ieskalde Luff en dä Raum. De kalde Luff föllt sing Lung un mät in augeblecklich wach. De janze Jäjend hät e unschöldich Wieß anjenomme. Janz stell es et. Böll hät dat Jeföhl, sing eijen Blot em Ohr ruusche ze höre. Unger de Dusch fällt im en,[172] dat hä jestere verjesse hät, sing Frau anzorofe.

Oje! Hoffentlich hät et Julia sich kein Sorg jemaat!

Hä hät ehr ävver jestern Meddaach en SMS jescheck, dat hä de Wonnung jemeed hät. Hä nemmp an, dat it ens un ens zosamme jezallt hät un sich jedaach hät, dat hä bei sunem Schniefall janit mih fahre kunnt. Schleeßlich weiß Julia, wenn et in Kölle schneit, jeit janix mih. Hä üvverläch, ov hä anrofe soll. Böll loort op sing Uhr.

Et es halve sibbe fröh. Nä, dat es vill zo fröh, öm sing Frau anzerofe! Do schlöv et Julia noch.

---

[171] hä japp = er gähnt

[172] jih fällt im en = plötzlich/jäh fällt ihm ein

Hä springk en singe flauschije Huusanzoch. Irjendswie föhlt hä sich schon allt janz zo Huus en däm ahle Fachwerkhuus.

Fresch opjebröhte Kaffe un jebrode Speck, trick im en de Nas. Flök marscheet hä de Trapp eraf. Met Freud süht hä op däm Köchedesch ne Teller met Speck un Eier. Hä verkonsemeet alles met jroßem Appetit. De Resste vun nem Graubrud tunk hä in dat Eijäl, dat sich op däm Teller breit jemaat hät, weil hä mit dä Jaffel en dä Dodder eren jestoche hät.

Do de Frau vun Eschborn nix vun Kaffemaschine hält, hät se dä Kaffe fresch opjebröht, un allemol heiß Wasser en dä Filter jeschott. De Möh hät sich rentiert,[173] dä Kaffe hät en ärch jot Aroma un es doll em Jeschmack, fingk Böll.

Wäjen däm schläch Wedder es hä noch nit zu Huus jewäse, um de Klamotte zo wäßele un su schleit hä dat Anjebott vun dä Frau vun Eschborn nit us, sing Klamotte jäje die vun ehrem Mann zo tuusche. Wie sich erusstellt, hät dä Jute jenau sing Moß jehat.[174] De Cordbotz, dat kareete Flanellhemb un de derv Ledderboots passe wie anjejosse. Hä es platt,[175] wie jot

---

[173] rentiert = gelohnt

[174] hät dä Jute jenau sing Moß jehat = hat der Gute genaus seine Maße gehabt

[175] platt sin = überrascht sein

im dat steit. Hä selvs besitz sujet janit. Julia wät sich janz schön wundere, wann se in en dä Klamotte süht.
Nodem hä usföhrlich jeföhstöck hät, süht hä sich vör de ehschte Erusfodderung vum Daach jestellt: Paul blockeet de Huusdör un knottert in an!
Frau vun Eschborn es allt fott.[176] Wat soll hä maache? Hä jeit en de Köch, nemmp sich en Schnitt Brut un schmiert deck Levverwoosch drop. Dann jeit hä zoröck un hält däm Hungk dat Brut hin, um in vun dä Dör fottzolocke.
Et funkzineet! Wat e Jlöck!
Janz flöck mät hä de Enjangsdör op un tirek se widder zo. *Puuh!*
He setz sich en singe Audi un mät dä Motor an. Op de Faht noh däm Kommissariat klingelt sing Handy. En anonyme Nummer. Hä fäht rächs an de Stroßerand un nemmp dat Telefonat an.
»Böll«, brummt hä.
»Herr Kommissar?«, Böll erkennt dä hadde Akzent tirek un verdriht de Auge. De Schwester vum Pastur es am Apperat.

---

176 es allt foot = ist schon weg, ist nicht mehr da

Die hät doch en Ääz am wandere![177] *Se well mich zwinge, Ermeddelunge opzenemme, die jar kein sin!*[178]
»Bitte, kommen Sie vorbei. Ich habe Belege gefunden, die meinen Traum bestätigen. Mein Bruder ist ermordet worden.«

8

Als Böll vör dä Pootz vun däm Faarhuus steit, jeit de Dör tirek op. De Frau Gomez es janz opjewöhlt.
»Kommen Sie mit, Herr Kommissar.«
Se jeit met im en dat Arbeitszemmer. Op däm Schrievdesch stapele sich Papiere, ne opjemaate Pappkartong steit vör däm Computer. Hastich jrief de Spanierin noh däm Schreffstöck.
»Hier lesen Sie.«
Böll nemmp et en de Häng. Dä Bref es en ner schwungvolle Handschreff jeschrevve. Hä fängk an zo lese:
»Mia querida Elena... Et deit mir leid… «
Böll jitt dä Bref zoröck.

---

[177] die hät doch en Ääz am wandere = die hat doch eine Erbse am wandern, gemeint ist: Die ist bekloppt!
[178] die jar kein sin = die gar keine sind

»... Ming Spanisch .... äh ... mein Spanisch reicht gerade mal aus, ein Bier zu bestelllen. Bitte, übersetzen Sie es.«

Elena Gomez nemmp dat Papeer met schlottere Häng[179] an sich, un sprich met ner leis Stemm:

»Meine geliebte Elena, wenn ich eines plötzlichen Todes sterben sollte...«

Decke Trone[180] stonn ehr en de Auge. Et fällt ehr schwer, de Zeile wigger zo lese. Schleeßlich schleck se[181] un lis stotternd wigger.

»... kannst du in diesem Brief lesen, was ich dir bisher verschwiegen habe. Ich habe geschwiegen, weil ich dich nicht belasten wollte...«

De Frau deit janz deef odeme,[182] ehre spanische Akzent höt mer jetz klorer als am Dach zovör.

»Wir beide haben uns immer sehr nahe gestanden. Wenn mir etwas passieren sollte, möchte ich, dass du dich in Sicherheit bringst.«

De schmal Frau lööt decke Trone laufe un ringk no Luff. Böll lät sing Häng op ehre Ärm un well se

[179] met schlottere Häng = mit zitternden Händen

[180] Trone = Tränen

[181] schleck se = schluckt sie

[182] janz deef odeme = ganz tief einatmen

beräuije.[183] Ävver se trick sich zoröck[184] un wisch sich de Trone us däm Jeseech.

»Er war die ganze Zeit bedroht und hat mir nichts gesagt!«

»Lesen Sie weiter!«, sät Böll un konzentreet sich do drop, Huhdütsch zo spreche.

»Geh zurück nach Spanien, dort wirst du Unterschlupf finden.... Maria, es fällt mir schwer, dir zu sagen, dass ich seit einiger Zeit Drohbriefe erhalte. Sie fordern mich auf, nach Spanien zurükzukehren. Tue ich es nicht, könnte ein plötzlicher Unfalltod die Folge sein. Diese Leute sind...«

Elena Gomez hört met enem Mol op.

Böll, dä beim Vörlese vun däm Bref de janze Zick dä Adventsstän am Finster fexeet hät, bleck noh dä Spanierin. Ehr Leppe forme Wöder, ävver et kütt kein Laut erus.

»Weiter, bitte lesen Sie weiter«, sät Böll en nem janz ruhije Tonfall.

»Ich kann nicht«, flöstert Elena.

»Natürlich können Sie. Lesen Sie einfach weiter«, versök Böll de Frau zo dränge.

---

183 se beräuje = sie beruhigen

184 se trick sich zoröck = sie zieht sich zurück

»Ich kann nicht... Es gibt keine zweite Seite, ich habe alles abgesucht. Im Papierkorb habe ich nur diesen Briefanfang gefunden.«

9

Jetz hät hä ne Fall! Jetz bruch hä fresche Luff.[185] Beinoh flochadich verlöß hä dat Faarhuus. Kalde Luff schleit im entjäje. Et schneit allt widder. Hä stamp en de Richtung vun dä ahl Lindebäum, de links nevven dä Kirch ston. De Lindebäum un de Marienstatue en dä Kirch han däm Oot[186] dä Name jejovve: Marialinden. De kahle Äss an dä Bäum recke sich en dä jriese Himmel, de Schnieflocke verfange sich doren. *Jetzt deck dä Schnie alles zo*, denk Böll un muss e bessje jriemele wäje dä dubbelte Bedücknis[187]vun däm Satz. Hä bliev ston un loort op de imposante Türm vum Dom. Hä lät dä Kopp en de Nacke, öm de Türm besser anloore zo künne. Op dä Spetz vum Turm thront ne Wedderhahn, wie fass bei all Kirche, die katollisch sin.

---

[185] jih bruch hä fresche Luff = plötzlich braucht er frische Luft
[186] Oot = Ort
[187] dubbelte Bedücknis = doppelte Bedeutung

Bevör dä Hahn krihe deit, deis do mich dreimol verrode,[188] fällt Böll dozo dat Bibelzitat en. *Evangelium nom Matthäus? Oder Lukas?*
Su jenau weiß hä dat och nit mih, et es lang her, dat hä rejelmäßich en de Mess jejange es.
Derwiel hä de Domspetze huh üvver sich beloort, kütt hä an et simmeleere.[189] Wieße Kristalle läjen sich op sing Augelider un Wimpere. Doch dat stört in nit. De Kuhl vun dä Schnieflocke[190] fingk hä jetz anjenehm. Deef trick hä de kalde Luff en de Lunge eren.
Dat mät dä Kopp frei!
Hä jeit e paar Schritt wigger un beloort sich dat decke Jemörsch.
Wä hät de Bau vun däm Dom berapp?[191] *De Kirch? Oder de Piljer, die Jeld spendeerte en dä Hoffnung, dat se domet ehr Siel rette künne?*[192]
Böll hät de Kirch enzwesche ömrundet un steit allt widder op däm kleine Platz vör dä neugotische Fassad

---

[188] bevör dä Hahn krihe deit, deis do mich dreimol verrode = bevor der Hahn dreimal kräht, wirst du mich dreimal verleugnen (Jesus spricht zu Judas, Evangelium nach Mätthäus)
[189] simmeleere = nachdenken
[190] de Kuhl vun dä Schnieflocke = die Kühle der Schneeflocken
[191] Wä hät dä Bau vun däm Dom berapp? = Wer hat den Bau des Doms bezahlt?
[192] oder de Piljer, die Jeld spendeere en dä Hoffnung, dat se domet ehr Siel rette künne? = Oder die Pilger, die Geld spendierten in der Hoffnung, damit ihre Seelen retten zu können?

met däm Domportal. Meddem op däm Platz befingk sech ne kleine Brunne, dä vun nem schmale, janz anmodige Marienstatue us Stein jeschmück es. Op däm Kopp vun däm Standbild lät sich pö a pö en jletzere Schniekrun drop.[193] Böll loort op de Steinplastik, nemmp se ävver nit rechtich wohr.

Ne stärke Kaffe wör jetz jot! Ich bruch jetz unbedingk ne Enerjiedäu![194]

Op dä andere Sick entdeck hä dä Backes[195] ‚Brotkörbchen'. Met höösche Schrett jeit hä de flutschich Stofe[196] vum Marienplatz eraf un üvverquert de Piljerstroß. Wie hä en dä Lade kütt, bejröß in dä Mann hinger dä Thek janz fründlich, fass wie ne ahle Fründ, ovschüns hä dä Lade üvverhaup nit vörher besök hät.[197] Dä Döff vun däm fresch jebacke Brut steech im in de Nas.[198]

Minsch, röch dat jot![199]

Hä lät singe decke Anorak un de Puddelmötz - all jelihnte Saache vun däm Anna - un setzt sich an ne

---

[193] lät sich pö a pö en jletzere Schniekrun drop = legt sich langsam eine glitzernde Schneekrone drauf

[194] Enerjiedäu = Energieschub

[195] Backes = Bäckerei

[196] flutschich Stofe = rutschigen Stufen

[197] ovschüns hä dä Bäcker üvverhaup nit vörher besök hät = obwohl er den Bäcker vorher noch nicht besucht hat

[198] steech im en dä Nas = sticht ihm in die Nase

[199] Minsch, röch dat jot! = Mensch, riecht das gut!

Desch en dä Nöh vum Finster. Als dä Bäcker dä Kundschaff zo Engk bedeent hät, kütt hä an singe Desch.

»Wasse darfe sein?«, fröch hä met nem ech italiänische Zungeschlaach.

»Ich bruch ne janz stärke Kaffe. Ne ödentlich stärke.«

Dä Italiäner jrimmelt voll Verständnis.

»Ich abe originaal italieeeenische Espresssso aussse meine Eimat«, sät hä en nem italiänisch-dütsche Kauderwelsch.

»Ne richtije italiänche Espresso?« fröch Böll un freut sich op dat dunkle Jebräu.

»Naturalmente«, sät dä Mann met nem Laache, dat sing Frau bestemmp scharmant jefunge hätt.

»Dann jevvt mer ne duppelte Espresso. Hat ehr och de dolle Croissants met däm Pudding dren?«

»Sie meinen ‚Cornetto con crema'? Si, aaben wir.«

»Jot, do vun jevvt ehr mer eint.«

Trotz däm jode Fröstöck hück morje, hät Böll allt widder Kohldamf.[200] Hä kennt dat. Allemol wann hä ne neue Fall hät, kritt hä ne Bärehunger.

Dä Espressor hält, wat dä Mann versproche hät. Ech italijäniche Kaffe met deckem, joldbrunge Schuum. *Herrlich!*

---

[200] Kohldamf = Hunger

Böll röht brunge Zocker en dä Espresso un nemmp ene Schluck. *Heeß, söß un jot! Su ne jode Kaffe stivvelt de Jedanke!*[201]

Jetz kann hä och allt widder met singem Kullech Kuhle telefoneere. Hä holt sing Smartphone us dä Täsch un röf in an.

»Christian? Ich ben et, Oliver. Et jitt Neuichkeite.«

»Aha«, sät dä Kuhle am andere Engk vun dä Leitung ärsch reserveert, weil hä weiß, dat dä Böll in bloß dann met singem Vörname anspreche deit, wenn hä opjewöhlt es.

»Loss mich rode, do küss[202] och hück nit en et Büro«, fröch Kuhle no ner klein Pus frackig.[203] Böll üvverhöt de Stichelei un brengk in op dä neueste Stand vun däm Fall.

»Mer kann vermode, dat dä Pastur doch ömjebraat wode es. Sing Schwester hät ene Bref jefunge, en däm ehrem Broder Mord anjedräut wood,[204] un se selvs wör och en Jefahr.«

Bei dä letzte Wöder senk Böll de Stimm, su dat de Kunde, die jrad de Lade betrede han, nix verston, un sät met leiser Stemm:

---

[201] stivvelt de Jedanke = ordnet die Gedanken

[202] do küss = du kommst

[203] frackig = boshaft

[204] anjedräut wood = angedroht wurde

»Se wollte in us dä Föß han,[205] un han im sujar met nem Unfalldud jedräut.«[206]
»Dat steit en däm Bref?«
»Jo, ävver dä Bref es net kumplett. De zwette Sick deit fähle.[207] Scheck bitte de Sporesicherung do hen. Se solle dat Faarhuus un de Kirch unger de Lup nemme, vör allem dä Altar.«
»Wäd jemaat.«
»Wat es met dä Leich? Solle mer obduzeere?«
»An ener Obduktion jeit jetz kein Wäch mih vorbei. Villeich hät mer et janz einfach jemaaht, met Jeff em Messwing.«[208]
»Bruch de Schwester Polizeischotz?«, fröch Kuhle, dä jetz widder zo nem saachliche Ton zoröckjefunge hät.
»Nä, sie well nit. Sag de Kulleje vun dä Polizeistation en Untereschbach se solle af un an[209] an däm Farrhuus vörbei fahre. Ich bliev noch jet en Marialinden, ich muss noch met dä Rusekranzfraue spreche.«
»Met wäm?«

---

205 se wollte in us dä Föß han = sie wollten ihn weg haben
206 jedräut = gedroht
207 de zwette Sick deit fähle = die zweite Seite fehlt
208 met Jeff em Messwing = mit Gift im Messwein
209 af un an = ab und zu

»Dä Rusekranzfraue! Elena Gomez hät mer jesaat, dat de katholische Frauejrupp sich hück treffe deit, öm för de Pastur ene Rusenkranz zo bedde.«

»Aha«, sät Kommissär Kuhle, däm sing Stemm verröt, dat hä domet janix anfange kann.

»De Fraue künne mer secher einijes üvver de Stemmung en dä Jemeinde sage«, explizeert[210] Böll singem Kullech.

»Ich han jedaach, du wells för ding eije Sünd bedde, weil du allt de zweite Dach nit en et Kummissariat jekumme bes.« Dä fiese Kommentar kunt hä sich einfach nit verkniefe.

»Ich bedde och ne Rusekranz för dich met, weil du su doofe Spröch klopps. Maach besser dinge Job esu wie ich. Doför muss mer ävver manchmol erus us dä wärm Stuff«,[211] kontert Böll un lät op.

Hä nemmp dat Handy un röf sing Chefin Kriminalhauptkommissärin Ruth Hansen an. Met winnich Wöder deilt hä ehr met, wat passeet es. De Hansen antwoot köhl un sachlich. Se sechert im zo, de Obduktion vum Jereech anodene zo loße.[212] Domet es dat Jespräch och allt am Engk.

---

[210] explizeet Böll = erklärt Böll

[211] doför muss mer manchmol erus us dä warme Stuff = dafür muss man aber manchmal aus der warmen Stube heraus

[212] vum Jereech anodene zo loße = vom Gericht anordnen zu lassen

Jung, dat nenne ich effizient! Die Frau sät bloß wat nüdich es. Ov de us Nordddütschland kütt? Muss ich se partout mol ens froge.[213]

Böll lät dat Smartphone nevve singe Teller, op däm dat Cornetto noch litt. Dä söße Krom hilf im, sing Jeheens op Huhtoore zo bringe.[214] De Jedanke wirvele im em Kopp eröm. ... Noh Spanien zorückzokehre... Ungerschlupp finge... An däm Wood ‚Papeerkorv' bliv hä schleeßlich hange.

Waröm hät dä Pastur dä Bref en dä Papeerkorv jeschmesse? Wor de Saach domet erledich? Wo es de zwette Sick vun däm Bref un wo sin de andere Dräubrefe? Jo, de Orijinalbrefe möt mer partout finge!

Böll nipp an singem Espresso. Dä Koffein hilp im, sich widder zo konzentreere.

Et es trotzdäm nit uszoschleeße, üverläch hä, *dat dä Pastur an nem natörliche Hätzdud jesturve es. Oder an ner Embolie? Stervefäll, die janz Knall op Fall kumme, sin janit esu selde.*[215]

---

[213] muss ich se partout ens froge = muss ich sie unbedingt mal fragen

[214] dä söße Krom hilf im, sing Jeheens op Huhtoore zo bringe = die Süßigkeiten helfen ihm, sein Gehirn auf Hochtouren zu bringen

[215] die janz Knall op Fall kumme, sin jar nit esu zelde = die ganz plötzlich eintreten, sind gar nicht so selten

Böll loort op de Uhr. Zehn Minutte vör elf. Öm elf Uhr soll dä Rusekranz vörbei sin. Hä muss sich iele.[216] Züjich iss hä dat Cornetto un wisch sich de Häng an de Servijet af, dann de Kräm es im üvver de Häng jelaufe. Hä lät ne Zehneurosching op dä Desch un läuf flöck us dä Backstuv. Drusse merk hä, dat dat Schniedrieve zojenomme hät. Ovschüns et bloß ne koote Wäg es bis noh dä Kirch, trick hä sing Puddelmötz an. Eijentlich mag hä de schäbbich Mötz[217] janit, se stört sing ästetisch Fingjeföhl.

Ävver naaße Hoor, sin jenau esu schlemm wie naaße Föß!

De Schohn, de et Anna im jejovve hät, halde sing Föß schön drüch. Nit ein Schnieflöckche jeit en dat Ledder erin. Hä jrins zefridde.

Met enem Ruck mät hä de kumpackte Kirchedör op. Als hä entredde well, höt hä dä eintöniche Sprechjesang vun dä beddende Fraue. Hä muss sich setze, öm sich an de Dunkelheit en dä Kirch zo jewenne. Dann süht hä, dat en denne ehschte vier Bänk vör däm Altar unjefähr zwanzich Fraue kneene.[218] Bloß janz winnich Käze sin an. Öm nit zo störe, nöhert hä sich dä Jrupp vum seitliche Jang us. Als hä de Bankreihe bahl erreich hät,

---

216 hä muss sich eele = er muss sich beeilen

217 schäbbisch Mötz = hässliche Mütze

218 kneene = knien

bliev hä ston. Hä loort sich de Fraue an, die deef em Jebett versunke sin, un met jroße Jeschwindichkeit de Päle[219] vum Rusekranz durch de Finger jleite loße.
»Gegrüsset seist du Maria, voll der Gnade, der Herr ist mit dir, du bist gebenedeit unter den Frauen und gebenedeit ist die Frucht deines Leibes… Heilige Maria, Mutter Gottes, bitte für uns Sünder, jetzt und in der Stunde unseres Todes. Amen.«
Bloß noch ein Vatterunser, dann es dat Jebett am Engk!
Jelihrt es jelihrt,[220] schleeßlich wor hä och ens Meßdeener.
Wie de letzte Wöder verhallt sin, tredde de Fraue us dä Bänk erus, maache e Krützzeiche, de Auge fass op dä Altar jereech. Böll muss sich iele, um flök noh däm Usjang zo kumme, um do de Fraue afzofange. Doch dat flupp ehsch drusse vör dä Pooz.
Böll fröch de Fraue, wä de Jruppenleiterin es. Die zeije en Reechtung Faaramp, ne Flachbau, dä an de Piljerstroß steit. Böll süht do en Frau met nem kräftich Hingersch, enjepack en ein unvördeilhafte jriese Wollbotz, die met flöcke Schredde en dat Farramp läuf.
Dat muss de Leiterin sin!
Böll rennt hinger ehr her, koot bevör de Frau de Dör vum Faaramp opmät, es hä bei ehr.

---

219 de Päle = die Perlen
220 jelihrt es jelihrt = gelernt ist gelernt

»Frau Grau?«
»Jo?«
Die Frau driht sich met däm Schlössel en dä Hand noh im öm.
»Frau Grau, ich ben vun dä Kriminalpulizei en Jläbbisch. Minge Name es Böll. Kann ich üch koot spreche?«
»Kriminalpulizei?«, fröch de Frau verschreck.
»Et jeit öm e paar Routinefroge zo däm Dud vum Pastur Gomez«, sät Böll, öm dä Frau de Angs zo nemme. Doch sing Wöder han nit de erhoffte Wirkung. Janz nervös mät se de Dör op un lööt in entredde. Derwiel se ehre Mantel ophängk un de jehäkelte naaße Mötz vum Hoor nemmp, versök se met ner verläje Jeste die platt jedrökte Hoor e bessje zo odene.[221]
Böll loort sich em Raum öm Faarämpter sin im allemol ene Jreuel jewäse Jriese Linoleumboddem un Jeroch vun Putzmeddele en dä Luff, entsennt hä sich.
Un jenau esu es et hück och noch!
De Frau loort in an. Jetz muss hä flöck jet sage!
»Frau Grau. Pastur Gomez es am Sonndach bei dä Mess verstorve.«
Die Frau nick un es immer noch verschrocke.

[221] versök se met ner verläje Jeste die platt jedrökte Hoor e bessje zo odene = versucht sie mit einer verlegenen Geste de plattgedrückten Haare ein wenig zu ordnen

»Mer hann hück för sing Siel jebed«, flöstert se.
»De Jemeinde is bestemmp janz deef bewäch. Trotzdäm muss ich inne e paar Froge stelle.«
Die Frau nick nochens.
»Wann wood dä Pastur Gomez no Marialinden berofe?«
»Vür unjefähr zwei Johr«, sät de Leiterin, derwiel se widder versök, ehr Hoor e bessje en Form zo brenge.
»Wor hä en dä Farrei jän jesinn?«[222] Die Frau nick avvermols.
»Jo, de Lück han in jän jehat,[223] mer sin all entsetz üvver singe plötzliche Dud.«
»Woren all in dä Jemeinde domet enverstande, dat ene Spanier un nit ne dütsche Priester de Pasturestell üvvernomme hät?«
Die Frau zöjert.
»Am Anfang jov et e paar kritische Stemme. No dem Här Gomez ävver op alle Minsche fründlich zojejange es, hät dat opjehürt. Wessen se, zick dem hä bei uns als Pasturjewirk hät, wor de Kirch immer voll. Hä hät esu doll jeprädich.«

---

[222] Wor hä en dä Farrei jän jesinn? = war er in der Pfarrei gerne gesehen?
[223] han in jän jehat = haben ihn gern gehabt

»Wat wor dann esu doll an däm singer Prädich?«[224]
»Hä hät uns doran erennert, dat dat Evangelium en Fruh Bottschaff hät. En Bottschaff, die vun dä Leev zom Nöchste sprich, vum Verzeihe un dovun, dat mer openander zo jon solle. Dat hät dä Jemeinde jot jedon.«
»Jov et dann Knies en dä Jemeinde?«[225]
Widder zöjert se.
»No jo, hin un widder. Nix besondersch. Här Gomez kunnt jot vermeddele un Strick entschärpe.[226] Zoletz wor dä Chressdachsmaat Jrund für ne Strick«[227]
»Dä Chressdachsmaat?«
»Jo, mer veranstalde em Advent ne Chressdachsmaat rund öm dä Dom. E paar meine, dat dis Johr kein kölsche Leeder vun dä Musikjruppe jespielt wäde solle. Chressdach es jo keine Fastelovend.«
»Woodt dä Strick jelöst?«
»Herr Gomez hät all us dä Jemeinde zom Jespräch enjelade Dat Treffe sollt dise Donnersdach sin. Ävver dozo kütt et jo nit mih«, sät die mollige Frau janz betrodde.

---

[224] Wat wor dann esu doll an däm singer Prädich? = was war denn so toll an seiner Predigt?
[225] Knies = Ärger, Streit
[226] Strick entschärpe = Streit, Konflikte entschärfen
[227] wor dä Chressdachsmaat Jrund für ne Strick = war der Eeihnachtsmarkt Grund für einen Streit

Justemang jeit de Enjangsdör op un de andere Fraue kumme en dat Farrheim. Vörwetzig stelle se sich öm Böll un de Jruppenleiterin. De Frau Grau fölt sech berofe, dä Kummissär vörzustelle.
»Dat is dä Här Böll vum Kummissariat en Jläbbisch. Här Böll hät e paar Froge an üch. Üvver de Arbeid en dä Jemeinde un üvver unsere verstorvene Pastur well hä och jet wesse.«
Die Fraue loore janz jespannt op dä Kummissär Böll. De mieste vun dä Fraulück han dä jliche praktische, koote Hoorschnett wie de Jruppeleiterin. Och de jries Hoorfärv vun all dä Fraue lööt op jroße Solitarität met ehr schleeße.[228]
Böll merk, dat alle Auge op in usjereech sin.
Ich muss jetz en jode Bejründung afjevve!Ävver ein, die nit esu vill Stöpp opwirbele deit![229]
Hä räuspert sich un wäßelt en et Huhdütsch, wat möhsam vör in es.
»Meine Damen, Herr Gomez ist eines plötzlichen Todes gestorben. In solchen Fällen ergeben sich für die Polizei immer Fragen … Routinefragen.«

---

[228] och de jries Hoorfärv vun all dä Fraue lööt op jroße Solitarität met ehr schleeße = auch die graue Haarfarbe lässt auf eine große Solidarität mit ihr schließen
[229] nit esu vill Stopp opwirbele deit = nicht so viel Staub aufwirbelt

Hä hoff, met dä Ansproch de Froge dä Wiever en Schach halde zo künne.[230]
»Frau Grau han ich die Froge allt jestellt«, ohne dat hä et merk, es hä wedder en et Kölsche jerötsch.« »Ävver ich well och üch froge: Wor Herr Gomez in der Jemeinde jän jesinn?«
All nicke. En Frau em ockerfarbije Pullover erjänz: »Mer han sing Prädichte jeliebt! Die woren esu spannend. Richtje Jeschichte us däm Levve, die hä met dä Fruh Bottschaff verbunge hät.«
»Hä wor esu jebildet«, schwärmt en andere Frau, die och sun Häkelmötz ophät wie de Frau Grau.
»Jov et villeich doch dä eine oder andere, dä in nit ligge kunt?«, jitt Böll zo bedenke.
De Frauen schöddele janz entschosse de Köpp.
»Nä, hä wor wirklich ärch belieb«, schalt sich de Fau Grau entschlosse en dat Jespräch en.
Böll well et dobei beloße un bedank sich bei dä Fraue.
Do meld sich ein vun dä jrieshaarije Fraue zo Woot: »Darf ich och en Froch stelle?«
»Ävver secher dat«, jitt Böll jotmödich zo Antwoot.
»Sid ehr met Heinrich Böll, däm Schreffsteller, verwandt?«

---

[230] de Froge dä Wiever en Schach halde zo künne = die Fragen der Weiber in Schach halten zu können

Ennerlich zallt hä bes drei, hä es de Froch so jet vun leid un sät doher rotzfrech:
»Enä, ben ich nit. Ävver och ohne met däm Schreffsteller verwandt zo sen, lese ich af un an jän Böcher.«
Hä nick dä Fraue zo un jeit op dä Usjang zo. Doch em Flur kütt hä zofällig an nem Jadderobespejel vorüvver un es entsez üvver sing Hoor, die elektrisch opjelade sin un steil no ovve ston.
Es dat peinlich! Hä es janz verläje. *Kein vun dä Damen hät beim Jespräch jet üvver sing Hoor jesaat!*
Die Frau met dä Pottmötz steit hinger im.
»Wesst ehr, de jekaufte Nylonmötze sin einfach nit jot. Se laden de Hoore op un dann süht mer esu us wie ehr jetz. Selvs jehäkelte Mötze us Woll sin allemol dat Beste!«

10

Wie Böll drusse op däm Kirchplatz steit, merk hä, dat et opjehoot hät zo schneie. Noch bevör hä Elena Gomez ene Besök afstattet, well hä noch flöck sing Frau anrofe, öm singe verjessene Anrof e bessje uszobüjele. Hä lööt et lang klingele, schleeßlich es se am Apparat.

»Hallo?«
»Julia?«
»Jo«, antwootet sing Frau met reserveeter Stemm.
»Schön, dat ich dich erreich! Et hät esu jeschneit jestere, dröm han ich letzte Naach allt en mingem neue Heim üvvernaach.«
»Han ich bemerk«, kütt et janz köhl zoröck.
»Et wor ne janz turbolente Dach jestere. Et Anna vun Eschborn hät mich noch zo nem Jlas Rudwing enjelade, un doröm es et jet zo spät jewode, öm dich noch anzorofe. Un hück Morje wor et noch zo fröh, ich wollt dich nit opwecke!«
»Es allt jot. Ding neu Vermeederin wor esu nett, mich üvver ding neu Levve zo informeere«, jitt sing Frau met nem ironische Ungerton zo Antwoot.
»Oh, dat wor ärch ömsichtich vun dä Frau vun Eschborn«, merk Böll an un bemöht sich, öm ene heitere Tonaat.
»Küss do am Mettwoch en de Jalerie?«, wäßelt sing Frau met einem Mol dat Thema un triff in domet unvörbereitet.
»Woröm?«
»Woss ich doch, do häs de Vernissage allt widder verjesse!!«
»Ävver nä... Ich…«

»Oliver…«, sät sing Frau met ner anjreffslöstiche Stemm.
»Ich un ding Vernissage verjesse! Ich bedde dich!«, wies hä dä Verdach wick vun sich, ovschüns hä sing linke Hand dodrop verweddet hät, dat de Usstellung ehsch nöhkste Woch wör. Zick hä no Jläbisch versatz wode es, hät hä Möh, däm Aldaach singer Familich zo folge.
»Kumme de übliche Verdächtiche noh dinger Usstellung?«, fröch Böll, öm sing Frau vun noch mih bohrende Nohfroge afzolenke.
»Natörlich, wie allemol. Durchjeknallte Künstler, iggelige Presselück[231] un schlächjelaunte Kritiker, die all bloß op dat Buffet spingkse. Bes do dismol pünklich?«
»Ich wäde mich öntlich anstrenge! Allerdings sin de Wedderverhältnisse nit ideal un ich han och ne neue Fall.«
»Verston ich, ävver versök et bitte.«
»Schätzche, ich versök janz bestemmp, janz pünklich zo sin«, säuselt Böllun lät viel Scharm en sing Stemm, öm de versöhnliche Atmosphäre am Engk nit kapott zo maache.

[231] iggelige Presselück = nervöse Journalisten

»Ich freu mich«, sät sing Frau, die jetz vill besser jelaunt es wie am Anfang vun däm Jespräch. »Jo, dann bes üvvermorje.«
»Jo bes üvvermorje. Ich han dich jän!«[232]
Böll schmunzelt un dröck dat Jespräch fott. Sing Frau un ehre Künstler- ne chaotische Trupp, ävver leev. De Kritiker sin jet blaseet, ävver se kumme all, weil de Usstellunge vun singer Frau anjesaate Veranstaltungen en Kölle sin.
Als hä vör däm Faarhuus steit, jeit de Dör wie vun Jeesterhand op. De Frau Gomez hät, wie sich erusstellt, op in jewat.
»Ich habe Sie vom Fenster ausgesehen«, sät die Spanierin un mät im e Zeichen enzotredde. »Ihre Kollegen im Arbeitszimmer sind fast fertig.«
Bevür se de Dör widder zomät, loort se no drusse in Richtung op et Faarheim. Böll mät et ehr noh. Am Brunne ston drei Rusekranzfraue un loore vörwetzig noh inne errüvver.[233]

---

232 ich han dich jän = ich habe dich gern (bei Gefühlen mag der Kölner keine Übertreibungen), es entspricht dem ‚Ich liebe dich‘

233 loore neujeerich noh inne errüvver = schauen neugierig zu ihnen herüber

11

Nohdem Böll erfohre hat, dat de Sporesecherung de Brefe nit jefunge hat, wählt hä Kuhles Nummer. Dä es tirek am Telefon.

»Ich ben et. Ich bruch ding Hölp.«

»Womet kann ich deer helfe?«

»Sag ens, jitt et im Berjische rächsradikale Jruppe? Du kenns dich he in dä Jäjend doch us.«

»Jo, die jitt et, Huhbürch sin[234] Radevormwald, Solingen un Wuppertal.«

»Kanns du erusklamüsere,[235] ov die en Kuntak zo dem Pastur stundte? Villeich kumme de Dräubrefe us de rääachte Szen.«

»Dat es denkbar. Ich han bloß e Problem. Vör ner Stund wood ne Drogendude en Jläbbisch jefunge. Ich ben en dä Ermeddelungsjrupp. Do weeß doch, wie knapp mer met dem Personal sin.«

Böll nick. Dat Problem kennt hä.

»Tja, dann…«, seufz Böll un jrad, als hä opläje well, sät Kuhle:

»Ich kann deer ävver ne Kuntak zo enem vun uns V-Männer herstelle. Mer han ene en de Szen

[234] Hübürch sin = Hochburgen sind
[235] erusklamesüre = herausbekommen

enjeschleus. Dä kann deer bestemp Tipps jevve, die vill wät sin.«

»Mmmmh«, jrummelt Böll un schriev sich winnich bejeistert de Handynummer vun dem V-Mann op. Als Böll dat Telefonat met Kuhle zo Engk jebraat hat, röf hä dä V-Mann an. Et meldet sich am andere Engk en leis Stemm. Böll nennt dat Codwood un fröch no nem Treffe. De Person jitt im en Adress en Vilkerath. Dat Treffe soll en ner halven Stund sin. Böll well sich tirek op dä Wäch maache, denn de Faht bei dem schlächte Wedder wäd länger als jewöhnlich dore. Dä V-Mann well ein Veedel-Stündche vörop do sin, esu sinse üvvereinjekumme. Nümmes soll se allebeids zosamme en et Huus eren jon sinn.[236]

Böll jeit noh singem Auto un stellt jenerv fass, dat de Schieve zojefroge sin. Met vill Möh kratz hä dat Ies vun dä Schieve. Dat koss vill Zick.

Wat e Jlöck, dä Motor sprengk tirek an!

Höösch rollt hä met singem Wage op de Piljerstroß en Richtung Landwehr, un beeg op dä Höh vun dem Sportsplatz en de Siefenstroß eren un vun do en de Vilkerather Stroß. Justemang[237] merk hä, dat de Reife kein richtije Halt op dä Stroß han.

---

[236] nümmes soll se allebeids zosamme en et Huus eren jon sinn = niemand soll sie beide zusammen in das Haus hineingehen sehen

[237] justemang = in dem Moment

Do es Ies unger dä Schniedeck! Dat hät mir noch jefählt! Un ich han bloß Sommerreife!
Hä weiß, dat bahl e paar fiese S-Kurve kumme un dröm schaltet hä ne Jang zoröck. Als hä op dä Boorehoff en Breidenassel zorollt, süht hä op dä rächte Sick e Plateau met janz huhe Danne un schniebedeckte Hüvvele. Hä hät jetz ävver kein Zick, dat Panorama anzoloore. Jetz tauche hinger im jrell Scheinwerfer op, de in blende. Trotz Schnie un Dämmerung, jitt dä Fahrer hinger im de Leechhupe.
Dä well üvverholle! Dat kann doch nit wohr sin!
Op dä Jäjenfahrbahn kütt ne kleine Fiat entjäje. Trotzdäm setz dä Wage hinger im zom Üvverholle an, schert links us, un brus am Böll elans.[238] Jrad noch rächziggich fäddemte dä Wage sich widder en.[239]
Bölls Hätz ras, hä es usser sich! *Dat wor knapp!*
Hä wirf ne Bleck op dat Kennzeiche: SU.
Na klor, söke Unfall! Kreis Siegburg. De fahre off halsbrecherich övver de Landstroße. Dat es im allt öfter opjefalle.
Als op dä Fahrer vür im noch nit jenoch Adrenalin em Blot hät, bremst hä jih af. Böll tritt hastich op de Brems, ävver sing Bremse jrieve nit. Singe Audi

---

[238] elans = vorbei

[239] fäddemte dä Wage sich widder en = fädelt sich der Wagen wieder ein

schleddert wigger un knallt op dä VW. Jetz rötsche beidse Autos zesamme elans de Fahrbahn, bes se en de nöhkste Kurv an et Ston kumme.[240] Jrad noch rächziggig, öm nit dä Berchhang eraff zo stöze.[241]
Mein Jott, dat hät noch janz schlemm wäde künne! Heiße Wot kütt im huh. *So ene Idiot!*
Wie Böll us singem Auto erus well, kütt im dä Fahrer zovör un rieß Bölls Autodör op. Wotentbrannt trick hä Böll us däm Wage, un well im met dä Fuus en et Jeseech haue. Ävver Böll es flöcker, sing Reflexe woren allt en dä Polizeischull lejendär. Hä wehrt dä Anjriff af, driht däm Mann de Häng op dä Rögge un däut in jäje dat Auto. Dä Mann hült vür Ping op. Mit däm rächte Ärm fixeert hä dä Anjriefer, met dä linke Hand holt hä sing Handy us dä Täsch un röf de Pulizei en Untereschbach an. Dä junge Mann tritt voller Wot jäje Bölls Auto un stüss en Schimpfkanonat us. Kommissär Böll jrief im en de Hoor, rieß dä Kopp zoröck un flöstert im en et Ohr:
»Pass op, Jüngelche, wann do he heil eruskumme wells, dann dät ich mich an dinger Stell krützbrav verhalde. Ich kann och anders.«

---

240 bes se en de nöhkste Kurv an et Ston kumme =bis sie an der nächsten Kurve zum Stehen kommen

241 jrad noch rächziggig, öm nit dä Berchhang eraff zo stöze = gerade noch rechtzeitig, um nicht den Berghang hinunterzustürzen

De Wöder, en nem jeföhrliche Flösterton en sing Ohr jezesch, verfählt sing Wirkung nit. Dä Typ steit still. Böll sechert met däm Warnscheld de Unfallstelle af un däut derwiel dä junge Mann vür sich her. Et doort en Iwichkeit bes de Pulizei schleeßlich do es. Och dä Afschleppdeens lööt ärch lang op sich waade. Et es klor, dä Schnie hät och woanders Unfälle bewirk.
Hä muss däm V-Mann afsage un dä Termin op morje verläje, denkt hä, hölt sing Handy erus un schriev en koote SMS an de Kuntakperson, de sich met däm Name Eike van de Vries am Telefon jemeld hät.
Hoffentlich loort dä Typ och op sing Display!
Als dat all erledich es, drängk sich im de nökste Froch op. *Wie kumm ich he fott?*
En singe Nut röf hä et Anna vun Eschborn an, un verzällt ehr, wat ihm passeet es. Tirektemang schleit se im vör, in afholle zo kumme. Dankbar nemmp hä dat Anjebott an, dann de Käld zermürb in langksam. Hä kütt met ehr üvverein, in op dä Polizeiwaach en Untereschbach afzoholle. Schleeßlich muss hä jo noch för dä Unfallbereech parat ston.

12

Kommissär Böll jeit vör die Pulizeiwaach op de Stroß, öm met däm junge Kullech dä de Unfallbereech opjesatz hät, en Zigarett zo flöppe. Zickdäm dä erfahre hät, dat hä bei der Modkommissijon es, löchert hä in met Froge. Sing Intresse an dä Kriminalarbeit es nit zo üvversin. Eijentlich hät Böll de Flöpperei[242] opjejovve, ävver als dä Puliziss im en Zigarett anjebodde hät, kann hä nit nä sage. Hä well hück en Usnahm maache, öm sing Nerve zo beräuhije.
Jih brus ne knallrude Land Rover enem huhe Tempo op dä Hoff. Zo singer Üvverraschung springk nit ne junge Mann us däm Auto, wat hä bei der Fahrwies vermodet hät, sondere de Frau vun Eschborn. Nit bloß de sportliche Fahrwies, och dä jroße Jeländewage üvverrasch in. Böll hät sich bei ehr eijentlich en elejantes Auto vörjestellt. Ne Alfa Romeo oder esu. Hä laach en sich eren. Su sportlich wie dat Auto, sin och ehre Klamotte. Jeans, knöchelhuhe Schnürschoh un en Plümjack[243] met nem huhe Krage.
»Tach zosamme, de Hääre«, jröß die Dam un dann an Böll jereech:[244]

---

242 de Flöpperei = das Rauchen
243 Plümjack = Dauenenjacke
244 jereech = gerichtet

»Sid ehr esu wick?«
Böll, dä Frau vun Eschborns resolute Aat no allt jewonnt es, dröck sing Zigarett us, nick däm Beampte zo, steit en et Auto en un nemmp op däm Nevvesetz Platz, denn hinger dä Lenker lööt se in jetz bestemmp nit.
Während dä Fahrt blieven se stell. Hä es fruh, dat se nit no däm Unfall fröch. Hä mät de Auge zo, un merk wie singe Mage vör Hunger knottert. Doröm mät hä dat Radio an, domet mer dat nit mih hört.
Leis Jazzmusik kütt us däm Lautsprecher.
Miles Davis. Esu schön!
No zirka zwanzich Minutte hält dä Wage an. Hä mät de Auge op un merk, dat se allt zo Huus sin. E paar Latäne jevve jet Leech. Em üvvrijees[245] es et stockdüster un janz stell. Böll hört et en de Ohre ruusche. Su stell es et he, dat einer us dä Stadt wie hä, dat nit jewonnt es.
Wie se in et Huus jon, fröch hä op Internetanschluss em Huus es un op hä in benotze darf? Frau vun Eschborn nick un wies op dat Arbeitszemmer am Engk vum Flur. Böll es vun dä technische Usstaffeerung vun däm Büro anjedon. Ne Apple-Laptop met ultraflaacher Tastator. *Bloß vum Feinste!*

[245] em üvvrijees = ansonsten

Zofredde en Rau arbeide zo künne,[246] schaltet hä dä Laptop en. Un muss lang waade. Dat Jerät läd un läd...
De Internetleitunge op däm Land es en einzich Katastroph! Villeich soll mer de Böschtrumm[247] widder enführe, echauffiert sich Böll.[248]
Noh ner Iwichkeit fröch dä Computer no däm Passwoot.
Wat hät dat Anna jesaat? Dä Name vum Möpp? Och jo, Paul!! Ärch orijinell! Öm dat Passwoot zo knacke, bruche Profis bloß winnich Minutte.
Böll erennert sich an ne IT-Secherheitsexperte, dä jesaat hät, dat mer nit de eijene Puute oder Möppe[249] för e Passwoot nemme soll, denn dat dun se all. Ich muss et Anna op dat Secherheitsproblem opmerksam maache, denk hä.
Endlich kütt op däm Bildschirm dat Symbol vun dä Sökmaschin Google.
Böll jitt de Wöder ‚rächtsradikal' un ‚Berjisches Land' en. Während hä op de Bildschirm starrt, kütt dä Hungk vun däm Anna eren. Hä knottert nit, stattdesse wedelt hä fründlich met däm Stetz.

---

[246] zofridde en Rau arbeide zo künne = zufrieden, in Ruhe arbeiten zu können

[247] Böschtrumm = Buschtrommel

[248] echauffiert sich Böll = ärgert sich Böll

[249] de eijene Puute oder Möppe = die eigenen Kinder oder Hunde

Jo, jetz ben ich im zimpatich, weil hä dat Levverwooschbrut vun hück morje noch em Kopp hät! De Bestechung hät jewirk!

Ävver de Hungk es nit allein, de Frau von Eschborn küttmet nem Tabelett, op däm sich deWooschbrude stappele. Donevve e Schösselche met Goudastöckelche, nebst zwei Essichjurke un en Fläsch Reissdorf- Kölsch.

Die Frau kann Jedanke lese!

Böll bedangk sich üvverschwenglich un mät am Bildschirm wigger. Derwiel sing Auge op dä Bildshirm enjestellt sin, jrief hä met dä linke Hand noh däm Wooschteller un bieß en dat Brut.

Mann, deit dat jot!!

Dann dä ehschte Schleck Kölsch. Böll verschlüß de Auge. *Su muss Bier schmecke!*

Derwiel hä iss, loort hä wigger op dä Bildschirm un springk zwesche de verschidde Websigge hin un her. Hä stellt fass, dat sich de rächte Szen op Radevormwald un Wuppertal konzentreet, jenau wie et Kuhle jesaat hät.

Böll lis, dat de rächsradikale Partei ‚Das Bergische Land gehört uns' in mänche Komune vertrodde sin, un och op de Stroß zemlich angkascheert sin.

»Loor ens an! Mahnwaache en Overath, Wuppertal, Wermelskirchen... warne vör dä Flüchtlinge... wolle bloß uns Jeld... verjriefe sich an uns Fraue...«, mummelt Böll leis de Zitate us däm Artikel vör sich hin.

»Wat für ne Blödsenn! Widderliche Plaateköpp!«,[250] schallt et hinger singem Rögge. Böll fährt eröm. Hinger im steith et Anna vun Eschborn un loort evvenfalls op dä Bildschirm.

Se hät de janze Zick metjelese! Böll es opjebraat un wenn hä et es, sprich hä Huhdütsch.

»Frau von Eschborn!«

»Anna!«

»Von mir aus Anna. So geht das nicht!«, fäht hä sing Vermeederin an.

»Wat jeit nit?«, fröch et Anna met ener Unscholdsmien.

»Sie können nicht heimlich hinter mir stehen und einfach mitlesen!«

»Ich hösch hinger inne ston? Dat es immerhin ming Arbeidszemmer!!«, antwoodt et Anna un bliev stuur em kölsche Modus.

An däm Arjument es jet dran. Böll kann dojäje nix mih sage un fäht en ner vörsichtich Tonart wigger:

»Entscholdije Anna, ävver ich kann nit met üch üvver de Ermeddelunge kalle!«[251]

»Wä sät dann, dat ich met üch üvver de Ermeddelunge spreche well? Ich han jedaach, dat ehr üch janz em

---

[250] Plääteköpp = Glatzköpfe

[251] kalle = reden, quatschen

Alljemeine üvver de Jäjend, in dä ehr jetz wonnt, informeere dät«, jitt Frau von Eschborn zo Antwoot, ohne met dä Wimpere zo zucke.
Böll muss jäje singe Wille jriemele. *Janz clever es dat Mädche. Se hät mer dä schwaze Pitter zojeschobe!*
Wie se in jrielaache süht,[252] lät se zwei Finger op ehr Leppe, esu wie dä Winnetou in däm Roman vum Karl May.
»Ich kann schwijje wie e Jrav!«[253]
Dise Jeste hät hä dat letzte Mol op däm Schullhoff jesin. Böll es ameseet.
Un zuletz sät se en nem jespillte Befellston:
»Kumm, Paul, losse mer dä Kummissär jetz ermeddele.«
An dä Dör drieht se sich noch ens eröm un jriemelt Böll janz verschmitz an. Böll laach zoröck, ovschüns noch allemold Ärjer en im wöhlt.[254]

---

[252] jrielaache = schmunzeln

[253] ich kann schweije wie e Jrav = ich kann schweigen wie ein Grab

[254] noch allemold Ärjer en im wöhlt = noch immer Ärger in ihm arbeitet

13

Wie Böll am nökste Morje wach wäd, föhlt hä sich möd un zerschlage. Hä weiß nit, wat en singem Kopp eröm schwirre deit. Hä hät jedräump, doch hä weiß nit mih jenau, woröm et eijentlich jing, irgend jet vun Tarnklamotte un Springerstivvele. De Zeidungsartikele, die hä jester Ovend jelese hät, han en dä Naach ehr Wirkung entfalde!

Et jitt alsu en räächsradikale Szen em Berjische Land. Dä Pastur un sing Schwester sin us Spanie. Fremde, die en ner dütschen Farrei einjesezt woode. Wo dat ene Anlass, ne Mord zo bejon? Dat manche Lück selvs vör nem Mord nit zoröckschrecke, hät dä NSU-Prozess en München jezeich! Es dä Täter en däm Milljö zo söcke?

Böll seufz. Wenn hä doch bloß eine vun dä Dräubrefe in de Häng hät! Dann künnt hä dä op Fingerafdröck ungersöke oder dä sprachliche Usdröcksforme erusklamüsere. Esu ävver jitt et bes jetz nur dä Bref vum Gomez an sing Schwester. Böll drieht de Heizung op, domet de Köhlde vun dä Naach us dä Wonnung erus jeit.

Hoffentlich jitt dat Anna mer ehr Auto, denn minge Audi muss e paar Däch en de Werkstatt blieve. Bei dä

Autovermeedung hät hä nümmes[255] mih erreiche künne.

Ävver sing Termine dränge!

Beim Raseere üvverlät hä, oder sing Frau allt en dä Jalerie es, öm de Bilder un Skulptore för de Usstellung zo arrangeere. Hä weiß jo, dat sing Frau en su einer Phase zwesche Euphorie un Nidderjeschlagenheit schwank un sich miestens zoröcktreck, öm en aller Rau arbeide zo künne. Schleeßlich sin all jespannt un dä Neid en dä kölsche Kunstszenes es nit jrad jering. Flupp en Usstellung nit, zerrieße se sich de Muul. Julia versök doher, sich bei jeder neu Usstellung selvs zo üvvertreffe.

En Jedanke jeit Böll de Trapp eraf un versök op däm Handy sing Frau anzorofe. Ävver et meld sich bloß dä Anrofbeantwooter.

Se es alsu schon afjetauch.

Böll jeit en de Köch un süht, dat et dismol nit esu Fröhstöck jitt, wie hä dat derwiel jewent es. Mamelad, Botter un Brut. Mih nit.

Wat soll ich dann domet anfange? Zöjerlich setz hä sech an dä Desch. *Ich muss däm Anna sage, wat ich am leevste zom Fröhstöckhan well. Ävver ich muss janz höösch sin, denn se es jet eijewellich.*

---

[255] nümmes = niemand

»Anna, ich setz mich bei üch allemold an ne jedeckte Desch...«
»No, ich freu mich doch, wann ich nit allein fröhstöcke muss. Probeet ens de selvsjemaate Mamelad! Jläuvt mer, de es ärch lecker! Met nem Schoss Grappa. Bittersößem Jeschmack. Einfach lecker!«
Domet es dat, wat hä in punkto Fröstöck am Hätze hat, vöresch vum Desch. Böll verlät dat Jespräch us taktische Jründ op ne spätere Moment. Un su jriev hä janz behätz noh däm Berjische Blatz, schmeert sich Botter drop un klätsch jet vun dä leckere Mamelad drop. *Irjend jet muss ich jo esse!*
»Dä Klatschkies han ich vun nem Boor he us dä Jäjend un dä Blatz han ich selvs jebacke«, quiddelt alät de Frau von Eschborn.[256]
»Aha«, sät Böll, der esu fröh am Dach noch nit met dä Dynamik von dä Frau Eschborn methalde kann. Hä biß en et Brut.
Wow! De Marmelad es verhaftich en Sensazijon!
Do hä de Mungk voll hät, hiev hä de Duume in de Hüh, öm ehr de Jenuss anzezeije. Et Anna jriemelt un schödd im vun däm leckere Kaffe noch jet en. Esun Försorch jeit och däm Hungk zo wigg, hä fängk an zo kläffe.
»Hä will met üch fröhstöcke, Oliver.«
Ävver ich nit met im, denk Böll un sät:

[256] quiddelt alät = zwitschert munter

»Söß Brut es bestemp nit för jot däm Paul sing Zäng!«
»Dann jev vtim doch jet vun däm ahle Jraubrut, wat ich jestere für Paul zoröckjelaat han.«
Böll jrief sich dat Brut un schmieß die drüje Schnett däm Dütsch-Drahthaar hin. Dä schnapp se sich un rennt us däm Ruum, öm se em Flur en Rau fresse zo künne. Böll üvverlät, wie hä an dat Auto vum Anna kütt. Dä V-Mann hät im jesims, dat hä in hück Morje treffe künnt, noh dem et jester Ovend nit mih jeklapp hät.
»Anna, ich han jestern Ovend in dä Autovermeedung keine mih anjetroffe. Kann ich op ehr Anjebott zoröckkumme un mer ehre Jeländewage uslihne?«
»Dat dörft ehr, ävver ehr mutt och för mich jet dun. Ehr mutt en Huhzickskoche bei däm Backhuus Schnabel en Kölle afholle. Die bruch ich för de Feer hück Nommendaach.[257] Sid ehr esu fründlich?«
»Dat erledije ich jän, lüg Böll, denn hä weiß, wat dat heeß, en Kölle op dä verstoppte Stroße en ‚klein Erledigung' zo maache un dann och noch ne Parkplatz zo finge. Ävver wat soll hä maache? Hä bruch dat Auto!

[257] för de Feer hück Nommendaach = für die Feier heute Nachmittag

Un do hä noh däm jeplante Treffe met däm V-Mann, och en Kölle noh däm Pathologische Institut fahre muss, kann hä och de Taat afholle.[258]

14

Wie Böll met däm Jeländewage de ehschte Kilometer jefahre es, föhlt hä sich wie ne Jäjer op nem Huhsetz em Bösch.[259] Hä kann, dank dä fass ne halfe Meter huhe Riefe, Stroße un Jelände prima üvverblecke. *Herrlich!*

Dat anjenehme Jeföhl, dat im dat steuern des Jeländewage beschert, üvverrascht in selvs. Bes jetz fung hä dat Protze met jroße Autos lächerlich. Et es im ävver nit verborje jeblevve, dat en dä Stadt zor Zick de SUV jefroch sin. Dorüvver hät hä sich fröher off löstich jemaat.

Jeländewage en dä City - su jet Blödes!! Trotzdäm, dä Wage föhlt sich verdammp jot an...

Hä explizeert sich singe Senneswandel domet, dat op däm Land su ne Jeländewage Senn mät.[260] Ävver hä

---

[258] de Taat afholle = den Kuchen abholen

[259] föhlt hä sich wie ne Jäjer op nem Huhsetz em Bösch = fühlt sich wie ein Jäger auf einem Hochsitz im Wald

[260] Senn mät = Sinn macht

weed dä domme Verdaach nit loss, dat dat jode Jeföhl vun de ville PS unger dä Fott kütt...[261] Ävver dä Jedanke deit hä flöck bei Sick.

Emmerhen hät hä sing Levve met däm jeliehnte Auto widder im Jreff!

Als hä op dä Parkplatz vun däm Thai-Restaurant en Vilkerath fäht, hät hä dat Jeföhl, dat keiner söns ungerwägs es. Dä V-Mann hät im jesaat, dat hä wiggaf vun dä konspirativeWonnung parke soll.

Zom Jlöck sin de Trottewars[262] frei vum Schnie. Met flöcke Schredde jeit hä am Restaurant ‚Thai Elefants'lans un wigger am Uhrmächer Boxberg, dä Frittebud ‚El Greco'un dä VR-Bank vörbei un dann links en ein Jass erenn, wo dat wieß jetünschte Meetshuus es, wat dä V-Mann im jenannt hät.

Hä dröck op dä Klingelknopp. Tirek höt mer dä Summer. Flöck jeit Böll de Trapp erop bes op de zwette Etag. De Dör es bloß anjelahnt. Em Flor kütt im ne Mann entjäje, jroß un kräftich jebaut, met ärch breide Scholdere. Die beidse Mannslück jevve sich reserveet de Häng. Dä Mann, der sich van de Vries nenne deit, lööt Böll en et Wonnzemmer erenn.

De Elejanz vun däm Wonnzemmer verblöff Böll. Hä häten däm einfache Meetshuus ehter Jelsenkirchener

---

[261] unger dä Fott kütt = unter dem Hintern kommt

[262] Trottewars = Bürgersteige

Barock erwat. Nä, he ävver ston Louis-Philippe-Stöhl us dunklem Holz, akkurat öm ne antike Holzdesch drapeert! Ne Sekretär us Keeschholz un e jroß, schwatz Leddersofa maache dat Mobilar perfek. Op däm Wonnzemmerdesch steit, zo singem Erstaune, en hauchzaat Teeservice. Su jet Schönes hät hä däm bullije Mann nit zojetraut!

»Darf ich Ihnen eine Tasse Tee anbieten?«, fröch van de Vries üvverus opmerksam.

Böll nick koot mem Kopp, ovschüns de Idee, Tee zo drinke, in nit jrad vum Hocker rieße deit.

»Möchten Sie ostfriesischen Tee oder wollen Sie einen japanischen, grünen Tee?«, fröch dä Mann met ner jenäselt Stemm, die de norddütsche Afstammung nit verleuchne kann.

»Ich nemme dä ostfreesiche Tee. Vun däm jröne Tee wäd et mer plümerant.«[263]

»Oh, dann brühen Sie ihn falsch auf. Sie müssen den grünen Tee mehrmals aufkochen, bevor sie ihn trinken. Erst der dritte Aufgusss ist trinkbar.«

Dä Typ hät och sage künne, dat sich beim Teedrinke de Spreu vum Weize trennt: Minsche, die nit wesse, wie mer Tee anständich drink, un denne, die dat nit wesse.

»Aha«, anwoot Böll doher bloß drüch. Hä hät verstande, dat et he nit bloß öm et Teedrinke jeit. Dä

---

263 plümerant = übel

well däm Ansching noh, och noch dä Ungerscheed zwesche kultiveet un unkultiveet e bessje mih klor erusstelle.

»Wissen Sie, die Qualität des Wassers ist entscheidend für den Geschmack. Das Wasser darf nicht mehr als 80 Grad betragen, wenn es mit den Teeblättern in Berührung kommt.«

Böll es nit bloß vun dä Teezeremonie äklich beröht,[264] sondern och de fiese Fistelstemm mät im zo schaffe. Dat Stemmche well so ja nit zo däm korpulente Liev passe.[265]

»Wir in Norddeutschland trinken den Tee mit Kandiszucker und einem Schuss Sahne«, jeit dat Jelaber wigger. Böll nick bloß koot, dat janze Jehabe widdert in an.

Soll sich dä Typ doch enem Jeföhl vun Üvverläjenheit suhle, dat lüs hoffentlich sing Zung! Villeich sät hä dann mih, wie hä well.

Dä norddütsche Mann jeeß dä joldbrunge Tee en de zaate Postelingtass,[266] die met nem finge joldene Rand verzeet es. Wie dä Tee op dä Kandiszucker läuf, knestert hä leis. Janz höösch lööt dä Ostfriese flössije

---

[264] äklig beröht = angeekelt

[265] dat Stemmche well so ja nit zo däm korpulente Liev passe = das Stimmchen will so gar nicht zu dem korpulenten Leib passen

[266] Porzellingtass = Porzellantasse

Sahn en de Tass flötsche.[267] Dä janze Vorjang mät däm Kääl richtich Verjnöje.[268]
»Die Sahne entfaltet sich nur dann, wenn man sie am Tassenrand langsam einfließen lässt«, explizeet van de Vries berjeistert un reck Böll met singer bullije Hand die fing Postelingtass.
Es dä Typ ne wärme Broder?[269] *Irjenswie wirk dat janze Jehabe esu op in. Op dä och en dä rächte Szen sich esu affekteet benemmp?*
Böll muss jrinse, wie hä sich dat vörstellt.
Kamerad, möchten Sie einen Grünen Tee oder bevorzugen Sie Earl Grey? Nä bei denne lööt hä bestemmp dä Macker erushänge un süff Bier.
Böll nipp an singem Tee un es üvverasch, wie jot dä schmeck. *Verhaftich usjezeichnet!*
Teedrinke zällt jewöhnlich nit zo sing leevste Arbeide,[270] ävver dä Tee es ungeloge[271] vun usjezeichneter Qualität!
Derwiel Böll den Tee met Jenoss schlürf, loort hä verstolle op van de Vries, wie dä met jekünstelter Jeeste

---

[267] flötsche = gleiten
[268] mät däm Kääl richtich Verjnöje = bereitet dem Kerl richtiges Vergnügen
[269] nä wärme Broder = ein Schwuler
[270] leevste Arbeide = Lieblingsbeschäftigung
[271] ungeloge = tatsächlich

de Tass zom Mungk föht. Nohdem hä dä Tee jenosse hät, setz dä V-Mann de Tass zoröck op dä finge Ungersatz, faldet sing Häng enenander un loort Böll unverwandt an.

»Was kann ich für Sie tun Herr Böll?«, fröch hä met nem hühks zefredde Ungerton, nohdäm de Froch, wä bei däm Teedrinke kultiveerter es, zo singe Juns usjejange es.[272] Singe Tonfall höt sich bleseet an.[273] Böll wadt e paar Sekund met singer Antwoot, öm sich dann op en zemlich alljemein Enjangsfroch fass zo läge.

»Wie odent ehr de räächte Szen em Berjischen Land en?«

No beför hä de Froch jestellt hät, spört hä, dat sing Froch nit esu jot wor. Dat wor ne schlääächte Enstieg en dat Jespräch, dat kom vun däm Zwiefel jäjenüvver V-Männer em Alljemeine. Die sin för in immer esu en Saach. Nie es mer secher, op se bloß einem Här deene, oder ovse de Szen evvenfals üvver de Arbeid von Verfassungsschutz un Polizei informeere. Secher, manch Information jitt et för de Polizei bloß us sun unsicherer Quell. Doch jeder Poliziss, dä met suner Quell en Kuntak kütt, muss op dä Hot sin, op et nit en falsche Spor es, die bewoss de Polizei en en ander

[272] zo singe Juns usjejange es = zu seinen Gunsten ausgegangen ist

[273] bleseet an = hört sich blasiert an

Reechtung lenke soll! Denn för rächs extreme Jruppe sin V-Männer, wann se beidersicks bespillbar sin, unverzichbar. Se loßen sich en de Szen för ehr Insiderwesse üvver de Polizei feere, halde ävver zoglich beim Verfassungsschutz de Hand op. Op sun ner Art un Wies künne sich nit winnich V-Männer e besser Levve leiste. Bei sun Minsche bewäg sich de Polizei op janz dönn Ies.[274]

Derwiel im sun Jedanke durch de Kopp jon, lööt hä noch ens ne Bleck durch de Wonnung jon.

Jung, dir jeit et nit schläch!

All de antike Meubele müsse en Stang Jeld jekoss han, un de Ledderkautsch es och nit vun Ikea! Dat all dräht nit dozo bei, sin Misstraue zo zerstreue.

»Was genau wollen Sie wissen?«, fröch dä bullije Mann medden en sin Üvverläjunge.

»Nojo, wat mät de rächte Szen em Berjischen Land öm Metjlidder zo werbe?«, präziseet Böll sing Froch. Hä weiß, dat de Röckfroch vun däm van de Vries ner Zerächwiesung jlich kütt, weil sing zovör jestellte Froch bloß zweierlei för dä V-Mann bedügge kann: Entweder messtraut Böll im oder hä es e Depp, dä sing Huusaufjabe nit gemaat hät. Kumm op dä Punk, heiß de

---

[274] bei sun Minsche bewäg sich de Polizei op janz dönn Ies = bei solchen Menschen bewegt sich die Polizei auf ganz dünnen Eis

Bottschaff, kalle kannste woanders. Domet hät hä im de jelve Kaart jezeich.

Van de Vries petsch de Auge zesamme[275] un anwoot:

»In Overath und Vilkerath sind das ‚Hamsterrad' und das ‚Kuckuck', die Versammlungsstätten der rechten Szene. Die haben nach der Sylvesternacht viel Zuwachs bekommen.«

Böll nick.

Jo, no dä Kölner Silversternaach, in dä junge Marokkaner de Domplatte jestürmp han un vill Fraue belästich han, es de Stemmung jäje de Flüchlinge jekipp.

Kommissär Böll es niemols dä Verdaach los jewoode, dat dat vun interesseete Sick orjaniseet wode es, domet jenau dat passeere kunnt.

Van de Vries es met singem Vördraach noch nit fädich.[276]

»Bei Konzerten der Band ‚Die lustigen Jungs' wird auch gerne rekrutiert. Die sind übrigens garnicht so lustig, wenn sie auf Ausländer treffen.«

---

[275] petsch de Auge zusammen = kneift die Augen zusammen

[276] noch nit fädich = noch nicht fertig

»Jitt et och welche, die allt wellich sin, ene Usländer afzomurkse?«,[277] setz Böll noh, dä erleichtert es, dat dat Jespräch nit am Engk es, bevör et anjefange hät.
»Bitte?«, fröch dä V-Mann un deit esu wie wenn hä Kölsch nit versteit, ovschüns klor es, dat hä in dä Jäjend ald lang läv.[278]
Jo klor, du wells mir sage, dat do zu fingk för Kölsch bes, ävver wenn dat esu wör, wörst do he als V-Mann in dä Jäjend fähl am Plaatz, denk Böll un setz en Huhdütsch noh:
»Ich meinte, gibt es auch solche, die bereit sind, Ausländer umzubringen?«
Van de Vries kniep met de Auge, offenbar üvverasch in de Stoßrichtung vun däm Jespräch. Hä zöjert, ringk sich ävver dozo durch e paar Enblecke prieszojevve.
»Einige der Jungs sind gewaltbereit. Aber morden? Ich denke, nein.«
»Pastürch? Wärm Bröder? Flöchtlinge? Jöck et denne dan nit en de Finger?«, provozeet Böll un widderholt

---

[277] Jitt et och welche, die allt wellig sin, ene Usländer afzomurkse? = Gibt es auch solche, die bereit sind, Ausländer zu töten?

[278] fröch dä V-Mann un deit esu wie wenn hä Kölsch nit versteit, ovschüns klor es, dat hä in dä Jäjend ald lang läv = fragt der V-Mann und tut so als ob er Kölsch nicht verstehen würde, obwohl klar ist, dass er schon lange in der Gegend lebt

flöck en Huhdütsch wie hä dat Jeseech vum Eike van de Vries süht.

Van de Vries wäd wootkarg.

»Nein.«

Dä V-Mann hät bejreffe, dat Böll pröfe well, wo hä steit, op hä de Lück us dä Szen en Schotz nemmp. Singem ‚Nä' folch doher en betont saachliche Uskunneff.

»Die Jungs haben weder Waffen noch sind sie im Kampfsport ausgebildet. Das sind Verbalattacken von Halbstarken. Riskant wird es erst, wenn die mit Fußballfans, irgendwelchen Ultras, zusammentreffen. Denen ihre Netzwerke sehen schon anders aus.«

»Was heißt das konkret?«, well Böll wesse.

»Viele Ultras haben Waffen und sind ganz gut organisiert. Sie sind Vorbilder für die rechte Szene auf dem Land.«

»Es ist also nur eine Frage der Zeit, bis es den ersten Toten gibt?«

Van de Vries loort Böll en de Auge.

»Möglicherweise.«

Böll hält däm Bleck stand.

»Vielen Dank für das Gespräch. Ich melde mich, wenn ich mehr Informationen brauche.«

Böll nick im zo, un mät, dat hä us dä Wonnung kütt. Hä es sich secher, dat van de Vries am Engk vun däm

Jespräch jepokert hät, öm sich intressant zo maache, domet Pulizei un Verfassungsschutz in och wigger als Quell iefrich fläje dun.[279]

15

Böll fäht züjich de Autobahnzobrenger an. Zwesche zehn un zwei Uhr nommedachs is de Streck no Kölle frei vun Stau. Dat jilt et zo nötze. Hä muss zom Pathologischen Institut no Köln-Lindenthal. Ne Termin, de hä hasse deit. Allt dä Jeruch no Ethanol dä im allemol entjäje schleit, wenn hä dat Jebäude betrett, es im zowidder. In all dä Johre, hät hä sich nit dran jewenne künne. Professor Schulte, dä Leiter vun däm Institut, es jo ne zimpatiche Typ, ävver Böll kann et nit verston, wie mer dä Job maache kann. Doch Schulte mät dä met vill Drevv.[280]
Hä bejröß dä Böll janz fründlich.
»Oliver wie jeit et dir?« De Froch wät met nem fass Handdrock vun nem ansteckende Laache bejleitet. Böll es allemol op et neu faszeneet vun däm jewaldiche

---

[279]domet Polizei un Verfassungsschutz in och wigger als Quell iefrig fläje dun = damit Poilzei und Verfassungsschutz ihn auch weiterhin als Quelle eifrig pflegen
[280] Drevv = Elan

Schnäuzer, dä dä Schulte jenau wie dä Sänger vun dä kölsche Band ‚De Höhner' dräht. Dobei merk hä, dat en däm Schnäuzer Brutjrümmel hänge. Man kann doher vermode, dat dä Schulte för in d Meddachspaus afjebroche hät.

»Danke, et jeit mer usjezeichnet. Ming Auto es in dä Werkstatt, ich drage Klamotte vun nem Verstorvene, ming Frau es wäjen ehr Vernissage afjetauch, un ich darf mich met dä Schwester vun däm Dude verjnöje, dä bei dir op däm Desch litt. Un die es e bessje merkwödich, um et vörsichtg zo sage.«

»Aha«, meint dä Mediziner bloß un strich sich üvver singe opulente Schnäuzer, dobei kann hä dat Jriemele jrad noch ungerdröcke.

Dä Kommissär kann dä Schulte ärch jot ligge, als Minsch un als Profi. Hä hät noch nie erläv, dat im bei dä Arbeit Fähler passeet sin. Hä es ne Perfekzijonis, och wenn sing jet saloppe Aat dat net vermode lööt.

»Nojo, anjeseechs vun däm, wat bei däm Obduzeere eruskütt, wäd et dir och en Zokunf nit langwielich Ich han nämlich bemerk, dat dä Pastur nem akute Hätzversage zom Offer jefalle es. Dat es komisch, denn hä hät ne Hätzschrettmacher jedrage. Em Alljemeine es sujet dafür do, nem schlappe Hätz zo helpe.«

»Du denks, dat Jerät hät versaat?«

»Villeich. Ich wäd et zo ner Pröfstell schecke. Mih kann ich noch nit sage. Ich han noch e paar Jewävs- un Blodprobe[281] erusnemme loße. De Erjebnisse han ich ävver noch nit. Öm ihrlich zo sin: Et loort no nem janz jewöhnliche Hätzdud us. Jitt et dann üvverhaup ne Anhaldspunk för ne Mord?«
»Et jtt ne Anfangsverdaach. Dä Mann hät Dräubrefe jekräch Dat hät hä en nem Bref an sing Schwester erwähnt. Die Dräubrefe selvs han mer noch nit jefunge. Villeich woren dat bloß janz jewöhnliche Verbalattacke vun irjends su ne Spenner, denne ävver kein Tate noh kumme. De Schwester jedenfalls, es stief un fass[282] vun nem Mord üvverzeuch.«
»Wat mät deFrau esu secher?«
»Se hät dovun jedräump.«
»Jedräump, esu...«, sät Schulte un strich sich widder üvver singe no ovven jezirbelte Schnäuzer.
»Weiß du Oliver, en all dä Johre, han ich eins jelihrt: Af un an[283] es de Intuition ne bessere Pfadfinder als wie dä Verstand. De Wessenschaff kann de Fakte livvere, mih ävver och nit. Dat Puzzle ävver müsse mer selver zesammmesetze.«
Böll es sprachlos.

---

[281] Jewäs- und Blootprobe = Gewebe- und Blutproben
[282] stief un fass = felsenfest
[283] af un an = ab und zu

Bin ich bloß noch vun Esoteriker ömjevve? Dat hät ich beim Schulte nit för müjjelich jehalde!
Schulte dä dä Messmod op Bölls Jeseech süht, föch hinzo:
»Ich spreche vun Intuition, nit vum lese em Kaffeemutt,[284] Oliver. Intuition bedüggije Lihre[285] met aktuelle Beobachtunge zosamme zo brenge un esu en Situazijon flöck enschätze zo künne.«
Als Böll dodrop nix sät, fäht dä Pathologe fott:
»Mer nemme vill op, ävver net alles jeröd en uns Bewosssin. Bei Autiste es dat anders: Bei denne kumme vill zo vill Endröck op eimol eren, doröm sin se flöck üvverfoddert, bruche ne jenaue Plan för dä Dach. Denne ehre Empfang steit immer op annemme. Mer dojäje filtere un läge, wie bei enem jot zorteerte Computer, Informatijone en unser Ungerbewosssein en nem Ordner af un rofe dat all bloß dann af,[286] wann mer ähnlich Situazijone erläve. Dat hilf uns, dat, wat vör sich jejange es,[287] flöck zo zoteere. Ein Können,[288] dat üvverlevvenswichtich sin kann. Mer sage dozo

[284] Kaffemut = Kaffeesatz
[285] eije Lihre = eigene Erfahrungen
[286] un rofe dat all bloß dann af, wann = und rufen das alles nur dann ab, wenn
[287] dat, wat vör sich jejange es = dass, was passiert ist
[288] e Künne = ein Können

Intuitijon. Un su ne Intuitjon kann sich och en Dräum üßere.«

Jetz weeß Böll, wat hä an däm Mann noch mih schätz, wie singe rheinische Optimismus. Sing Fähigkeit, och um de Eck denke zo künne, Unjewöhnliches zozoloße, ävver och rächziggich widder zo verwerfe, wenn mer sich dobei fies verdeit.[289] Su ne Kombinazijon vun präzise Wesse un dozo ne Fantasie, die em Deens vun dä Wessenschaff steit, maache us däm Schulte ne uußerjewöhnliche Pathologe, dä op internationale Konferenze esu jefroch es.

Wie die Beids esu üvver Intuizijon spreche,[290] de en dä Wessenschaff noch vill zo winnig erforsch es, jon se noh nevvenan, en dä andere Raum, wo dä spanische Pastur op däm Sezeerdesch litt.

Böll es immer widder üvverrasch, wie friedlich Dude ussin. Och dä verstorv Pastur vun Marialinden süht us, wie wenn hä am schlofe wör.[291] E Jeseech voll vun Jotheit,[292] denk Böll.

---

289 ävver och rächziggich widder zo verwerfe, wenn mer sich dobei fies verdeit = aber auch rechtzeitig wieder zu verwerfen, wenn man sich dabei vertan hat

290 wie die Beids esu üvver Intuizijon spreche = als die beiden so über Intuition sprechen

291 als wie hä am schlofe wör = als ob er am schlafen wäre

292 e Jeseech voll vun Jotheit = ein gütiges Gesicht

Bloß de wahße Jeseechsfärv vun de jroße Noht am Ovverliev dügge dorophin, [293] dat et ne Dude es. Nohdem Schulte im jesaat hät, wann de Erjebnisse un de Üvverpröfung vun däm Hätzschrettmacher zo erwade sin, lööt Böll de wieße Kachele un dä Ethanoljeroch hinger sich un fäht noh dä Kunditterei Schnabel, öm sich jetz öm dä Huhzickskoche zo kömmere. Sing Uhr am Handjelenk sät im, dat et e bessje knapp wäde kann. En ner Stund muss hä widder en Overath sin. De Frau vun Eschborn hät im einjeschärf, dat dat Brautpaar öm drei Uhr nommendachs, un kein Minutt späder, de Taat[294] anschnigge well.

16

Ovschüns Böll et jenosse hät, met däm Jeländewage üvver de Landstroß zo breddere, mät im dat Auto en dä City winnich Freud. De Stroße en Kölle sin einfachnit för su decke Autos nit jemaat. Allt beim Jäjenverkehr sin et bloß e paar Zentmeter zwesche im un dä Autos

---

[293] bloß dä wahße Jeseechsfärv un de jroße Noht am Ovverliev dügge dodrop hin = bloß die wächserne Gesichtsfarbe und die große Naht am Oberkörper deutet darauf hin
[294] dä Taat = den Kuchen

die im entjäjekumme. Dat lööt Bölls Adrenalinspejel ansteije. Wie su ne Kutsch üvverhaup de Kurve zo däm nächste Parkdeck nemme künne, es im e Rötsel. Ävver dat well hä jetz nit löse.[295] Jetz bruch hä ne Parkplatz en dä Nöh vun dä Kunditterei.

Verbasert[296] stellt hä fass, dat de Breitestroß jesperrt es. *Oh je! Dat es wall widder sune Drieh för en Fernsehserie!* Et es kein Jeheimnis, dat en Kölle vill Serie för RTL produzeert wäde.

Böll lööt sing Auge wandere, öm en Parklück zo finge. Doch die sin och en dä Nevvestroße nit zo finge. De Zick drängk. Hä wäd immer iggelicher[297] un laach bitter op, wie hä sich an ne Zeidungsartikel erinnert, wo ne Mann met nem Baseballschläjer sing Auto demoleet hät, nohdem hä stundelang ene Parkplatz jesök hät.

Dä Typ hät einfach de Schnüss voll jehat![298] *Jenau wie ich jetz! Trus*[299] *jitt et för de Kölsche bei däm verdötschte Verkehr och nit*, denk Böll, *dann och de KVB es kein Alternative zom Auto, do se miestens Verspätung hät.*

---

[295] ävver dat well hä jetz nit löse = aber das will er jetzt nicht lösen
[296] verbasert stellt hä fass = bestürzt stellt er fest
[297] iggelicher = nervöser
[298] de Schnüs voll jehat = die Schnauze voll gehabt
[299] Trus = Trost

Böll steit met diese Meinung üvver de KVB nit allein do. Ävver do et kein andere Lösung jitt, bliev dä Verkehr en Kölle esu, wie hä allemol wor: chaotisch.

Wie hä de dritte Rund jefahre es, kritt hä Panik.

Zwanzich noh zwei, ich han noch nit emol de Taat!

Dä Jedanke an dä verstopfte Kölner Autobahnring mät im noch mih Kopping. Hä well dem Brautpaar nit de Stemmung verderve un vör allem et Anna vun Eschborn nit verärjere!

Do endlich e Leechbleck! Is do ne Parkplatz frei?

Ävver die jung Frau nemmp nur ihr Handtäsch us däm Auto, se well janit wegfahre. Jetz es hä met dä Jedold am Engk!

Zom Jlöck han ich us mingem Audi dat Blauleech metjenomme! Dat kütt jetz op dat Daach!

Jestärk durch dat Martinshoon und dat flackere Blauleech deit hä trotz Afsperrung en de Breitstroß afbeje un park denn tirek vör dä Kunditterei Schnabel. Met strenger Mien, wie wenn[300] hä em Ensatz wör, klemmp hä us däm Auto. Unfreiwellich muss hä jriemele, wie in die Jäss un de Anjestallte in dä Kunditterei verschreck anglotze.[301] Janz wohl es im dobei nit. Mer künnt im schleeßlech vörwerfe, dat

---

[300] wie wenn = als ob

[301] anglotze = anstarren

Blauleech för private Zwecke enjesatz zo han. Doch hä setz voll op dat Laisse-faire vun dä Kölsche.
Es en Huhzick nit en verhaftich wichtije Anjeläjenheit? Uußerdem es de Parksituazijonen en Kölle jedem bewoss, dät hä sich rächfädije.
Wie hä dä Afholsching dä Verkäuferin reck, deit die drei Krütze mache.[302] Se bejrief no,[303] wat dat Blauleech zo bedügge hät un esu kniep se im verschwörerisch zo. Wiese met däm Huhzickskoche zuröckkütt, litt et no am Böll, usser Fassung zo jerode.[304] Dat Gebilde us Sahn un Kräm es riesenjroß! Singe Schreck verstärk sich noch, wie de Verkäuferin im erkläre deit, för esu ne jroße Taat kein Karton zu han. Se jitt im zo verston, dat hä dä Koche met nem offene Deckel metnemme muss.
Böll well sich nit vörstelle, wat de Taat bis zor Feer noch alles passeere kann!
Ävver: *Hät hä en andere Wahl? Enä! De Zick drängk!*
Böll balangkseet dä Huhzickskoche, dä op dä Spetz met nem läppich Huhzickspärche[305] us Zuckerjuss dekoreet

---

[302] deit die drei Krütze maache = ist die erleichtert (drei Kreuzzeichen mache)
[303] se bejrief no = sie begreift nun
[304] litt et no am Böll, usser Fassung zo jerode = liegt es nun an Böll, außer Fassung zu geraten
[305] met nem läppich Huhzickspärche = mit einem albernen Hochzeitspärchen

es, vörbei an dä jeifernde Jäss.[306] Hä versök dat Kunswerk unfallfrei en et Auto zo hevve. Anjelock durch dat Blauleech han sich e paar Schaulöstije öm dat Auto zosamme jefunge. Ävver Böll es dat em Moment verdammp ejal! Wie hä met dem riesije Koche dat Auto anstürt, bemerk einer met typisch kölschem Humor:
»Junge, Junge, de Huhzick muss ävver ielich sin,[307] wann de Pulizei de Huhzickstaat[308] lievvert! Litt de Braut allt en de Wih?«[309]
Die Lück drömeröm laache. Böll injoreet dat Jeschwads[310] un konzentreet sich dodrop, nit zo stolpere, sudat hä de Röf vun dem jungk Mädche zonöks nit wohrnemmp. Doch die wäde immer lauter.
»Papa? Papa!«
Böll driht sich en de Richtung, vun wo de Stemm herkütt.
»Papa, wat mähs do dann he?!?«
Vör im steit sing Dochter Saskia. Do nevve ehr Fründin, die in met unverhohlener Neujeerde schärp anloort. Böll es pikeet.[311] Hä weeß net, wat hä sage

---

[306] jeifernde Jäss = geifernde Gäste
[307] muss ävver ielich sin = muss aber eilig sein
[308] Huhzickstaat = Hochzeitskuchen
[309] Litt de Braut allt en de Wih? = Liegt die Braut schon in den Wehen?
[310] Jeschwads = Gerede
[311] Böll es pikeet = Böll ist peinlich berührt

soll. Sin Jeheens[312] es em Augebleck mih op dä Transport vun dä Taat enjerech. Saskia loort ihn verschreck an.
»Wat mähs do met däm Huhzickskoche, Paps?!?«
Un noh ner koote Paus stoddert se wigger:
»De Mamm hät jesaat, du wonns jetz em Berjische…«
Böll fällt dozo bloß ne Sproch en, der nit dozo beistööre deit,[313] de Situazijon zo entspanne.
»Saskia, et es nit dat, wonoh et ussüht.«[314]
»Wonoh süht et dann us?!?«, fröch sing Dochter, janz durchenein.
»Ich explizeere dir dat späder, ich ben jetz fürchterlich en Iel.[315] Ich muss noh dä Huhzickfeer.«
»Noh dä Huhzicksfeer?«, fröch Saskia völlig vun dä Söck.[316]
Irjendswie hät Böll dat Jeföhl, dat sing letzte Wöder nit dozo beijedrage han, sing Dochter zo beräuhije. Doch hä hät kein Zick.
Met quietschende Reife fäht hä af. Im Röckspejel süht hä noch, wie Saskia im perplex hingerher loort.

---

[312] sin Jeheens = sein Gehirn
[313] der nit dozo beistööre deit = der nicht dazu beiträgt
[314] et es nit dat, wonoh et ussüht = es ist nicht das, wonach es aussieht
[315] en Iel = in Eile
[316] völlig vun dä Söck sin = kölsche Redewendung für ‚total überrascht sein'

De Autos dränge sich allt op dä Zoobröck.
Dat wor nit anders zo erwade!
»Su ne Mess!«, floch Böll un haut op dat Lenkrad. De Uhrzeijer sage im unerbittlich, dat im noch jenau zwanzig Minutte blieve!
Doch de Blechlawin quält sich em Zicklupetempo üvver de fresch jeteerte Autobahn. En su nem Moment well im nit enleuchte, woröm de Minsche dat Auto erfunge han.
Schretttempo jeit schleeßlich och ohne Auto!
Zwor spillt hä met däm Jedanke noch ens dat Blauleech enzosetze, doch hä lööt et sin. De Jefahr, vun Kulleje erwisch zo wäde, es op dä Autobahn vill hüher wie vör dä Kunditerei.
Ehsch nodem hä de Autobahn-Krützung Köln-Ost hinger sich jeloße hät, entspannt sich de Verkehrssituazijon. Böll dröck dat Jaspedal durch. Denn eins es klor, nit bloß dat Huhzickspaar waad op dat mehrstöckije Kunswerk us Botter, Zucker un Sahn, och dat sahnich Unjetüm well jejesse wäde.
Dä Taat hät ohne Zwiefel an Fazung verloore...
Oh Jott! De Heizung! Ich han de Heizung verjesse uszemaache!
Janz flöck mät hä de Heizung us, doch dä Koche hät Schlaachsick, hä neich sich en Richtung Dör.
Schrecklich!

Hä well sich nit usmole, wat passeet, wann dä Koche en sich zesammesinke dät, bevör dat Brautpaar se feerlich anschnigge kann!
Böll jach dä Tacho op 180 huh. Wann vun däm Koche noch jet üvverich blieve soll, muss hä Jas jevve!
Wie hä schleeßlich met däm Wage vör dat Jasshuus rollt, höt hä fröhlich Ungerhaldung un Jläserklirre. *Winnichstens hät de Stemmung noch nit jeledde!*, trüs sich Böll.
In däm Augebleck schüss et Anna durch de Dür.
»Wo bliet ehr dann? Her met dä Taat! Mer künne kein Zick mih verleere. Loss brengt dat Ding en dä Saal eren!«
Böll hät jehoff, de Verantwoodung för de Sahnetaat spädestens bei dä Livverung quitt zo sin.[317] No ävver süht hä sich met ner neu Erusfodderung konfronteet. Widderwöder sin zwecklos, suwick kennt hä Frau vun Eschborn allt. Alsu lööt hä sich dä jröne Kellnerschützel, dä bes an de Fößknöchele reck, ömbinge, derwiel en Köchenhilf Wunderkäze op däm Koche drapeet. Do sich dä Huhzickkoche enzwesche leich noh rächs neije deit, drihen Frau vun Eschborn un Böll dat Sahnejebilde op däm Serveerwage en Richtung Saal, su dat dat frontal nit zo sinn es.

[317] quitt zo sin = los zu sein

»Jetz ävver eren domet!«, kreisch de Frau vun Eschborn met schrell Stemm.

17

Fresch raseet un jedusch steit Böll am nöhkste Dag vör singer Chefin. Ruth Hansen bedrach in usföhrlich, sing Cordbotz un sing Flanellhemp, zeijt ävver ehr Erstaune üvver singe neue Look nit, wann och de Kleidung för jümmes,[318] dä zovör Boss-Anzüge jedrage hät, hüks unjewöhnlich es. Dat Landlevve un de hade Winter han offenbar Bölls Einstellung zo dem, wat jode Kleidung usmät, jrundlejend jeändert, vermodet se.
Wie ne Landlord sieht hä us, jeit et dä Ruth Hansen durch dä Kopp. *Fählt bloß noch dat Wiskyjlas en de Hand. Lös de Fäll en de schickste Restorangs un Cafés, öm bloß nit em Kummissariat arbeide zo müsse!* De Hansen schüddelt unmerklich dä Kopp. De sinnliche Levvensaat vun dä Rheinländer es för se, en norddütsche Protestantin, ärch unjewennt.[319]
Derwiel de stelle Musterung durch de Pulizeihaupkummissarin löf, pack Böll dä Fall koot zosamme. Hä verjiss dobei och nit, singe Zwiefel an

[318] jümmes = jemand
[319] ärch unjewennt = sehr ungewohnt, fremd

däm V-Mann van de Vries zo scheldere. De Hansen treck de Braue huh.
»Lassen Sie mir den van de Vries in Ruhe! Der ist ein guter Mann. Er hat uns schon viele Tipps gegeben.«
»Sie vertrauen ihm?«, fröch Böll en singer tirekte Aat un bemöht sich, nit Kölsch zo spreche.
För de Anwoot lööt se sich e bessje Zick, dann ävver sät se:
»Vertraue es en jroß Woot, besher han sing Hinwies jestemp.«
»Aha«, sät Böll bloß un hält en. Wigger zo diskuteere es jetz nit anjebraat.
Wie hä noh däm Jespräch met dä Kulleje en sing Büro jeit, fingk hä knubbelwies[320] Mails en singem Account.
Jruselich! Dat Internet es doch erfunge wode, öm us durch flöcke Kommenikazijon dat Levve zo entlaste, un esu Zick zo spare. In Wohrheit es dat Internet ne Zickdieb!
En sing düstere Jedanke platz sing Kullech Kuhle en et Zemmer un bejröß in met dä Wöder:
»Schön dich noch ens zo sinn. Ich han janet met dir em Kummissariat jerechnet!«

[320] knubbelwies = haufenweise, viele

Dat setz! Böll antwoot dodrop nit. Dat es im zo blöd. Noh ner koote Paus, föch Kuhle an:[321]
»Do sühs ärch verändert us!«
»Ärch verändert?«, fröch Böll, emmer noch verärjert.
»Jo, ich han dich noch nie en en okerjäl Botz un jrönkareet Hemb jesin. Ärch zünftich!«
Böll loort an sich eraf.
»Och dat, ich han bloß noh kein Zick jehat, mer de Klamotte vun zo Huus afzoholle. Ming Vermeederin hät mer met dä Kleider vun ehrem verstorve Mann usjeholfe.«
»Ävver en riesije Huhzickstaat in Kölle afzoholle, de Zick häs do ävver allt jehat, nit wohr?«
Böll es platt.
»Vun wäm weiss do dat dann?«
»Jester kom bei mer en intressant Mail eren. Ene Passant hät op dich aach jejevve[322] un e Foto jemaat. Dat Foto hät hä an de Mail dranjehange.«
Böll loort Kuhle janz schockeert an.
Kuhle driht dä Bildschirm en Richtung Böll un präsenteet im dat Foto. Verhaftich, justemang wie hä versök, de Taat en dat Auto zo hevve. Die Uhrzick es

---

[321] noh ner koote Paus, föch Kuhle an = nach einer kleinen Pause, fügt Kuhle an
[322] hät op dich aachjejävve = hat dich beobachtet

op däm Foto jenau zo sinn un och dat enjeschalt Blauleech op däm Jeländewage.
Hä es ärch verläje.[323] *Wat soll hä dodrop antwoode?* Janz stell es et im Büro, doch dat Jeföhl vun Bedrulje[324] hält bei Böll nit lang an. Hä es richtich opjebraat.
Bloß ne 'Immi', ne humorlose Zojetrockene,[325] de nit en Kölle jeboore es, kann zo suner kleinkareete Schanddat firm sin![326]
Wödich blaff Böll los:
»Wie du secher weiß, wor ich jester em Pathologische Institut en Kölle. Ming Vermeederin wor esu fründlich, mer ehre Wage zo lihne, weil mih Auto durch dä Unfall en dä Werkstatt es. Do de Frau vun Eschborn dä Koche jetz nit selver afholle kunt, hät se mich jefroch, die Taat afzoholle. Wie kann ich do nä sage?«
»Ding Helfsbereitschaff en Ihre, ävver woröm häs du met däm Blauleech tirek vör dä Kunditterei jepark?«, fröch dä Kuhle unnachjiebich.
»No, woröm wall? Nodem ich zwanzich Runde jedriht hat, hat ich de Schnüss voll!«[327]

---

[323] hä es ärch verläje = er ist peinlich berührt
[324] Bedrulje = Beklommenheit
[325] Immi = Immigrant (jeder, der nicht in Köln geboren wurde)
[326] firm sin = fähig sein, imstande sein
[327] hat ich die Schnüss voll = hatte ich die Schnauze voll

»Deer es schon klor, dat dat keine Jrund es, oder? Wann de Frau Hansen dat metkret und dä Käl dat anzeije deit, kriss do wäje en Afmahnung.«
No däm Enwand loort Kuhle in an, ohne jet zo sage un Böll weiß, dat et Eins zo Null för sing Kullech Kuhle steit.
»Okay, do häs jet jot bei mer, wann do die Mail nit de Frau Hansen wiggerrecks.«[328]
Kuhle jrins.
»Do kumme ich bei Jeläjenheit drop zoröck.«
Och de Lück us däm Berjische, esu wie Kuhle, han jelihrt, wat et bedügg, jot klüngele zo künne, dat es Böll noh däm Disput klor.[329] Met ner lässije Jeste, schmieß Kuhle en decke Mapp met Zeidungsartikele üvver de rächte Szen em Bergische Land zo. Et es nit zo üvversinn, hä hät öntlich rechercheet. Böll es et bereits opjefalle, dat dä Kuhle sich em Archiv usjezeichnet uskennt. Hä weiß allemol, wo wat för Ungerlage zo finge sin. Böll es üvverzeuch, dat dä Kuhle nit nur ne usjezeichnete Archivar es, sondern an im och ne ärch jode Historiker verlorejejange es. Et es och kein Zofall, dat Kuhle sich en singer freie Zick met Hinjav dä

[328] wiggerrecks = weitergibst, weiterreichst

[329] han jelihrt, wat et bedügg, jot klüngele zo künne = (sie) haben gelernt, was es bedeutet, gut klüngeln zu können (klüngeln = eine Hand wäscht die andere)

rejonale Jeschich vun singer Heimat un singer Familijeafstammung widmet. Su es Böll dodrüvver informeet, dat de Familije Kuhle üvver aach Ecke met dem Jraf von Berg, dä däm Berjische Land singe Name jejoffe hät, verwand es. Böll es bes hück dovun usjejange, dat die ville Hüvvel en dä Landschaff,[330] dä Jrund för dä Name es.

Ärch verdon![331]

Ävver et nerv in, dat Kuhle partu[332] och singe Stammbaum janz jenau rechercheere well. *Vermodelichl well hä ein för allemol wesse, dat ich nit met Heinrich Böll verwand ben!*

Böll möch dat leever em Unjewesse loße. Manchmol es et nötzlich, wann die Vermodung anjestellt wäd, ov hä met dem Schreffsteller verwandt es, etwa wann de blaseerte Mäzene en singer Ehrenfelder Altbauwonnung opkreuze.

Böll jrief sich de Mapp un nick singem Kullech zo.Hä wäd en e jemödlich Café jon un do de Ungerlage studeere. En anjenehmem Drömeröm[333] kann hä sich besser konzentreere wie em Büro. Dat jrelle Neonleech em Büro hindert in am Denke. Hä benüdich bloß en

[330] Hüvvel en dä Landschaff = Hügel in der Landschaft
[331] ärch verdon = sich schwer getäuscht haben
[332] partu = unbedingt
[333] Drömeröm = Umgebung

nett Ambijente, öm en Rau no denke zo künne. Do drüvver han sich sing Kulleje in Kölle allt allemol mokeet.[334] Doch Böll hält an dä Praxis fass. Schleeßlich jitt et en singem Berof jenoch unappettitlije Saache. Su off hä kann, versök dä Komissär doher Insele vun Harmonie un Schönheit en singem Alldach zo finge.

Sing Wahl fällt dismol op dat Schloss en Bensberg. Do, em Schloß, kennt hä sich allt janz jot us. Doch de Euphorie vun dä Enwonner üvver ‚ehr' Jläbbisch kann hä nit verston. Secher, die Stadt es en dür Flaster, un e Huus in Jläbbisch zo han, bedügg, dat do nit zo nem Beddelorde[335] jehörs. Doch et fählt an ner zosammenhängender Stadtplanung, alles wirk wie wahllos zosammejewürfelt - wie en Kölle och.

Doch dat es en Kölle nit allemol esu jewähse. Sing Oma hät im Fotojrafien jezeich, op denne Böll de einstje schön Bauwiesen Kölle erkenne kunnt. Ävver noh dem zwette Weltkreech wood flöck alles widder opjebaut, bloß de ästhetische Üvverläjunge woote nit bedaach. Böll fingk dat ärch bedorlich, vör allem, wann hä met singer Frau andere Städte besök. Städte wie Wien, München oder Hamburg han ehre Stadtfassad nit

---

334 allt allemol mokeet = schon immer mokiert, sich lustig gemacht

335 Beddelorde = Bettelorden

vernoh lässich. Dann wäd im bewoss, wat die Architekte en dä Nohkreechszick all falsch jemaat han. Dä Masterplan för Kölle vun däm Stararchitekt Albert Speer junior, dä e bessje Harmoneer en et Stadtbild bringe wollt, jing ijendwann em kölsche Klüngel unger. Ävver dat Schloss en Bensberg met däm schöne Interiör mag hä un esu flüch hä sich af un an do hin. Fing Vörhäng, bequeme Sessele en Kingsize-Jröße un de elejante, wieße Kaffeetasse verbreide en Flair, dat Böll zo schätze weiß. Do anjekumme jünt hä sich ne dubbelte Espresso un nemmp sich de Akte för.

Doch met einem Mol höt hä en Stemm, die im jot bekannt es. Wie hä huh loort, steit et Anna vun Eschborn jot jelaunt un energie jelade vör im.

»Hallo Oliver!«

»Wat maht ehr dann he, Anna«, fröch hä janz lahm, et fällt im jradnix Besseres en.

»Bridge. Ming Leidenschaff för Bridge föhrt mich en et Schloss. Zick ville Johre treffe ich mich he met minge Fründinne eimol en dä Woch.«

»Jo, dann well ich üch nit länger störe«, setz Böll an. Doch vun disem Wink, in nit wigger zo störe, lööt et Anna sich nit afhalde un setz sich in dä Sessel nevve in.

»Hück Morje es mer jet enjefalle, dat för ehre Fall ärch wichtich sinn kann.«

»Als dowör?«, fröch Böll un trick en Augebrau huh.

»Vör nem halve Johr jov et ne Skandal, dä met däm verstorvene Spanier zo dun hät.«
Jetz es Böll janz Ohr.
»Et jitt do en Marialinden en janz extrem konservative katholische Jrupp, denne wor dä Spanier ne Doon em Aug,[336] weil die sing Prädichte nit jemoch han.«
»Wat wor denn an den Prädichte esu anstüssich?«, fröch Böll, dä jetz ärch alameert es.
»Der Spanier sproch dovun, dat de Höll för Chreste nit e su wichtich wör, vill wichtijer wör et, Jott zo söcke. Dat hät denne nit jeschmeck. De Furch vör dä Höll es jo och vill wirkungsvoller, öm de Minsche met dä Angs en Schach zo halde. Se han sing Prädichte heimlich opjenomme un däm Kölner Kadinal zojespillt.«
»Un wie hät dä reajeert?«, hak Böll noh.
»De Saach wor noch nit entschiede, wie hä storv. Et wäd jemunkelt, dat hä Prädichverbott bekumme sollt. Gomez mot deswäje noh'm Kadinal kumme.«

[336] ne Doon em Auch = ein Dorn im Auge, ein Ärgernis für jemand sein

18

Nun es Böll en singem Element. *Nit einer hät in dat wesse loße! Nit de Schwester vum Gomez un och ni de Rusekranzfraue. Dobei hät dä Skandal en dä Zeidung jestande!*

Öm esu flöck wie müjjelich bruch hä ne Termin beim Äzbischof. Böll lööt singe Kuntakte spille, un röf singe Fründ Axel an. Der vermeddelt im ne Kuntak zom Pressesprecher vum Äzbischof - un ruck zuck hät hä ne Termin.

Su erjitt et sich, dat Böll noh dem koote Jespräch met dä Frau vun Eschborn jetz em Vörzimmer vum Äzbischof setz un waad, dat hä vörjeloße wäd. Hä weiß, dat de Dor dä Wadezick Bedüggung hät.[337] Wäde zwanzich Minutte üvverschredde, dann es et e Zeiche, öm dä soziale Ungerscheid zweschen im un däm, vun däm hä jet wesse well, klor zo maache.[338] Ävver e Minsch waade zo lasse, kann och wie en Waff benotz wäde, öm Unsecherheit opkumme zo loße. Miestens

---

[337] dat de Dor dä Wadezick Bedüggung hät = dass die Dauer der wartezeit bedeutsam ist

[338] öm dä soziale Ungerscheid zweschen im un däm, vun däm hä jet wesse well, klor zo maache = um den sozialen Unterschied zwischen ihm und dem, den er interviewen möchte, deutlich zu machen

ävveres et bloß dat kölsche Veedelstündche, dat mer en Kölle jän zo spät kütt.
Noh knapp ner halven Stund jeit de Dör op, un dä Äzbischof Kretschmer kütt met nem fründlije Jriemele em Jeseech op Böll zo un schöddelt ihm kräfftich de Häng.
»Leeven Här Böll, entscholdicht, ävver ich hat noch e wichtich Jespräch mit däm Sekretär vum Paps. Bei su enem Jespräch lät mer nit einfach op«, sät dä Kadinal en nem janz fründliche Ton.
Ärch fing, dä Hinweis, denk Böll. Hä lööt mich waade unmät et dann met Scharm widder jot un nötz de Verspätung sojar noch, öm sing eijene Bedüggung durch dat Telefonat met dem Sekretär vum Papst eruszostelle.[339] *Chapeau!!*
Doch Böll es öm en Anwoot nit verläje.
»Ävver dat mät doch nix, Eminenz. Wä dät nit jän met nem Sekretär vum Paps telefoneere, dä däm neue Paps esu noh es?«

339 Hä lööt mich waade un mät et dann met Scharm widder jot un nötz de Verspätung sojar noch, öm sing eijene Bedüggung durch dat Telefonat met dem Sekretär vum Papst eruszostelle. = Er lässt mich warten und macht es sodann mit Charme wieder wett und nützt die Verspätung sogar noch, um seine eigene Bedeutung herauszustellen, indem er das Telefonat mit dem Sekretär vom Papst erwähnt.

Böll well met dä Antwoot de Reakzijon vum Kadinal pröfe. Schleeßlich es et jo bekannt, dat nit all vum Paps Franziskus bejeistert sin. Demot, Metligge un Moß halde,[340] dat verlangk dä neue Paps vun singe Kirchemänner. Einije Kadinäls emfinge dat als en Zomodung. Konservative Kreise hatten sich zodäm Hoffnung jemaat, dat met Benedikt XVI. de Röckkehr zom Ahle, zor eijentlichen Wohrheit, zoröck köm. Dat Zweite Vatikanische Konzil unger Johannes XXIII. wor för dise Kreise einer dä jrößten Fähler en dä Jeschichte vun dä Kirch. Ävver met dem Röckzoch vun dem Joseph Ratzinger us däm Amp als Paps, han sich de Plän zerschlage oder lijje bloß op Ies.
Doch dä Kadinal lööt sich nit en de Kaate loore, anstatt zo anwoote, laach Kretschmer Böll hätzlich an un föht in en sing Büro.[341] Dat dä Kadinal ne kölsche Jung es, es nit zo üvverhöre.
»Kutt eren, Här Kommissär.«
Böll nimmp dat Manöver met Respek zo Kenntnis. *Anstatt sich fass zo läje, mät hä esu, als op ich bloß en fründlich Floskel usjesproche hät, de et im verjünnt, nit*

[340] Demot, Metligge un Moß halde = Demut, Mitleid und Maß halten
[341] un föht in en sing Büro = und führt ihn in sein Büro

dodrop zo antwoode un jitt sich söns ävver ärch fründlich.[342]

Böll loort sich im Bürö vum Kadinal öm. Dä Raum es jroß. Ne riesije Sekretär steit em Zemmer. An dä Wand hängk ne Gobelin. Dodrop es et Hellije Ursula un de 11.000 Juffere,[343] die en Kölle wäje ehrem Jläuve vun dä Hunne ömjebraat wode sin. Su sät et jedenfals ene fromme Verzäll. Doch en Kölle zwiefeln de Lück an dä Zahl vun dä Juffere.Wo solle en däm levvens fruhe Kölle, die herkumme? Vill Wetze rieve sich jrad an däm Thema,[344] nit bloß em Fastelovend.

De Leddersetzeck, op dä Böll sitz, es nit bequem.

Och en Müjjeleichkeit Besöck flott widder loß zo wäde, denk Böll.

Dä Kadinal, dä och Äzbischof vun Kölle es, schleit de Beine unger sing schwatze Sutan üvverenander.

---

[342]Anstatt sich fass zo läje, mät hä esu, als op ich bloß en fründlich Floskel usjesproche hät, die et im verjünnt, nit dodrop zo antwode un jit sich söns ävver ärch fründlich = anstatt sich festzulegen, tut er so, als ob ich bloß eine freundliche Floskel gesagt hätte, die es ihm vergönnt/ermöglicht, nicht darauf zu antworten und ansonsten gibt er sich sehr freundlich

[343] dadrop es et Hellije Ursula un de 11.000 Juffere = darauf (auf dem Wandteppich) ist die Heilige Ursula und die 11.000 Jungfrauen

[344] vill Wetze rieve sich jrad an däm Thema = viele Witze reiben sich gerade an dem Thema

»Wat kann ich för üch dun?«, fröch hä, derwiel de Sekrtärin, die ussüht wie en jrau Muus, Kaffe un Wasser serveet. Böll es emmer widder faszeneet wie färvlos sich de Fraue, de en der katholische Kirch arbeide, sich antrecke, jrad su als wören se janit do. Böll beloort dat Serveere un lööt sich Zick, bevör hä met de Froge anfängk. *Soll dä Kadinal doch och e bessje op sing Antwoode wade.*

Schleeßlich räuspert hä sich un sät:

»Ich weiß nit, op ehre Pressesprecher, dä Här Noethen, üch üvver dä Fall Felippe Gomez us dä Farrei Marialinden informeet hät?«

Domet lööt Böll in wesse, dat sing Strippe bes en dat Presseamp recke.[345]

»Enä, leider nit«, anwoot dä Kadinal un wirk jet zerstreut.

Villeich, meint Böll, *well hä och bloß esu wirke, öm Unwissenheit un Desinteresse zo zeijeun öm dä Ball flach zo halde. Emmerhin jeit et doch öm ne Stervefall en singem Äzbistum! Selvs de Boulevardpress hät nit versäump, op dat Thema drop zohaue. Kaum ze jläuve, dat dä Kadinal nix dovun weiß.*

Do hä op de Froch nä jessat hät, hiev Böll an, dat zo explizeere.

[345] dat sing Strippe bes en dat Presseamp recke = dass seine Netzwerke (Strippen ziehen) bis in das Presseamt reichen

»Felippe Gomez, dä Pastur vun Marialinden, es am letzte Sonndaach bei dä Hellije Mess verstorve.«
»Dat tut mer ärch leid, ävver de Nachricht es noch nit em Äzbistum anjekumme.«
Met dä Anwoot zeich dä Kadinal dem Kommisär sing Jrenze. Böll spillt em Regionale un dä Kadinal un Äzbischof vun Kölle bewäch sich en hütere Sphäre.[346] Wat do ne Skandal es, es ener Jroßstadt wie Kölle hühkstens jet för et Boulevardblatt.
»Komisch«, kontert Böll. »De Aktuelle hät dovun jroß bereech.«
»Nojo, ich lese keine Boulevarpress.«
Böll jläuv im kein Woot. Jederein, der e wichtich Amp hät, weiß, dat de Schrieverei vun dä Boulevarpress dat es, wo et drop anküttt, wat de Lück vun einem halde, un nit dat, wat de Frankfurter Allgemeine schriev.
»Ävver dä Name Felippe Gomez sät üch jet?«
»Ihrlich jesaat, nä«, beduurt dä Äzbischof un röck sing viereckije, jroßflächije Brill zoräch.
»Dä Pastur Gomez hät ävver vill Termine em Jeneralvikariat jehat. Suvill ich weiß, dräute im e Prädichverbott.«
»En Verbott zo prädije? Dat jläuf ich nit!«, jitt sich dä Kadinal ahnungslos. »Ihrlich jesaat, kann ich mer dat nit vörstelle. Dat es bloß dat letzte Meddel, wann einer

[346] hütere Sphäre = höheren Sphären

massiv jäje de Lihre vun dä katholische Kirch verstüss. Ne Augeblick, ich looße de Personalakte holle!«
Met dä letzte Wöder steit hä vun singem Stohl op, mät de Dür op, un sät för sing Sekretärin:
»Frau Weidemann, sid ehr esu nett un holt mer doch ens de Akte... hä driht sich zo dem Böll öm un fröch:
»Wie wor noch ens dä Name?«
»Felipe Gomez«, antwoot Böll, dä dä Kadinal bewondert, wie dä sing Unwessenheit zelebreet un domet en schauspielerisches Talent zeich, dat su manche Schauspiller vör Neid blase wödt.
»Jo, richtich...Frau Weidemann, bedde, besorgt mer de Personalakte vun däm Felippe Gomez.«
De Zick bes de Akte do es, nötz Böll, öm met dem Kadinal üvver dä Nachwuchsmangelen dä katholische Kirch zo spreche. Schleeßlich wor Gomez jenau us dem Jrund noh Marialinde jekumme.
»Eure Eminenz«, fängk Böll an un dokomenteet domet singem Jejenüvver, dat hä sich en dä Kirchehierarchie jot uskennt.
»Wat maht ehr jetz met dä leddich Stell?[347] Wollt ehr widder eine us Spanie holle?«
»Loort ens, et es noch vill zo fröh, üvver ne Nohfoljer nohzodenke. Bis ene neue Pastur titeleert wäd,[348]

[347] leddich Stell = freien Stelle
[348] titeleert wäd = ernannt wird

vertritt dä Kaplon dä Dude un üvvernemp däm singe Opjabe. Üvvrijens, kann nit bloß ich ne neue Pastur för de Jemeinde bestemme, de Jemeinde kann dat jrundsätzlich och selvs dun, och wann dat janz selde vörkütt.«

»Wie wor et dat met däm Gomez? Hät de Jemeinde in usjesöck?«

En Fangfroch. Wann hä die beantwoode kann, es im dä Fall bekannt. Doch dä Kirchemann zeich sich usjeschlofe un jitt zo Antwoot:

»Dat kann ich üch ehsch sage, wann ich de Akte han.«

»Woröm wood usjerechnet ne Spanier no Marialinden jeholt? Es dä Nachwuchsmangel en dä katholische Kirch esu akut, wie de Medie allemol schrieve?«, versök Böll dat Jespräch am Lofe zo halde.

»Et es noch vill schlimmer. Ich jevve üch e Beispill. Fröher jinge vill jung Männer noh Afrika, öm zo missjoneere. Hück kumme afrikanische Pastürsch als Hölp en uns Farreie.«

Böll es vun dä offene Antwoot üvverrasch.

Ävver, es die Offenheit nit Deil vun singer Inzeneerung? Well dä Kirchefürs signaliseere, dat hä nix zo verberje hät?

»Wör et dann nit an dä Zick, dat Zölibat afzoschaffe?«, provozeet Böll.

»Ich ben janz jraderus för üch. Ich halde dat Zölibat för ene hühks sennvolle Saach. Einer dä Familich hät, kann sich dä kirchliche Aufjabe nit esu zowende, wie einer, dä de Verantwoodung nit dräht.«
»Wann sich ävver dä Priestermangel wigger esu dramatisch zospetze deit, wör et villeich doch en Idee, meint ehr nit?«
»Enä. Et litt winniger am Zölibat wie an uns Zick.[349] Et es däm Ansching noh hückzodaach nit mih wie fröher e Vörräch,[350] ne Jeislije[351] sin zo dörfe. Esun Demot muss allt janz fröh em Kindesalder vermeddelt wäde. Et kütt drop an, wie de Lück de Pänz optrekke.«[352]
En däm Moment jeit de Dör op, de Sekretärin husch en et Zemmer un reck däm Kadinal de Akte. Böll höt op zo kalle,[353] jetz es et besser zo schwijje. Dä Bischof bläddert en dä Akte, un tipp met däm Zeijefinger op en Papier.
»He steit et, Gomez wood verhaftich vun dä Jemeinde berofe. Dat es uußerjewöhnlich«, merk dä Kirchemann an.
»Un woröm wood Gomez vun üch zom Jespräch enbestellt?«

[349] wie an uns Zick = an der heutigen Zeit
[350] Vörräch = Privileg
[351] Jeislije = Ggeistlicher
[352] Pänz optrekke = Kinder erziehen
[353] höt op zo kalle = hört auf zu quatschen

»Richtich jo, ühre Enjangsfroch… ich muss fassstelle, dat nit ich, ävver minge Vorjänger dat anjeodent hät.[354] Alsu ich kann üch nit vill dozo sage.«

»Et wäd doch wall ne Aktevermerk jevve. Woröm jing et dann en dä Jespräche?«

»Loot mich nohloore«, hä bläddert en dä Ungerlage un schleeßlich fingk hä dat Pruttekoll.

»Nun, et jing doröm, dat dä Här Gomez bei dä Wandlung en dä Hellije Mess de Liturjie nit koreck enjehalde hät.«

»De Liturgie?«, Böll es verblöff. *Dat wor et, woför Gomez noh'm Kadinal jerofe wood?*

»Jo, de Liturgie es bei uns Katholike vun Bedüggung. De Wandlung bei dä Mess es ärch wichtich. Schleeßlich jläuve mer, dat de Hostie bei dä Wandlung zom Liev Chresti wäd. Bei dä Evangjelische es dat nit esu. Die erennere bloß an dat Ovendmohl, wann se zesamme dä Wing drinke. Esu künnt ehr sin: Liturgische Froge sin kein Nevvesaach.«

»Wat för Kunsequenze hät dat för Gomez jehat?«

»No, et wor noch kein endjültije Entscheidung jefalle. Ävver am Engk hät e Verbott ston künne, de Mess lese zo dörfe.«

[354] anjeodent hät = angeordnet hat

19

Thomas beloort sich stolz em Spejel. Durch dat Boxe hät hä Muskele zojelaat. Sing Jeseech süht jetz markant un männlich us. Dat es im ärch wichtich. Noch vör Monade wor sing Jeseech esu mangs[355] un kindlich. E Babyjeseech.

An singem Usssinn hät hä en de verjangene Monade hatt jearbeit. Dach för Dach hät hä träneet, wie besesse. Hä hät sich ne vier Millimeter koote Böchtehoorschnett schnigge loße, dann hät hä sich en Plääț raseet.[356] Dräht jetz dunkle Klamotte, schwatze Jeans, e schwatz Hemb un schwatze Springerstivvele. Sing Mamm, bei dä hä allemol noch loscheet,[357] hät sich allt do drüvver löstich jemaat.

Wat weiß die Schlamp allt!! Mät met de Käls eröm.[358] *Zick singe Vatter et Wigge jesöck hät, flöpp se un fett jewoode es se och. Hät de Putzstell opjejovve un läv vun Hartz IV.*

Na jot, ich läv och vun dä Sozijalhölf, ävver ich han winnichtens en Visijon för de Zokunnef! En Zokunnef,

---

[355] mangs = weich

[356] en Plääț raseert = eine Glatze rasiert

[357] bei dä hä allemol noch loscheet, hät sich allt dodrüvver löstich jemaat = bei der er immer noch wohnt, hat sich schon darüber lustig gemacht

[358] mät met de Käls eröm = lässt sich mit den Männern ein

en dä Dütschland widder zo dä ahl Jröße opsteije wäd! Minsche met dunkeler Huck, Minsche, die en Moschee bedde, kein Firkesfleisch[359] *esse un wo de Fraue Koppdöcher drage, han he bei uns nix zo söke. Punk, us, Schluss. Do jitt et nix zo diskuteere!*

Wann die widder in ehr Heimat zoröck jon un an de Kass beim Lidl nit mih vör mer ston, dann finge ich och ne Plaatz för en Usbeldung. Su lang heeß et waade, un oppasse, un de richtije Zeiche setze. Mer muss et denne, die blieve wolle, unjenöchlich maache.[360] *Noh usse dun de fing Pinkele*[361] *emmer esu, wie wenn inne de Flüchtlinge leid däte. En Wohrheit sinse fruh, dat ener wie ich, dat in de Hand nemmp. Verloge Pack! Do sin ich un ming Fründe anders. Jraderus, sage mer, wat mer denke, och wann et de Karjär*[362] *schade deit.*

Jut, de mieste vun singer Fründe han jar kein Karjär, noch nit ens ne Job. Bloß af un an ne Jeläjenheitsjob. Bei denne jitt et dat Jeld ob de blanke Krall. Jobs, wo allemol mih Flüchtlinge optauche, die för drei Euro schwatz maloche. Sun Dress! Die maache bloß de Priese kapott!

---

[359] Firrkesfleisch = Schweinefleisch

[360] unjenöchlich maache = ungemütlich machen

[361] noh usse dun de fing Pinkele = nach außen tun die feinen Leute

[362] Karjär = Karriere

Zoletz hät hä met sunem Jüngelche zosamme arbeide müsse. Dä kunnt met singer dönne Ärmche kaum de Keste schleppe. Hät jradmol zehn Keste en einer Stund jeschaff, ich dojäje dat Dubbelte. Ävver beim Bezahle hät dä jenau esu vill wie ich jekräch!
Dat es doch net jeräch!
Un dann dat janze Jelabber en de Paus! Hät verzallt, en Syrien als Intellektueller jearbeid zo han.
Thomas hät em Internet nohjesinn un fassgestallt, Intellektueller es jo keine Berof. *Well dä Typ mich för doof verkaufe?* Wat ne Intellektuelle jenau mät, weiss hä och nit. Et es im och ejal.
Un dann dat janze Jejömersch wie schlemm dä Kreech wor, wie jeföhrlich de Fluch! Well dä ming Metligge? Do kann ich doch bloß laache! Jläuv dä Ahmad oder dä Ahmed, dat ming Levve en Dütschland bis hück en Zuckerschleckerei wor?
Un üvverhaup: Wiesu läuf dä Typ fott, un kämpf nit met dä Waff en sing Hand för sing Land wie ne rächte Mann?
Nä, Thomas spört kein Metligge. *Minsche wie dä Ahmed klaue Jobs, dröcke de Priese för de Arbeid un jappe dä dütsche Fraue hingerher.* Hä hät jenau jesinn, wie dä dunkle Typ met dä dönn Ärmche un dä decke Brell, dä Filijalleiterin hingerher jesteert hät. *Nä, die Type müsse fott he! Erus he!!*

Wann hä sune Roches spööt,[363] op jederein un op all, jeit hä met dä andere en dä ‚Kuckuck‘. Se kalle dann nit vill, suffe Bier un drihe de Musik vun dä ‚Böhse Onkelz‘ op volle Lautstärke. Dat Metjröle mät richtich Spass! Am Leevste mag hä de Song ‚Bullenschwein‘. Hück Ovend welle se sich widder treffe. Uwe, singe Fründ, hät dat üvver WhatsApp anjekündich. Die Nohreech[364] wohr met drei Smileys versinn. Hä weiß, wat dat zo bedügge hät: *Et wäd bahl widder en Akzijon jevve!* Et kribbelt im allt en de Finger. *Solle doch de Andere de Häng en de Schuß läje. Hä un sing Fründe wesse, wat zo dun es!*

20

Böll kennt dä Axel Wagner allt zick singer Schullzick, se wore unzertrennliche Fründe un sin dat och hück noch. Böll hät meterläv, met wat för nem Elan dä Axel dä Berof vun nem Schurnalis usjeüb hät, un och vun im erfahre, wie dä Berof noh un noh dä Bach erungerjejange es. Die jroße Verlage, hät Axel ens bei nem Kneipebesök jeklaach, jeit et bloß doröm Nüsele

---

363 sun Roches spüre deit, op jederein un op all = so eine Wut spürt auf jeden und alles
364 Nohreech = Nachricht

zo maache.[365] Kein schurnalistische Elan mih. Nit bloß dat Internet hät de Zeidunge kapott jemaat, sondern de Jier! Su woode Stelle beschnedde, fass anjestallte Redaköre uszoteet un die müsse no för ne Hungerluhn arbeide. Schleeßlich wöt ne Pool jebild. Do eren wöten dann de Texte vun de Schurnalisteen enjestellt. Zickdem bedeene sich alle Zeidunge, die zo dem Verlach jehöre, us dem jliche Texpool.

»Kein Wunder, dat de Lück kaum mih Zeidunge kaufe. Steit jo üvverall dat Jliche drin!«, hät Böll singem Fründ domols zojestemmp. Am Engk, su hät dä Axel domols jesaat, wore bloß noch drei Schurnaliste en dä Redakzijon, wo söns zwanzich ehre Deens jemaaht han. De Axel hät et och jetroffe. Weil kein Zick mih för richtije Recherche es, flaastere[366] en de ungerbesatze Redakzijon vum Kölner Stadtblick Pressetexte vun Firme un Verbänd, de nit hingerfroch wode sin. Singe Fründ hät de Hofbereecherstattung janz bessich kummenteet:

»Jetz künne die do ovve, dun un loße, wat se welle. Se künne unjestört klüngele.«

Doch dä Axel jitt nit op. Hä es ne Dinosaurijer un hält dodran faß, jot rechercheete Jeschichte zo schrieve. Hä erläv et allemol, dat sing Jeschichte afjewingk wäde,

---

[365] Nösele zo maache = Geld zu verdienen

[366] flaastere = flattern

met däm Vermerk, dat well doch keiner mih lese. Bloß noch Blömchejeschichte bungk un knallich,[367] wie hä die nenne deit, nemme se noch an. Dat sin harmlose Artikele üvver dat kölsche Levve. En de Artikelele muss bloß ‚Kölle',‘Kölsch' oder ‚FC' ston, dann wäd dat anjenomme. Op de Artikele em Kölner Stadtblick vertraut hä doher allt lang nit mih. Et es evvens nie jot, wann en Blatt en de Stadt dat Monopol hät. Esu kütt et, dat hä bei wichtije Kriminalfäll allemol singe ahle Fründ kontakteet, öm jot rechercheete Informazijone üvver Lück oder Vörfäll vun im zo bekumme. Su och hück.

Wie Böll an dä Dör en der Körnerstroß en Ihrefeld schelle well, höt hä e Brumme, dat im sät, de Dör jeit op. *Süch an, Axel wad allt op in!*

Böll jeit sechsich Stofe erop. De Wunnong es op de Etasch tirek unger däm Daach. Singe Fründ freut sich, in ens widder zo sinn.

»Kumm eren en de jode Stuff.«

Böll weiß, dat dat pur Ironie es, weil singe Fründ spare muss, heiz hä doch bloß de Köch un et Arbeidszemmer.

»Wat kann ich dir presenteere? En Tass Muckefuck?«

Böll freut sich op dä Muckefuck met Milch, dobei denke beids an ehr Schullzick, wie se met dä dämpe Tass am Köchedesch soße.

---

[367] bungk un knallich = bunt und knallig

Beids loore sich an un müsse laache. Wie Penäler.
»Wat wells do vun mer? Jiv mer e Stechwood.«
»Kadinal Kretschmar.«
»Och, dä Kretschmar«, seneet dä Axel[368] un nick met däm Kopp.
»Jenau dä. De Lovhuddelei[369] us däm ‚Kölner Stadtbleck' kenn ich. Wat mich interesseere dät: Wie es hä verhaftich?«
»Hạ es ne kölsche Jung, kütt us däm Severinsveedel. Kennt de Kölsche Mentalität jot. Mät op volksnöh, esu janz anders wie dä Kadinal vör im.«
»Es hä esu weltoffen, nett un liberal, wie de Press anfangs vun singer Ampseinführung jeschrevve hät?«
»Wann do mich esu fröchs: Enä! Dä is ne Wolf em Schofspelz.«
»Dat wundert mich nit. Dat pass och ehter[370] zo dem raffineete Schlaachabtausch, dä ich vör ner halven Stund em äzbischöfliche Huus erläv han.«
»Do bes bei im jewäs? Woröm?«, fröch dä Axel un deit sich wundere.
»Jo, ich han ne neue Fall. Ne Pastur en Marialinden. Hä es bei dä Mess am Altar dut zesamme jebroche.«
»Ich han dovun jelese. Dat es dinge Fall?«

---

368 seneet dä Axel = denkt Axel nach
369 Lovvhudelei = (die übertriebenen) Lobeshymnen
370 ehter = eher

»Jo, zoeehsch soh dat all noh nem Hätzdud us. Ävver dann jov et ne Bref vun dem Pastur, en däm hä jeschrevve hät, dat hä Dräubrefe jekräch hät, en denne stund, dat hä ne tödliche Unfall erligge dät, wann hä nit verschwinde dät.«

»Un wat hät dä Kadinal domet zo dun?«

»E paar Kirchjänger han sing Prädichte metjeschnedde un däm Vörjänger vun däm Kretschmar zojespillt. Villeich sin die Däter en dise Kreise zo söke.«

»Die han beim Kadinal jepetz?«, fröch Axel.

»Jo, Felippe Gomez wood zom Kadinal enbestallt. Dä Kadinal dät im domet dräue, dat hä de Mess nit mih lese dörf. Vörwand wor ne anjebliche liturjieche Fähler bei dä Wandlung.«[371]

»Un wat es op dem Metschnett zo höre?«

Böll muss jrinsen, singe Fründ stellt noch allemol dä rächte Froch, hät emmer noch Bess.

»Hä prädich, dat de Chreste kein Angs vör de Höll han müsse. Vill wichtijer wör et, noh Jott zo söke. Dat es wal e paar soor opjestosse.[372] Un nit bloß en Marialinde. De verstorvene Kadinal Schwednitz soch de Saach wohl esu ähnlich.«

---

[371] liturjieche Fähler bei dä Wandlung = liturgische Fehler bei der Wandlung

[372] dat es wal e paar soor opjestosse = das ist wohl einigen sauer aufgestoßen

»Dat üvverrasch mich nit. Wie dä wor, wessen mer all. Dä bewächte sich em Dunskreis vun Opus Magnum, en relijöse Sekte. Relijöse Fanatiker, wann do mich fröchs.«

»Wat es met dem neue Kadinal? Wie tick dä? Bewäch dä sich en de jliche Kreise wie singe Vörjänger?«

»Jode Froch.[373] Ich bin mer nit janz secher, ävver ich nemme an, dat hä dat deit.[374] Wie mer höt, hät hä sich en singer Öffenlichkeitsarbeid öm 180 Jrad jedriht, zomindest zick Paps Franziskus am Ruder es. Nem ehemalije Kullech es et jelunge, im e neu, liberal Image zo verpasse. Esu es dä jetz de Chef vun dä Pressestell vum Äzbistums.«

»Dä Ejoss üvver dä neue Kadinal kenn ich allt us de Zeidung. Dä reinste Schmus!«, räch sich Böll op.

»Tja, weiß do, Oliver. Ich ben allemol widder platt, wie vill Minche sich nit erinnere künne. Vör allem die Kölsche. Bevör dä Kretschmer Kadinal wor, hät hä sich üvver de Wahl vum Franziskus zom Paps ärch enttäuscht jeüßert. Jetz ävver schingk et im opportun zo sinn, en singem Fahrwasser metzoschwemme.«

»E Leppebekenntnis?«, hokt Böll noh.

Jetz muss dä Axel jriemele. Singe Fründ höt allemol de rächte Zweschetön erus.

---

373 Froch = Frage

374 dat hä dat deit = dass er das tut

»Jo ich vermode, dat dat en jroß anjelaht Aflenkungsmanöver es. Mer pass sich dä neue Situazion jescheck an. Tauch esu zosage unger, indem mer nit sät, wat mer eijentlich denk, mer bewahrt sing Kreise, ajeert ävver wigger em Hingerjrund, bedriev womüjjelich dä Fall vun däm Franziskus. Villeich waade se jo och bloß op dä baldije Dud vum neue Paps. Dä Mann es emmerhen allt üvver achzich.«

»Wie hät dä vorherige Kadinal op de Petzerei vun de Lück us Marialinden reajeet?«, well Böll vun singem Schullfründ wesse.

»Dä fröhere Kadinal Schwednitz es sun Tipps jän nohjejange. Mtens wor dat met schlemm Uswirkunge för dä Betroffene verbunge.«

21

Axel und Oliver han zo langjeschwat. Et es allt halve sibbe un öm sibbe Uhr jeit de Vernissag en dä Jalerie vun singer Frau loss. Doch vörher well Böll sich noch ömtrecke, deit sich doch hück de ‚Hot Volee‘[375] vun Kölle treffe un well sich en Rangdevu jevve[376] - och

---

[375] Hot Volee = die oberen Zehntausend, die Elite Kölns, einflussreiche Leute

[376] Rangdevue jevve = ein Rendevouz, ein Stelldichein, Treffen

wann et sich bei esun Anläss en Kölle weitus winnijer fein zojeit, wie en Düsseldorf. Dat es die Stadt met dä de Kölsche en intime Feindschaf fläje.
Ävver et es zo spät öm de Wonnung, de bloß winnije Meter entfänt es, noch anzofahre. Denn hä weiß jo, dat jede Minutt zällt weil de Usfallstroße en Kölle, de Innere Kanalstroß un och de Aachener Stroß, ovends deech sin. Ävverjenau do, op dä Aachener Stroß, es de Jalerie vun singer Frau. Hä fingk och ne Parkplatz en de Deefjarasch am Rudolfplatz un flöck läuf hä vun do bes no dä Jalerie. Hä weiß, dat sing Frau vun singem Outfit nit bejeistert sin wäd. Ävver su kritt hä winnichstens de Eröffnungsred noch met!
Wie Böll de Dör vun der Jalerie opmät, rammp hä beinoh de Männer, die dat Buffet jelevvert han. Dat kütt wie allemol vum Lokal ‚Metzgerei & Salon Schmitz', dat tirek jäjenüvver vun dä Jalerie es un im Design an de 50er Johre erennert un jrad mächtich anjesaat es. Do Böll de Lieferante kennt, neck hä inne zo. Se balangkseere de Mettbrütche un dat Schwatzbrut met Flön durch de eng Enjangsdör.
Sing Frau läuf opjeräch zwesche Volker Paffenholz, däm usstellende Künsler, un dem Fotojraf vun däm Boulevardblatt ‚Prominet' hin un her.
Julia hät ihn noch nit jesin. Dröm schlich hä sich vun hinge an sing Frau eran, öm se met nem Butz en de

Nacke zo üvverrasche. Jenau en dem Moment, wie sing Frau vör Schreck opschreit, schüss dä Paparazzo e Foto. E schön Foto, wat morje bestemmp en dä Zeidung zo sinn es, unger dä Rubrik Klatsch &Traatsch. Sing Frau freud sich bestemmp üvver de Publicity för ömesöns. Doch dann driht se sich eröm un loort ehre Mann üvverrasch an.

»Wie sühs do dann us?!«

»Wie meins do dat?«, spillt Böll dä Ahnungslose.

»No ding Outfit. Wie ne Jung vum Land met Karrohemb un Cordbotz.«[377]

»Dat es reine Nut, ming Schäzje. Wann et schneit, es et em Berjische e paar Tick köhler als he en dä Stadt. Et Anna hät mer de Klamotte vun ehrem verstorve Mann jejovve. Besher hat ich jo noh kein Zick mer e paar Botze un Pullover us uns Wonnung zo holle.

»Du häs kein Zick jehat dich för de Vernissag ömzutrecke?«, fröch sing Frau zemlich schläch jelaunt.

»Nä, ich wor beim Kadinal un donoh beim Axel.«

»Och, do wors beim Axel? Jo, dann es jo alles klor. Ehr hat üch verquatsch – wie immer. Un dann häs du kein Zick jefunge, dich ömzostrecke.«

»Et wor en ärch wichtich Jespräch...«

---

[377] Cordbotz = Cordhose

»Jo, jo«, sät sing Frau zynisch un driht sich öm noh de ehschte Jäss.[378] Et es dat Ehjespann[379] Reuters, dat als Mäzene en de Kunstszen vill Enfluss hät. Böll kan die zwei nit usston. Bussi he un Bussi do. Mih Jeld wie Kunsverstand. Doch die Künsler buhle öm de Reuters. Wä vun denne jefördert wäd, hät in Kölle leich Spell. Dä es dann etableet. Im sin noch einije Ovende en dä Villa vun dä Reuters en Erinnerung. Anstatt nem jode Ovendesse, jov et bloß Erdnöss un ne suure Sek[380] - un dovun hät hä Sodbrenne bekumme. Mem Julia mät hä sich allemo löstig üvver die zwei Knieskopp. Ävver Jeld un Jeiz jon off Hand en Hand. Jeld jitt et bloß, wann de Presse dobei es. Hinger dä Hand wäd üvver de Reuters jelästert, ävver hük Ovend verjiß keiner, denne de Häng zo schöddele.
Böll merk, dat de Walther Reuter op in zokumme dät. Wie hä bei im es, knips Böll sing fründlich Vernissag-Jeseech an. Dä Reuters klopp im op de Schulder un meint jovial:
»Na Jung, ich han jehoot, dat se dich versetz han. Dat muss jo schrecklich sin so fän vun dingem jeliebte

[378] driht sich öm noh de ehschte Jäss = dreht sich um zu den ersten Gästen
[379] Ihjespann reuters = Ehegespann, Ehepaar Reuters
[380] suure Sek = sauren Sekt

Kölle!!«, heuchelt dä Mäzen Andeil an singem Schecksal.

»Em Berjische Land läv et sich janz anjenehm«, sät Böll met Üverzeujung en dä Stemm, ovschüns hä weiß, dat kein Minsch us Kölle sich vörstelle kann, em Berjische Land op Dor levve zo künne, fän vun dä Kölner Heimat.

»Selvsverständlich, mein Juter, selvsverständlich«, bemerk dä Reuters jünnerhaff un met nem Bleck op sing Klamotte fröch hä:

»Wann mer met Köh un Schöfje en dä Nohberschaff levve deit,[381] sin su Klamotte jenau richtich. Ävver Spaß op Sick, de Landschaff do es herrlich. Ich ben ens met minger Frau em Summer do wandere jewäse.«

Dat Kumplement dräht hä ärch jünnerhaff vör, esu sing eraflоßende Haldung noch ungerstriche wäd. Bölls Frau hät dat Jespräch metjekräch, un steit met sörlich Mien donevve. De Üvverhevvelichkeit dä Reuters jeit ehr allt lang op de Nerve! Och dä Fotojraf hät dat Jespräch metjekräch. Doch bevör Böll dozwesche jon kann, fängk dat Susanne Mitscherlich, en anjesinn Kölsche Bildhauerin, an, de Laudazijo zo halde. Die jilt dem Künstler Volker Pappenholz, dem hück de Vernissage jewidmet es.

[381] en dä Nohberschaff levve deit = in der Nachbarschaft lebt

Böll höt sich dä Verzäll an, un jrief noh nem Kölsch us dem Kölschkranz, dä dä Köbes allemol widder voll mät, un lööt et sich jot jon. Zöjich drink Böll dat Kölsch und jrief tirekt zom Nökste. Met däm Kölsch en de Hand, jeit Böll an dä Porträs vum Volker Paffenholz elans, die im jot jefalle. Endlich mol ens kein afstrakte Erjüsse, sondere Belder, op denne mer jet erkenne kann. Dem Künsler es et jelunge, de Jesechter janz lebendich zo jestalde un och singe Bleckwinkel zo zeije. Derwiel Böll sich die Belder beloort, klopp im jih dä Künsler op de Scholder.
»No, bes do reumödisch noh Kölle zorök jekumme?«
»Enä, wiesu? Ich han doch ehsch vör winnich Monade minge Job em Berjische anjenomme! Üvrijens et jefällt mer janz jot do,« un erjänz met Nohdrock:
»Janz ihrlich!!«
Der Künstler schenk im dodrop bloß ne metliggiche Bleck un wäßelt aprup dat Thema.
»Üvrijens, ne dolle Look! Zemlich cool. Hät ich nit jedaach, dat do ding Styling esu razekal ändere däts.[382] Op mich häs do fröher allemol wie dä Brunetti jewirk. Du weeß doch, dä Fänsinnkommissär us Venedig. Immer su e bessje ätepetät.«[383]
Statt zo antwoode, rollt Böll de Auge un meint bloß:

---

[382] razekal ändere däts = radikal ändern würdest
[383] ätepetät = affektiert, fein tuend

»Jo, danke. Mer muss sich af un an neu erfinge.«

22

Wann hä de Marienstatue anloore deit, löf im ne Schudder üvver dä Rögge. Wunder soll se vollbraat han. Deswäje kumme Johr för Johr vill Piljer noh Marialinden. Bei dä Fessoktav, Anfang Juli, wäd se in en ner Prozessijon feerlich durch dä Oot jedrage. Andächtich steit hä vör dä Mutterjottes.

Wie schön se doch es! Wie jütich! Wie mütterlich!

Hä denk an sing Mutter, die hä verjöttert hät.

Wat för en schön Aufjab et doch es, e Kind zo krijje! Levve zo schenke. Su, wie Maria et jedon hät. Se hät dä Jottesson anjenomme, ovschüns se nit verhierot wohr. Un dat och noch en dä Zick domols! Dozo jehot verdamp vill Kurasch![384]

Maria hät erkannt, dat et de Aufjab vun dä Frau es, Levve zo schenke. Rohm, Maach und Ihr[385] *- wie falsch es dat dann, sich als Frau do dröm zo bemöhe!*

Jungk Fraue hückzedachs,[386] *die han et nit leich, dä rächte Wäg zu finge. Hä föhlt Metligg för se. Dat Jeschrei vun dä Medien lengk de jungk Mädcher af,*

---

384 Kurasch = Mut

385 Rohm, Maach un Ihr = Ruhm, Macht und Ehre

386 hückzedachs = heutzutage

ävver hä es üvverzeuch, dat dä Deuvel selvs durch de Medien sprich!
Wie en Schlang kütt hä wie en Verföhrung doher. Freiheit! Dat Räch op Selvsbestemmung! Jlichstellung met dem Mann! All dat hät bloß dä Senn, de Fraue vun ehrem vörbestemmte Wäch afzobringe. Dä Deuvel well de Odenung Jottes kapott maache. Dat es sing Ziel!
Sing ville Jeseechter zeich hä immer widder. Maria 2.0. Jo, och dat es dä Deuve! Dat de Wiever dat nit erkenne dun! Jetz wolle se och noch all Ämpter en dä Kirch han! Esune Blödsinn! Se müsse schleeßlich ensinn, dat se op nem Holzwäch sin, sich total verdunn.
Dä Küster böck sich, un hiv ne kleine Dannezwich op, dä hinjefalle es, wie de Kirch för de Adventszick jeschmück wood.
Mer müsse oppasse, de Jefahr do druße es dat eine, ävver de Jefahr vun enne es noch vill schlemmer! Wann dat verkehte Wood sojar en dä Kirch verkünd wäd, dann heiß et oppasse! Denn dä Deuvel es flexibel! Hä kann jede Stator annemme, och en ne Liev vun nem Jottesmann flutsche, wann dä em Jeis nit jewappnet es.
Deswäje ungerstütz hä en Jrupp vun Mütter, die ehr Sön zo Männer Jottes optrecke wolle.
Jung Männer, die stark jenoch sinn, öm dä Kampf met däm Deuvel ze jewenne! Hätz, Jeis un Liev vun dä Männer müsse op de komplizeete Aufjab kapitelfass jemaat wäde,[387] *domet se noh ehrer Weih zo hellije*

[387] kapitelfass jemaat wäde = vorbereitet werden

Männer wäde, die de Zakermente[388] *spende un sich nit ner falsch verstande Sielsorje verzeddele dun. Eso wie dä neue Paps en Rom.*
Met jroßer Konzentrazijon mät dä Küster die Käze för de Morjeandaach an.
Rituale sin janz wichtich, allein Doofköpp jläuve, dat se kein Sinn han. Se sin ävver wie ne Kompass. Se jevve Secherheit un Orijenteerung en einer Welt voll vun Unjeweessheit. Su es dä Advent de Zick met Rau un Enkehr. Wat ävver dun de Minsche do druße? Se renne en de Jeschäffte, un kaufe, kaufe, wat dat Zeuch hält, un denke, dat dat Chressfess en riesije Party es!
Dä Küster beengk singe Rundjang durch de Kirch met e Krützzeiche övver dä Bruss.

23

Noh dä Naach em eije Heim, fingk hä sich allein am Fröhstöcksdesch widder. Sing Frau es ungerwägs nom Dokter un sing Dochter steit nit vör nüng Uhr op. Alsu fröhstöck hä allein, jän hät hä met singer Dochter üvver dä Vörfall bei dä Kunditterei jesproche. Die nit jeklörte Situazijon steit allemol noch zwesche inne.

---

[388] Zakermente = Sakramente

Och singe Son hält nix vum Fröhstöck. Op de dä letzte Stipp[389] rennt dä en de Köch, drink ne Schluck Milchkaffe - un de Dör fällt en et Schloss.
Böll hät sich et Widdersinn andersch vörjestalt. Ävver wat soll et, hä hät zomindes singe Koffer met neu Klamotte jepack un mät de Dör akkerat zo. Sing Altbauwonnung, e Huus im Jugendstil, litt in Kölle-Ihrefeld en der Rothehausstroß.
Dä Stau op dä Autobahn hält sich en Jrenze. Allt en 40 Minutte es hä en Marialinden. Hä stellt dä rude Landrover vun däm Anna op dä Parkplatz nevve dem Dom. Dä Schnie es durch de Käld letzte Naach verharsch un knirsch unger singer Soll.[390] Och de Lindeböm, die en einem kleine Park nevve dem Dom ston, sin us, als däten och se freere.
Wie Böll de Kirchedör opmät, höt hä en wundervoll Musik, die in deef beröhrt. En ärsch schön Stemm, met vollem Klang ömfängk in. Hä höt dat ‚Ave Maria', wie hä et noch nie jehoot hät. Janz benomme bliev hä ston un mät de Auge zo, öm die Stemm, wie vun nem Engel, zo höre. Böll kütt ehsch widder zo sich, wie de Stemm ophört. Noch janz benomme vun dä Jesang, fällt im en, dat hä doch dä Chorleider vun Marialinden spreche wollt. Enzwesche weiß hä och, dat dä em Faarjemeinderat sitz.

---

389 op dä letzte Stipp = auf den letzten Drücker, in Eile
390 Soll = Sohle

Wä do drin setz, dä weiß och Bescheid üvver de Stemmung en dä Jemeinde. Böll es fass entschlosse, de Mor vun Verschwejenheit opzebreche. Met dem Zeijefinge un dem Dume pack hä sich an de Nas, dat mät hä allemol, wann hä sich konzentreere muss.

Wat es he en Marialinden eijentlich loss? De Fraue, die dä Rusekranz bedde, han mich noh Strech un Faddem beloge![391] *Wä verzällt mer de rächte Jeschichte?*[392] *Wä hät de Aufnahm nom Kadinal jescheck?*

Peter Orth, dä de Sängerin an dä Orjel[393] bejleitet hät, kütt janz en Jedanke de Trapp eraf, die vum Kirchejang noh dä Empore föht. Eh jungk Mädche, dem wal de doll Stemm jehöre muss, folch im. Klein, mager met ner Huck,[394] wo mer durchsinn kann. Böll jeit op de Beids zo.

»Minge Name es Böll. Ich ermeddele em Stervefall vum Pastur. Kann ich üch jet froge?« sät hä en nem strenge Tonfall.

»Selvsverständlich«, anwootet dä Jesangslährer winnich üvverasch üvver singe Besök, fass esu wie wenn hä in erwat hät. Dat blonde Jesangswunder bliet nevve dem jroße Mann scheu ston. Böll kann nit

---

[391] noh Strech und Faddem beloge = nach Strich und Faden belogen, Redewendung i.S. von ‚jemanden vollkommen hinters Licht geführt zu haben'

[392] rächte Jeschichte =gemeint ist hier: die richtige, die wahre Geschichte

[393] Orjel = Orgel

[394] Huck = Haut

verston, dat esu en unopfällig Minsch dat Ave-Maria wie ne Engel singe kann!
Op eimol hät hä en Idee un jeit straks op die jungk Frau zo: »Ehr hat wunderschön jesunge. Ich ben noch janz beröht vun ehrem Ave-Maria. Su han ich dat noch niemols jehoot!«
Dat Mädchen wäd rut un antwoot met nem Laache dat dem unscheinbar Jeseech ne Zauber verlihnt.[395]
»Villen Dank, ävver ich muss noch vill übe.«
Bei dä Wöder loort se met ehre wasserblaue Auge no unge.
»Darf ich ehre Name wesse?«
»Angela Sandowski«, sät dat blasse Jeschöpf un loot dann ungerwürfich noh dem Jesangslährer.
»Angela, woht ehr am verjangene Sonndach en dä hellije Mess?«
Et nick met däm Kopp un flüstert e ‚Jo'.
»Es üch jet opjefalle? Jof et en dä Mess irjends jet Unjewöhnliches?«
Dat Mädche schöddelt dä Kopp.
»Bitte, versökt üch zo erennere!«, drängk Böll.
Ävver it sät noch ens ‚nä' un loort Böll ängslich an.
»Künnt ehr mer sage, wo ehr jesesse hat wie dä Pastur zesammejebroche es?«
»Ich han ne Plaatz janz vöre jehatt. Ich han do jekneet un jebedd… doch dann.«
Ärjerlich fäht, dä Chorleiter dozwesche.

[395] verlihnt = verleiht

»Nümmes[396] hät irjends jet merkwödich jemerk. Woröm och? Mer han de hellije Mess jefeert. Ich han am Sonndach de Orjel jespillt. Et hät nix Uußerjewöhnliches jejovve, bes dä Pastur zosamme jebroche es.«

»Ah«, sät Böll un riev sich üvver et Kenn. Böll lööt sich nit störe vun dä Ajjressijon vun däm Chorleiter. Dat Katz- un Muusspill jeit op. Böll hät in us dä Reserv jelock, do[397] hä zoeesch dat Mädche befröch hät. Dat jitt im Mot,[398] met dä Üvverraschungsstratejie wigger ze maache.

»Saht, Här Orth, wä künnt de Dräubrefe jeschrevve han?«

Böll süht, wie dä Orjanis de Augebraue en de Hüh trick, wat singem Jeseech ne üvveraschte Usdrock jitt.

»Wat för Dräubrefe?«, fröch dä Mann met dä janz wieße Hoor, die wie en Löwemähn singe Kopp ömrahme.

»Och, ich han anjenomme, alleman[399] en de Jemeinde wesse Bescheid, dat dä Pastur Gomez bedräut wode es.«

»Bedräut? «, jitt sich der Musiker sprock.[400]

Böll kann nit wohrnemme, ob hä blöff.[401]

---

[396] nümmes = niemand

[397] do = weil

[398] Mot = Mut

[399] alleman = jeder

[400] sprock = spröde

[401] op hä blöff = ob er blufft, täuscht

»Jo«, anwoot Böll jenau esu sprock.
Dat Mädche jeit met singem Bleck zweschen Böll un däm Orjanis hin un her, et spööt de Anspannung zwesche denne beids.
Böll wat de Paus af, et es allemol jot, wann dä Befrochte iggelich wäd.[402]
»No, dot mer allemol e bessje mih Informazijone jevve, söns kann ich üch nit wiggerhelfe«, ungerbrich dä Musiker met nem ajjressive Ton de Stille.
»En de Brefe stund, dat Gomez zoröck noh Spanie jon soll, wann hä däm Rod[403] nit Folge deiht, künnt hä ne Unfalldud erleide. Wä schrief sun Brefe?«
Wie hä de Wöder betont langksam ussprich, jitt Böll met zesammejekneffe Auge aach[404] op singe Jäjenüvver, doch dä Orth jitt nix pries.
»Däm Ansching noh ne Verdöscht«, kommenteet dä Chorleiter.
»Wiesu verdötsch?«
»Ne normale Minsch wöd doch sujet nit dun!«
Böll merk, wann einer lüg. He stemmp jet nit,[405] dä Orth hält Informazijone zoröck. Böll es sich secher, dat dä Kääl[406] bloß esu vill pries jitt, wie partu nüdich[407] es. Ohne zo provozeere jeit es alsu nit.

---

[402] iggelich wäd = nervös wird
[403] Rod = Rat
[404] jitt aach = aufpassen
[405] he stemmp jet nit = hier stimmt etwas nicht
[406] Kääl = Kerl
[407] partu nüdich = unbedingt nötig

»Hat ehr domols eijentlich för Gomez jestemp, wie dä Jemeinderat beschlosse hät, met dem Spanier de offene Stell för ne neue Pastur zo besetze?«

»Ich... ich...nä«, stoddert dä Orth winnich suverän. Hä es ellem Ansching noh ärch betrodde,[408] dat Böll suvill weiß.

»Woröm hat ehr in nit jewählt?«, setz Böll unerbetterlich noh.

»Weil... weil ich dä Meinung wor, dat ne Pastur, dä de Jäjend jot kennt, vörzotrecke es«, explizeet Orth tüntelig.[409]

»Hat ehr Gomez jemoch?«,[410] noch ne Üvverraschungsfroch.

»Op ich in jemoch han? Woröm wollt ehr dat wesse?«, räch dä Orjelsspiller sich op.

»Öm mer e Bild maache zo künne.«

»No, wann et üch beräuhich, jo, ich han in jemoch, ovschüns ich in nit jewählt han. Gomez wohr ne nette, anjenehme Minsch.«

»Wä hät dat Opnahme met dä Prädich vum Gomez stekum[411] noh dem Kadinal jescheck?«

»Noh´m Kadinal?«

»Dat stund en de Zeidung!«

---

[408] betrodde = peinlich berührt

[409] tüntelig = zögernd

[410] jemooch = gemocht

[411] stekum = heimlich

»Woröm fröcht ehr mich dat? Woröm soll ich dat wesse? Ich han dat och ehsch en dä Zeidung jelese!«, echofeet sich de Orjanis, doch Böll hät dä Schreck en de Auge jesinn, hä muss nor deef jenoch jrave[412] un esu setz hä noh:

»Jitt et ümmes, däm ehr esun Denunziatijon zotraue dät?

»Nä«, de Antwoot kütt flöck.

Böll hät jehoff, durch dat Stakkato an Froge singem Widderpaat villeich ene Name erus locke zo künne. Pech jehat!

Dä dünne Mann drieht sich noh singem Schullmädche eröm, esu als op hä noch mih Froge vermeide künnt, un sät zo im:

»Do kannst jetz noh Huus jon. Dä Här Böll bruch dich bestemmp nit mih.«

Böll lööt dat Mädche jon, hä well ävver noch de Adress vun im han, för dä Fall, dat doch noch mih Froge anfalle. Dat hä noch Froge hät, weiß hä allt jetz. Böll nemmp an, dat dat Mädche öftersch en de Kirch es, öm för Hellijeovend[413] zo probe. Villeich weiß it och jet vun dä Dräubrefe oder kann sich he un do an Bemerkunge erennere, die no däm Dud vum Pastur jefalle sin un jetzt wichtich sin. Hä well it ävver allein befroge, ohne Orth, dä janz bestemmp dä Förderer, Beschötzer un Oppasser en eins es.

---

412 jrave = graben

413 Hellijeovend = Heilgabend

Dat blonde Jeschöpf trick de jrise Kapuz vun singem Dufflecoat üvver dä Kopp un dröck sich us de Kirch.
Böll drieht sich noh dem Man eröm, dä - dat es klor zo erkenne - kein Verjnöje an dem Jespräch hät. Durch de Verafschiedung vun singer Schülerin kunnt hä koot verschnaufe.
»Ehr traut dämnoh keinem en dä Jemeinde zo, bei dä Mess steekum die Prädich opjenomme zo han un dann dä Metschnett an dä Kadinal jescheck zo han?«
»Enä«, widderholt dä Orth met Nohdrock.
»Ävver irjendseiner muss et doch jedon han. Die Opzeichnung litt em Jeneralvikariat en Kölle. Doröm wood dä Gomez och nohm Kadinal bestallt.«
»Dat es richtich«, stemmp dä Chorleiter däm Janze zo und häld dann die Schnüss.[414] Böll och.
Dä Kommissär loort dem Musiker en de Auge.
Dä hält dä Bleck us.
Schleeßlich brich Böll dat Schwijje.[415]
»Sun Akzijon fällt doch op. Selvs wann mer dat met dem Handy mät. Dat Jerät muss doch och jenau an et Mikrofon jehalde wäde«, versök Böll et noch ens.[416]
»Nä, dat fällt nit op«, antwoot Orth, villeich ne Tick zo flöck. »Mer han an de Süle[417] Lautsprecher. Wann dat

[414] de Schnüss halde = schweigen
[415] Schwijje = Schweigen
[416] versök Böll et noch ens = versucht Böll es nocheinmal
[417] an de Süle = an den Säulen

Opnahmejerät noh jenoch dran es, es dä Metschnett ärch jot zo höre.«
»Ehr kennt üch domet us?,« fröch Böll hingerlestich un hoff, in met dä Froch en de Engk zo drieve. Doch dä Orth deit sich janz jescheck us dä Schling trecke.[418]
»Ich ben jo Kunzätmeister un Dirijent un weiß üvver de Beschallunge en Räum janz jot Bescheid.«

24

Böll es schläch jelaunt, wann hä merk, dat hä beloge wäd. Dat dä Orth nit de Kaate op dä Desch lät,[419] es klor. Och de Rusekranzfraue han in jetäusch. Se han im vum Gomez vörjeschwärmp, ohne och bloß met einem Wood zo erwähne, dat et ne Skandal öm die Prädichmetschnette jejovve hät.
Böll wundert sich dodrüvver, dat de Fraue dat nit erwähnt han. Et wöhr schlauer jewäs, dat ze dun, et stundt nämlich all en dä Zeidung. Bestefalls hät et inne e bessje Zick jebraht, doför ävver och sing Messtraue jeweck.
Böll bliev ston.

---

418 trecke = (heraus)ziehen
419 de Kaate op dä Tisch lät = die Karten auf den Tisch legt

Zick jewenne, jo, dat künnt dat Motiv jewäs sin. Ävver woför?De Rusekranzfraue sin nit esu harmlos, wie se dun.[420]
Hä schellt. De Öffnungszigge ston op däm Scheld nevven dä Dör: vun 10 – 12 Uhr un dann noch ens nomedachs vun 15-17 Uhr.
Och kein üvvermäßije Sielsorch, denk Böll.
De Dör jeit op un de Frau Grau, de Leiterin vun dä Frauejrupp, steit vör im. Böll es platt[421] se he zo sin. Eijentlich well hä sich no ehr Adress em Faarramp erkundije.
»Jode Morje, Frau Grau. Dat es ävver schön üch he anzotreffe! Loot ehr mich eren?«
»Jo, ich… «, dä Frau Grau es et demAnsching noh nit anjenehm, su unverhoff op dä Böll zo treffe un sök noh Wöder:
»Ich, äh... Här Böll... ich... han noch Lück em Sprechzimmer. Nemmt doch do drüvve esu lang op dä Bank Plaatz.«
Met ehrem watscheliche Jangk wie en Ent, dat im allt bei dem ehschte Treff opjefalle wor, jeit de Frau Grau in et Sprechzemmer zoröck. Se dräht allemol noch de jraue Wollbotz un an dä Föß Jesundheitsschohn, die hä schon bei singer Omanit ligge kunnt.

---

420 wie se dun = wie sie tun
421 es platt = ist überrascht

Böll setz sich op die hadde Holzbank. Hä föhlt sich zoröckversatz en de Zick wie hä e Kummelejonskind[422] wor, wie hä met dä andere dorop waade mot, dat dä Bichstohl frei wood, un mer sich hinkneene mot, öm sing Sünde enzeston.[423] Jenau wie domols, spört hä en leich Trecke[424] en de Magejäjend.
Durch de schwer Holzdör em Faaramp höt hä bloß en leis Stemm.
»Weßt ehr, vill Lück wolle en unserem Dom hierode.[425] Ävver wann mer hirot, jeit et öm mih als bloß öm en schön Kirch oder doröm en doll Feer zo han. Esun Paare wolle mer he nit han. Dat Eheverspreche es en Zackerment[426] bes dat dä Dud üch scheidet… en unoplüslich Verspreche... «, höt Böll de Frau Grau met ner streng Stemm sage. Hä höt och wie en jung Frauestemm antwoode deit, ävver hä kann se nit verston. Hä vermod, dat et de Braut es, die esu leis sprich. Och dä Bräutijam sprich met ner jedämp Stemm.
Su flutsche Bölls Jedanke en de Verjangenheit af.
Hä erennert sich dodran, wie et Julia un hä kirchlich hierode wollte. Dobei sin se an ne Pastur jerode, dä

[422] Kummelejonskin = Kommunionskind
[423] dat dä Bichstohl frei wood, un mer sich hinkneene mot, öm sing Sünde enzeston = dass der beichtstuhl frei wurde, und man sich hinknien musste, um seine Sünden einzugestehen
[424] en leich Trecke = ein leichtes Ziehen
[425] hierode = heiraten
[426] Zackerment = Sakrament

janz vill salbungsvolle Wöder sproch un et Julia drop hinwiese dät, dat se noh ner Jebort bei im och dä Muttersäje empfange künnt. Et Julia wor total verdaddert un stallt de Froch, wat dat för ne Säje wör. Dorop dä Pastur, dat et sich dobei öm et ussähne[427] noh ner Jeburt handele dät, öm it vun dä Sünd zo reinije. Julia hät dä Pastur met offenem Mungk anjestaart un jefroch, vun wat för ner Sünd, se freijesproche wäde soll, nohdem se e Kind op de Welt jebraht hät. Dat Jespräch wor domet am Engk, un se han bei däm Pastur nit jehierod. Böll muss noch allemol laache, wann hä doran denk, wie et Julia dem Pastur Kontra jejovve hät, und dä im noch dä Rot jejovve hät, sich de Hierot met dä Frau noch ens jründlich ze üvverläje. Nit jede Frau wör för de Ehe jeeignet.

De nökste Veedelstund jeit vill zo langksam eröm. Dann, endlich, jeit de Dör op un dat Brautpaar kütt erus. Beids sinn us, wie wenn se en ne soore Appel jebesse hätte. Ohne ze jröße verloße se dat Faaramp.

Statt Böll jetz en et Büro erenn zebedde, bliev de Frau Grau em Flur ston, un fröch en nem distanzeete Tonfall: »Wat kann ich för üch dun?«

Böll kann ehr an dä Nas aflese, dat se weiß, waröm hä do es.

Tja, Löje han koote Bein.

Hä jriev en sing psüchologische Trickkess un jeit op de Frau Grau zo, baut sich met singer

---

[427] öm et ussähne = um das Aussegnen (nach einer Geburt)

Einmeterfünfundaachzich jroße Stator janz deech vür die ahl Frau op, esu, dat se zoröckwich. Böll lööt en klein Paus opkumme, wie beim Chorleiter, esu, dat de Frau Grau janz unwellich[428] wood.

»Wat wollt ühr?«, rötsch et ehr vun de Leppe.

Met ner leise Stemm, die ävver sing Wod[429] nit verberje deit, schüss hä de ehschte Froch af.

»Frau Grau, waröm hat ühr mich beloge?«

»Beloge? Wie kutt ehr dann dorop?«, anwoot de Kirchefrau met unsecher Stemm.

»Ehr hat mer verzallt, dat dä Pastur Gomez ärch beleev wor.«

»Dat wor hä och.«

»Ehr hat ävver janz verjesse zo vezälle, dat et bei däm klitzeklein Promblemche en de Faar[430] nit bloß öm Fastelovensleder[431] op däm Chrerssdachsmaat jing, sondern öm ne handfeste Skandal! Irjendseiner en de Jemeinde hät Prädichte vum Pastur Gomez hösch[432] metjeschnedde un an dä Kadinal jescheck.

»Un wat han ich domet zo dun?«, zeich se sich widderböschtich[433] bei dä Frogerei.

»Ehr hat doch dovun jewoss un hat mer nix jesaat.«

---

[428] unwellich = unwillig

[429] Wod = Wut

[430] Faar = Pfarrei

[431] Fastelovensleder = Karnevalslieder

[432] höösch = in dem Fall: heimlich

[433] widderböschtisch = widerborstig

»Och dat wor doch bloß ne Spinner. De Jemeinde hät domet nix zo dun.«
Böll es wödich, die Grau versök in an der Naseröm zo föhre.
»Frau Grau, haldt ehr mich för beklopp? Marialinden es ne klein Oot. Do kennt jeder jede. Wä hät de Aufnahme noh dem Kadinal jescheck?«
Böll mät Drock, dat drömeröm schwaade[434] hät hä satt.
»Ehr ungerstellt mer, die Person zo kenne? Dat es unjeheuerlich! Ich wäde mich bei ehrer Vörjesetzte beschwerre!«, anwoot de Frau met ner Stemm, die sich üvverschlät De Wot hät ehre Backe rut jefärv.[435] Böll es perplex. Sun harsche Reakzijon hät hä nit erwat.
Hä deit sich och wundere, woher se weiß, dat hä en Chefin hät, un nit ne Chef. Mer hät sich alsu allt üvver in erkundich.[436]
Dat es intressant.
»Ich ungerstell janix. Ich stelle Froge, un ich bedde üch,[437] die och zo beantwoode. Un zwor wahrheitsjemäß«, fäht Böll de zojespetz Situazijon jet erunger.[438]

---

[434] dat drömeröm schwaade = das Drumherumreden
[435] de Wod hät ehre Backe rut jefärv = die Wut hat ihre Wangen rot gefärbt
[436] mer hät sich alsu allt üvver in erkundich = man hat sich also schon über ihn erkundigt
[437] ich bedde üch = ich bitte Sie
[438] Fäht Böll de zujespetzte Situazijon jet erunger = fährt er die zugespitzte Situation etwas herunter

»Dat han ich jedon! Ich kenn die Person janit«, kiev[439] de Frau Grau zoröck.
Böll jeit op e ander Thema. Üvverrumpele es off en jode Taktik, öm Löjer zo entlarve oder Minsche Jeheimnisse zo entlocke.
»Weßt ehr, dat dä Pastur Gomez Dräubrefe jekräch hät?«[440]
»Jo, dat woß ich«, fauch et Anneliese Grau winnich beieindruk vun singer Üvverrumpelungsstratejie.
»Ehr hat dovun jewoss?«, echot Böll unjläuvich.
»Jo, dä Pastur Gomez hät sich mer anvertraut.«
»Hä hat üch die Brefe jezeich?«
»Nä, hä hät et mer jesaat, dat hä de Brefe erhalde hät un mich jefroch, wat ich dovun halde dät.«
»Wat hat ehr jeanwoot?«
»Dat hä die Brefe nit ähnz nemme soll. Minsche, die sich för Jott un de Kirch eriefere,[441] wäde öftersch anjefeind.«
»Ehr hat im nit jerode, noh de Pulizei zo jon?«
»Enä.«
»Woröm nit?«

---

[439] se kiev = sie keift
[440] Dräubrefe jekräch hät = Drohbriefe bekommen hat
[441] eriefere = ereifern, einsetzen

»Weil ich sun Brefe och jekräje han. Et es et bess, wammer esun Brefe nit beaach un tirekemang en dä Papierkorv schmieße deit.«[442]

»Ehr hat och Dräubrefe jekräch?«, fröch Böll fassungsloss. Dise Kehrwend dä Situazijon hät hä nit erwat.

»Ejaaa.«

»Woröm hat ehr dat nit jlich jesaat?«

»Wie jesaat, ich han dat nit för esu wichtich jehalde.«

»Hat ehr noch sune Dräuhbref do?«, fröch Böll uußer Odem.[443]

Anneliese Grau üvverläch un treck de Steen en Falde.

»Waadt![444] Et künnt sin, dat ich noch ne Bref han. Ich wollt dä späder schreddere, wann ich Zick jehat hät. Kutt met en et Sekretariat! Ich loor ens noh.«

Böll jeit hingerher, opjewöhlt vun dä Tatsaach bahl ärch jot Beweismaterial en de Häng zo han. De Frau Grau mät e paar Schublade op un söck, fingk ävver nix. Schleeßlich baut se sich vör nem wieße Rejal op un jrief en ne decke Stapel Papier. Widder nix. Met einem Mol husch en Erkenntnis üvver ehr Jeseech. Met flöcke Schredde ielt se[445] en dat Nevvezemmer. Wie se zeröck

---

[442] Et es et bess, wammer esun Brefe nit beaach un tirekemang en dä Papierkorv schmieße deit = Es ist besser, wenn man so einen Brief nicht beachtet und sofort in den Papierkorb wirft

[443] uußer Odem = außer Atem

[444] Waadt! = Warten Sie!

[445] ielt se = eilt sie

kütt, dräht se ne jroße Knäuel jeschreddert Papier en de Häng. Dat Jeschredders schmieß se Böll vör de Föß.
»Tja, et deit mer leid, ich han die Papiere doch schon jeschreddet.«
Böll es entsetz. Vör winnije Minutte hät hä noch jejläuf, e jot Stöck en dem Fall vöran zo kumme, no es sing Hoffnung jeplatz.
Wat dun ich met dä Papierfisel,[446] *wie solle die mer helpe?«*, fröch hä sich verzwiefelt. Die Beweise sin zom jriefe noh un doch esu fän.[447]
Anneliese Grau holt us ehr Handtäsch ne Enkaufsbüggel, dä se zo nem kleine Büggel zosammejeschnürt es. Dat et em Meer suvill Plastikmüll jitt, do es et Anneliese Grau nit dran schöldich. Se hät allemol ne Enkaufsbüggel parat, wann se jet kaufe jeit. Met flöcke Bewäjunge dröck se de Papierschnibbel en dä Büggel un üvvejitt Böll die Täsch. Böll steit wie ne bejosse Puddel vör dä durch vill Rusekränzjebedde jestöhlte Frau[448] un nimmp dä Büggel met ner schlappe Hängbewäjung an. Böll taps us däm Faaramp, fass jenau esu, wie dat Brautpaar zovör. De Frau Grau hät och in schachmatt jesetz.

---

[446] Papierfisel = Papierfetzen
[447] Die Beweise sin zom jriefe noh un doch esu fän = Die Beweise sind zum Greifen nah und doch so fern
[448] vör dä durch vill Rusekränzbedde jestöhlte Frau = von der durch viele Rosenkränze gestählten Frau

Ich muss nohdenke. Dä Fall wick sich us[449] *und litt anders, wie ich zenöks*[450] *anjenomme han. Villeich es nit Rassismus dat Motiv för de Dräubrefe, sundern Hass op alles Relijiöse. Müjjelich*[451] *es dat och.*
Jih[452] hät hä jroße Hunger. *Ich muss jetz jet esse, domet ich nohdenke kann. Met nem knurrende Mage jeit dat nit. Jing et noch nie. Immerhin es et allt halve eins.*
Wie Böll nohm Auto jeit, höt hä de Frau Grau rofe. Hä drieht sich öm un süht, dat se zwei jroße Katongs anschlepp un nevve sing Auto stellt.
»En dä Keste künne och Dräubrefe sin!«, sät se un jeit ohne Jroß fott.
Böll pack de Katongs op de Röckbank. Hä wundert sich, wie vill Papier en su nem klein Faaramp jeschreddet wäd. *Su vill Jeheimnisse?*

25

Böll steech en sing Auto, mät dä Motor an un fäht en Richtung Piljerstroß. Dä Inhaber vun däm Backhuus Brutkörvje, steit vör dä Dör un flöpp en Zerett. Hä jröß in un fäht loss. Ielig paseet hä de Kindertagesstätte Marialinden, fäht am Autohändler Clever vorbei, un jit

[449] wick sich us = weitet sich aus
[450] zenöks = zunächst
[451] müjjelich = möglich
[452] jih = plötzlich

Aach op de andere Sick, wo e Pärche met ehrem Hungk, ne Golden Retriever, en dä Käld spazeere jon. Vör dem Kreisverkehr deit sich ne Boorehoff op, der en Marialinden de Spetzname ‚Ponderosa' hät, wie en dä ahl Fernsehserie Bonanza, die enzwesch Kultstatus hät. Jetz muss hä sich spode[453] öm noch rächziggich en Overath-Steinenbrück zom Restorang ze kumme. Kuhle hät sich för ein Uhr anjesaat. Böll hät längks jemerk, dat Kuhle de Treffe met im usnötze deit, öm us däm Kummissariat af un an eruszokumme. Esu liehrt hä allemol neu, jode Restorangs kenne. Dat schingk im nit jrad zewidder zo sin.

Doch zojevve wöd hä dat niemols!

Afjesin vun dä kleine Usflöch us dem Alldach, es singe Kullech ne echte Bürohengs. Hä mät dat jän: Akte wälze oder em Internet rechercheere un Telefonate föhre.

Su jesin erjänze mer uns janz prima, denk Böll.

Hä ävver well nit em Büro hucke, hä sprich leever met dä Minsche tirek.

Böll park vör däm Restorang Piemonteca.Wie hä dat ehschte Mol met singer Frau he jejesse hät, wor se total vun dä Ennrichtung bejeistert. Desche un Stöhl janz en wieß - ne tolle Kuntrass zo dä Holzbalke vun dem Fachwerkhuus!

Böll nemmp an nem kleine Desch Plaatz un es fruh, dat die Stöhl, trotz modernem Design, janz bequem sin.

---

[453] spode = beeilen

Singe Kullech es noch nit do un esu nötz hä de Zick, öm e paar Jedanke en sing Schrievheff för i-Dötzje[454] zo Papier zo bränge. Die i-Dötzje-Heffter sin en ahl Macke vun im.[455] Do drüvver han sich sing Kulleje en Kölle allt löstich jemaat. Wat hä dann esu schönes en sing Poesiealbum schrieve dät... Böll ävver weiß, wat hä an dä Heffter hät. Se sin handlich un passe en jede Täsch, kaufe kann hä die üvverall un hingerher och jot afhefte. Im es och noch nie passeet, dat de Date ohne Spor verschwunde wore, wann singe Computer af un an singe Jeis opjejevve hät. Su bringk hä och hück sing Jedanke üvver dä Fall zo Papier, wä met wäm en Verbindung steit un wat vör Froge do noch sich opdun. Medde en sing Opzeichnunge platz Kuhle eren, un beschwät sich, dat hä sing Meddachspaus verbruch hät, bloß öm vum Kummissariat bis noh däm Restorang zo kumme. Hä hät dat Restorang en dä City vun Overath un nit en Steinbrück vermod.

»Dat nächste Mol reck ich minge Urlaub en, öm mich met dir zom Esse zo verafredde.«

»Nu, schalt ens af un setz dich«, laach Böll un nipp an singem Rutwing, enem ‚Barbera d'Alba' us dem Piemont.

»Ich kann dir dat Filet vum Weiderind en Bärlauchkruss met söße Äädäppel-Pommes emfelle, dat es ech sensazijonell.«

---

454 i-Dötzje = Schulanfänger

455 en ahl Mack vun im = eine alte Macke von ihm

»Söße Äädäppel es nit mih Ding.«
»Dat muss du ävver probeere! Die sin nit zo verjliche met den dä jewöhnliche Pommfrits, se han ne karameliseete Jeschmack un dozo dat zaate Fleisch. Fantastisch! Üvverhaup es die Köch he ärch ambizijoneet.«
Böll entsinnt sich met Jenoss an dat Menü, dat hä vör Woche met singer Frau he en däm Restorang jejesse hät.
Doch Kuhle wink af un studeet de Foderkaat.[456] Hä drieht sich zo dä Kellnerin, die allt op sing Bestellung waad.
»Ich nemme dat Risotto met Kabeljau.«
Böll nick, och en jode Wahl.
»Wollt ehr e Jlas Wießwing dozo?«, fröch die Kellnerin.
»Dä Wing he muss du partu probeere,[457] die sin he jot zorteert«,[458] wirf Böll en un schnalz met dä Zung. Doch Kuhle murmelt jet vun »Ich ben em Deens.«
Stattdessen torpedeet hä Böll met de Froch:
»Han ich die SMS richtich jelese? Do läds mich hück en?«
»Jo«, sät Böll un prostet im zo.
»Wo es dä Hoke?«[459]

[456] Foderkaat = Speisekarte
[457] partu probere = unbedingt probieren
[458] jot zorteert = gut sortiert
[459] Wo es dä Hoke? = Wo ist der Haken?

»Die Saach hät keine Hoke. Ich han nur en Froch...«
»Woss ich et doch!«, ungerbrich Kuhle in, derwiel Böll dä Büggel vun dä Frau Grau däm Kuhle üvver dä Desch rick. Dä loort en de Täsch un es janz durchenein. Esu fröch hä:
»Wat es dat dann? Sin dat ding Aktevermerke vum letzte Johr? Häs do jemerk, dat die nix wäät sin?«,[460] feix hä.
»Do drenn sin wichtije Bewiesstöcker, Dräubrefe. Die hät nit bloß dä Pastur, sondere och de Frau Grau jekräje.«
»Es nit wohr! De Grau es och bedräut wode? Dräuhbrefe en Serie? Dat hät enjewesse Komik.«
»Et jitt noch e Problem. De Frau Grau hät de Brefe all jeschreddert, zosamme met all de andere Ungerlage us dem Sekretariat vum Faaramp.«
»Nä.«
»Doch.«
»Wat maache mer jetz?«
»Dat well ich dich jrad froge Do kennst dich doch met Akte esu jot us. Villeich fällt dir jo jet en!«
»Soll ich etwa de Schnibbelche[461] met Uhu zosammeflecke oder wie häs do dir dat jedaach?«, fröch Kuhle met deutlich ironischem Ungerton.
Böll mät en Paus un trick en Augebrau huh. Kuhles Jeseechzöch entjleiten.

---

[460] dat die nix wäät sin = dass die nichts wert sin
[461] Schnibbelche = gemeint ist hier: Papierstreifen

»Dat meins du nit im Ähnz, oder?«
»No jo, ich han jedaach, dat kütt doch dingem Intresse entjäje. Do häs et doch jän, wann do als Hobby-Historiker ding Nas en ahl Schrievstöcker stecke kanns.«
Kuhle sät nix mih un starrt Böll bloß an. Hä kann et nit verstonn, wat Böll vun im do verlangk. Dann ävver üvverlät hä un fröch no ner Zick, en dä Böll sich dat Weiderind hät jot schmecke loße.
»Bis do allt ens en dem Fraunhofer Institut für Produktijonsanlagen- un Konstruktijonstechnik jewäse?«
»Nä, wat soll ich do dann?«
»Ich wöd dir emfelle, do ens verbeizejon.[462] Die setze för de Stasi-Ungerlage-Behörde, die jennije Papiere widder zesamme, de vun dä Mielke-Bröder[463] bei Naach un Nevvel kapott jemaat woode sin, domet de Agente, nie jefunge woode, wie de DDR zosammejebroche es. Selvs die kleinste Papierschnibbelche setze die widder zesamme.«
»Ich ben beendrock! Woher weiß do dat dan?«
En dä Froch vum Böll schwingk unverhohlen Bewunderung.
»Du kannst dich doch noch doran erennere, wie dat Kölsche Stadtarchiv enjekraach es met all dä Böcher?«

---

[462] ich wöd dir emfelle, do ens verbeizejon = ich würde dir empfehlen da mal vorbeizugehen
[463] Mielke-Bröder = gemeint ist die Stasi

»Jo, klor.«

»Dat Stadt-Archiv hät vör, de Orkunde us dem Meddelalder[464] do rekonstrueere zo loße. Do weiß, de Orkunde woode beim Zesammebroch ärch beschädich.«

»Wä hät dir dat dann en et Ohr jefispelt?«[465]

»Ene ahle Studienkullech hät mer dat jesteck. Hä arbeit in dem Archiv.«

»Do fahr ich hin.«

»Zo mingem Fründ?«

»Nä, zo däm Produktijons- un Anlagejedöns.«

»Dat es ävver nit en Kölle.«

»Nit?«

»Die hucke en Berlin.«

»Berlin? Hm. Ich ben jo kein Berlin-Fan. Mäd ävver nix. De Papierfiselche sin de einzich heiße Spor die mer em Moment han.«

»Dä Deensusfloch[466] kress do bei dä Hansen niemols durch!«

»Wette dat?«, kontert Böll.

---

464 Meddelalder = Mittelalter
465 jefispelt = geflüstert
466 Deensusflooch = Dienstausflug

26

Nit Böll, sondern Kuhle jewennt de Wett. Polizeihaupkommissärin Ruth Hansen jenehmich dä Berlin Trip nit. Dorop reck Böll zwei Orlaubsdäch en. Die jenehmich die Hansens tirektemang. Dat wurmp in unjemein.[467] Je länger hä dodrüvver nohdenk, je wödicher wäd hä. Öm för de Deensstell Jeld zo spare, dät die op dat Spare bedaachte Protestantin Hansen singe Kooturlaub zwar jenehmije, ävver nit bezahle, bestemp weil noch janit klor es,op die Reis noh Berlin am Engk jet brenge dät.[468] Dat beschäftich in noch, wie hä fröh am Morje vum Bahnhof en Overath met zwei Keste voll vun jeschreddert Papier met dem Regionalzoch noh Kölle fahre deit. Die Papierkeste hänge an singer Häng un en klein Reisetäsch, die nur met Hemb un Wäsch för zo wäßele un en ner Kulturtäsch bestöck is. Mih bruch hä nit för die zwei Däch.

Böll nemmp Plaatz em Zoch un studeet usföhrlich die Fahrjäss, wobei hä bei dä vill Minsche, die hä en dä Zöch triff, sich allemol jän vörstelle deit, för wat för en Verbreche dä ene oder andere firm wör, wann hä künnt.[469] Doch dat Intresse an singe Metminsche jeit

[467] Dat wurmp in unjemein = Das ärgert ihn ungemein
[468] am Engk jet brenge dät = am Ende etwas bringen wird
[469] firm wör, wann hä künnt = fähig wäre, wenn er könnte

durch dat gleichmäßije Ruckele vun dä Bahn un dat Quietsche vun dä Bremse üvver en e schlöfrich Befinge. De Landschaff ruusch an im vorüvver, hä nemmp se bloß unjenau wohr, wie dä Zoch an Hoffnungsthal vorbei fäht. Ehsch an der Trimbornstroß wäd hä unsanef us singem mediteerende Zostand jeweck. Jetzt quelle Minsche us dä Jroßstadt - Türke, Araber un die, die sich die Meet em linksrheinische Kölle nit leiste künne - en dä üvverfüllte Zoch eren. Dat es keine Zofall, denn dat es de Haltestell vun Kalk, ne soziale Brennpunk vun Kölle.
Böll fürch öm singe finge Boss-Anzoch, wie sich e jungk Mädche nevve singe Plaatz stellt, dat en singer rächte Hand ne Coffee-to-Go-Becher balangkseet. En jeder Kurv, schwapp jet Kaffe us däm Becher. Dat Mädche dräht en spackich[470] koote Jeans, schwatz Strümp un dat lange Hoor hät it zo nem straffe Knuz[471] zesammejebunge. Dank singer Ohrstöpsel beamp[472] et sich met Rapmusik us dem triste Morje. Doröm es im och durch de Lappe jejange,[473] dat Böll allemol versök dä Kaffeefontän us ehrem Becher uszoweiche. Anstatt op ehr Ümfeld zo aachte, dräumt dat Mädche us däm Finster un wipp em Tak vun dä Musik met dem Kopp. Böll richtet e Stoßjebedd jäjen dä Himmel. Bes zom

[470] spackich koote Jeans = eine eng, kurze Jeans
[471] straffe Knuz = straffen (Haar)Knoten
[472] beamp = beamen, gemeint ist: sich woanders hinträumen
[473] durch de Lappe jejange = nicht bemerkt haben

Deutzer Ömsteije-Bahnhoff sin et bloß noch e paar Minutte. Do well hä dann die S-Bahn noh dem Flochhafe nemme. *Hoffentlich bliev minge Anzoch bes dohin verschont!*
Wie die Döre an dä Haltestell opjon, versök hä ne Wäch för sich durch die volle Jäng zo finge. Met singe zwei sperrije Pappkeste hät hä ävver Probleme durch dä enge Jang em Zoch vorwääts zo kumme. Allemol muss hä sich entdchuldije, weil hä die Lück anstüss.
Met Jezisch schleeße sich de Döre. Hä hat et nit jeschaff! Dä Zoch rollt jemächlich op de Hohenzollernbröck.
So ne Dress!!
Hä weiß, wat jetz kütt: Winnichtens en Veedelstund Wadezick op dä Bröck, bes dat Signal för de Wiggerfaht kütt. Em alljemeine bewundert hä die fantastisch Ieserkunstrukzijon vun dä Bröck, ävver hück hät hä kein Bock doför.
Ich muss bloß beizigge am Flochhafe sin!
Derwiel dä Zoch op dä Jleise ushalde muss, sträuf[474] Bölls Bleck op dä Kölner Dom, der tirek nevven dem Haupbahnhoff steit. Allemol es hä anjedon, wann hä de jewaldich jotische Kathedral süht.
Wie deef jläuvich müsse de Minsche em Meddelalder jewäs sin, öm sich an dat grandiose Bauwerk zo reskeere.

474 sträuf = streift

Doch fädich jebaut han de Kölsche dat Mammutwerk nit. Bahl sechshundert Johr wor Kölle ohne de Domtürm. Ehsch wie de Preuße kome, för de Kölsche, kaum uszehalde disziplinerte Minsche, wood de Türm am Anfang vum 19. Johrhundert zo Engk jebaut. Die Kölsche funge dat zwor ärch jot, dat dä Dom endlich fädich wor, ävver se woren nit dovun anjedon, dat de Preuße doför jlich zweihondert Johr en ehrer Stadt jeblevve sin un rejeert han.
Böll jriemelt. Durch dat lange Wade op die Türm han de Kölsche bejreffe, wiemer met dem Unfähdije em Levve zoräch kütt.
Dodren sin se bes hück Meister!
Do dä Zoch noch nit wigger fäht, loort Böll op dä Musical Dom, dä sing blau kuppelförmijes Zeltdaach tirek nevven dem Haupbahnhoff am BreslauerPlatz opjeschlage hät. Dat Zelt sollt am Aanfang bloß en Wiel do ston,[475] öm dem Musical-Gaudi för koote Zick en Spillstätte medde en dä Ennestadt zo beede.[476] Doch, wie su off en Kölle, es dat Provisorium enzwesche zo en ner Instituzijon jewode. Un nümmes[477] denk do drüvver noh, dat Zelt ens widder afzorieße.
Ne Ruck jeit durch dä Zoch. *Endlich jeit et wigger!*
Böll versök, sich op sing Reis noh Berlin zo konzentreere. Berlin es nit sing Stadt, ävver hä es vun

[475] en Weil = eine Weile
[476] zo beede = zu bieten
[477] nümmes = niemand

dä Metropole faszeneet. Dobei kumme im de Berliner esu jaschtich afwiesend vör,[478] allemol am meckere. Dat es för Minsche us Kölle schwer zo verkrafte. Ävver Böll weiß jo, dat hä nit iwich en Berlin blieve muss – die Stadt, die ne Currywoosch för ne Höhepunk vun kulinarischem Erläve hält. Hä freut sich sujar e bessje op de Jroßstadt em Osten. Et es för in och en Afwäßelung jäjenüvver singem jetzije Levve op dem Land, ovschüns hä langksam anfängk dat zo möjje. Hä es richtich op de Jeschmack jekumme, e bessje jemächlicher zo levve wie en Kölle.

27

Elena loort de Deck an. Se hät bes zom Dud vun Felipe jän en dem alde Fachwerkhuus jeläv. De Decke met dä Holzbalke han ehr vun dä Verjangenheit verzallt, die ahl More han op se urig un dä Holzboddem jemötlich jewirk.
Jetz ävver, zick dä Broder dut es, kütt ehr alles, och dat ahle Huus, engk vör, esu engk wie en Jefängniszell. Die niddrig Zemmerdeck dröck op ehr Jemöt. Et kütt ehr esu vör, wie wenn die Holzbalke ehr entjäjen kumme un de Luff us dä Lung presse dät.
Och de klein Finstere loße kein Leech en de Wonnung.

---

[478] jachtisch afwiesend = garstig abweisend

Ävver se muss blieve, denn dä Dud vum Felipe muss opjeklört wäde! Dat es se im schöldich, denn wann se noh Spanie zoröckjon wödt, wödte[479] de Ermeddelunge flöck einjestallt. Do es se janz secher!
Dä Wecker zeich ehr an, dat zick dem se op dat Zefferblatt jeloort hät, bloß fünf Minutte verjange sin.
De Naach well einfach nit zo Engk jon! Zick drei Näch jeit dat esu!
Allemol hät se dä jliche Draum, noh dem se klätschnaaß wach wäd. Se rennt Hand en Hand met ehrem Broder durch de Jasse vun Pamplona. Zesamme met de andere Junge, die vör dä Stiere dovunleefe.
Die Stierhatz em Juni es en Riesenjaudi!
Mädche dörfe dat eijentlich nit, ävver Felipe häld ehr Hand janz fass, un Sick an Sick renne se,[480] janz en wieß anjetrocke,[481] vör de Stiere dovun. Derwiel se loofe, drieht se sich eröm un loort en de blotungerlaufe Auge vun däm Stier, dä si fixeet. Hä blös de Nöster op un ras tirek op se zo.
Se rennt un rennt öm ehr Levve.
Vollkumme usser Odem drieht se sich noch ens eröm. Dä Stier es jetz janz noh bei ehr dran. Se stolpert un fällt hin, de Hand vum Felipe rötsch fott.

[479] wödte = würden
[480] un Sick an Sick renne se = Seite an Seite rennen sie
[481] wieß anjetrocke = weiß angezogen

Jetz es se janz allein, höt de Radau[482] vun de andere bloß noch vun fän. Se loort nohm Stier, es stief vör Angs, kann sich nit bewäje, noch nit ens schreije. Ehre Mungk formp stell Entsezte. Dä Stier nemmp ne Anlauf, se kriht - un wäd wach.
Ne Alpdraum, dä, zick dä Brooder dud es, se verfolcht. Se ziddert am janze Liev, ovschüns se weiß, dat et bloß ne Draum wor. Doch dat Wesse hilf nit. De Angs brennt en ehr, och jetz es de Angs widder lebendich. Zick e paar Däch hät dat Jeföhl se em Jreff. Dat Jeföhl ehr Levve wör bedräut. Se hät et weckjedaut,[483] ävver et meld sich allemol em Draum zeröck.
Litt et an dä Blecke vun de Andere? En dä Backes,[484] wann se Brut holt, oder op dem Maat, wann se enkaufe jeit? En de Kirch, wann se am bedde es? All sin se fründlich, ävver de Blecke sin anders wie fröher. Streng, ebessje verächlich, sie halde Afstand. Oder deit se sich dat bloß enbilde?
Ävver de Angs es üvverdeutlich do. Deit se warne. *Ävver wofór? Es ehr Levve bedräut? Hät dä Möder vum Felipe et och op se afjesin?*
Se luusch[485] en de Naach eren. Ehr Senne sin mächtich anjespannt. Ävver nix Et es afselut stell.[486]Selvs de Katze sin bei dem räudich Wedder leever en de Hüser.

[482] Radau = Lärm
[483] weckjedaut = weggedrückt
[484] Backes = Bäckerei
[485] luusch = lauschen
[486] afselut stell = absolut still

Wie se widder koot dovör es, en de dä Schlof zo falle, hötse et! E Kratze, e Raschele.
Ehr Hätz schleit ärch, dann höt se Schredde.
Se bliev janz stell, ohne Bewäjung lijje, kann sich nit röppe, su wie im Draum.
Dat Jerüsch es em Zemmer!
Ehr Jedanke rose.[487] Se hät jester Ovend alles zojemaat! Finster un Döre. De jröne Schlachläd[488] fass zojetrocke. Zick dem Dud vum Felipe, steit op ehrem Naakskummödche[489] en Peffer-Spray. Doch jetz kann se nit do noh jriefe, ehr Ärme sin schwer wie Blei, jenau wie ehr Beine. Se kann och nit öm Hölf rofe, de Zung bliev ehr en de Muul klevve.[490] Öm dä Odem räuich zo halde,[491] deit se sich verhalde, wie wenn se schlofe dät.
Villeich es dä, dä jetz em Zimmer es, bloß ne Spetzbov, un kein Möder. Soll hä doch nemme, wat hä well!
Se luustert, versöck durch dat Höre dä Feind afzotaste. Se spört, do es jet Leichtes, Samtijes, dä Feind es nit jroß, och nit schwer. Enem plötzliche Reflex schnapp se sich de Naaksdeschlamp un schmieß se en de Richtung vun dem Jeräuch. E laut Kreische, dat dä Schreck usdröck us däm Nix erus anjegriffe zo wäde.
Et es dä Schrei vun ner Katz.

---

[487] rose = rasen
[488] Schlachläd = Schlagläden
[489] Naakskummödche = Nachtkommode
[490] bliev ehr en de Muul klevve = bleibt ihr am Gaumen kleben
[491] räuich = ruhig

Elena mät dat jroße Leech an.
Miu-Miu. Et es de jrau Perserkatz vun dä Familich Teldoff vun nevvenan.
Die Katz loort se met wick opjerisse Auge an. Beinöks muss se laache, wie se erkennt, vör wäm se sich jefürch hät.
Se springk us dem Bett, pack de Katz am Nacke, die sich rosich[492] wehrt. Wie se dat Leech em Wonnzemmer ankknips, süht se, wie de Katz erenjekumme es, de Huusdör wor bloß anjelähnt un klappert jäje dä Dörrahme.
Klack, klack.
Wiesu es de Huusdör op? Wie es dat müjjelich?
Ne kalde Luffzoch mät ehr bewoss, dat se bloß en dönn Naakshemb[493] anhät. Se setz de Katz op dat Koppsteinflaster vör de Huusdör af. Die Perserkatz fauch un flätsch dovun.
Elena mät de Dör zo. Deef en Jedanke versunke, flüch se sich, op dä Teppich met ehre nackich Föß.[494] Se es durchenein. Se hät doch de schwere Eichedör janz bestemp afjeschlosse, hät och dat Secherheitsschloss afjedrieht!
Wiesu es de Dör opjejange?

---

492 rösich = voller Wut
493 Naakshemb = Nachthemd
494 Föß = Füße

Met einem Mol kütt ehr ne Jedanke huh, wie klein, spetze Nodelsteche sickert en Ensinn en ehre Kopp un mät e flau Jeföhl em Mage.[495]

Wä hät uußer mer noch ne Schlössel för de Wonnung?

Elena freert, en Jänsehuck[496] läuf ehr üvver de Ärme. De Vorstellung, dat einer sich en ehr Jemächer jeschleche hät, lööt se schuddere.[497]

Soll dat en Warnung sin? Hät dä Däter met Felipe dat jliche Spill jemaat?[498]

28

Dat Flochzeuch treck Schlöpp[499] üvver Berlin. Se dörfe noch nit en Tegel lande. Dat es för Böll de Jeläjenheit, die rut Dächer, de jewaldije Stroße, dä Fänsinnturm un huhe Jebäude zo bewundere.

Jo, Berlin es jroß, ärch jroß, en echte Metropole!

---

[495] met einem Mol kütt ehr ne Jedanke huh, wie klein, spetze Nodelsteche sickert en Ensinn en ehre Kopp un mät e flau Jeföhl em Mage = plötzlich taucht ein Gedanke auf, wie kleine, spitze Nadelstiche sickert die Erkenntnis in ihren Kopf und erzeugt ein flaues Gefühl im Magen

[496] Jänsehuck = Gänsehaut

[497] lööt se schuddere = lässt sie frösteln

[498] dat jliche Spill jemaat = das gleiche Spiel gemacht

[499] trekk Schlöppe = zieht Schleifen

Hä treck sing Handy us däm Rucksack, öm noh neue Mitteilunge ze loore, doch die Stuardress hiv warnend de Zeijefinger. Et wurmt in allemol, woröm die Handys usjeschaltet blieve müsse.
Als ob su en e klein kleines Dinge enem riesige Flochzeuch jefährlich wäde künnt! Wann dat tatsächlich stemp, müsse mer all beim Fleje vill mih Angs han, oder etwa nit? Funkwelle sin doch schleeßlich üvverall en dä Luff!
Böll schöddelt dä Kopp un steck sing Handy widder en dä Rucksack. *Esu ne Blödsinn!*
De Usseech,[500] am Förderband lang wade zomüsse, steijert sing Stemmung och nit jrad.
Schleeßlich setz dä Flejer zo dä Landung an, un kütt noh ner sanf Afbremse zom Ston. Böll weiß jetz wat kütt, Applaus vun dä Flöchjäss, öm däm Pilot zo danke - ävver et kütt nix. Jeschäftich springe die Männer us ehre Setze, et sin tatsächlich ohne Usnahm bloß Männer, un jrieven zo ehre Aktetäsche. Derwiel hä sich met dem Männertrupp us dem Flochzeuch de Gangway eraf un en dä Bus steije deit, fällt im op, dat die mieste vun dä Männer jriese oder blaue Anzöch drage. Offenbar Beampte, die zwesche dä ehemalijen Rejierungshaupstadt Bonn un Berlin-Tegel hin- un her fleje, mindestens esu lang, bes dä Flochhafe Berlin-Brandenburg schleeßlich fädich es.

---

500 de Usseech = die Aussicht

Sufän hä üvverhaup jemols fädich wäd, erjänz Böll em Stelle. *Dat es dä Pries, dä se bes hück bezahle müsse,* denk Böll, *weil se ehre Job en Bonn, samp Hüsje em Jröne, nit entuusche wollte, wie Berlin Haupstadt wood.*

Wenn et noh Böll jejange wör, hät Bonn och wigger Haupstadt blieve künne. Ävver no jo, do han sich die Preuße durchjesetz. Mal widder!

Die jraublaue Masse bewäch sich noh dem Usjang.

Böll es erleichtert, dat et sich um Berofspendeler handele deit, denn dat bedück, se reise niemols met vill Jepäck. Dat Förderband wäd sing zwei Keste flöck usspeie.[501]

Met dä Vermodung litt hä richtich.

Met vill Elan jriev hä die wichtije Keste, jeit durch dä unbesetze Zoll un stürt dä Informationsschalter vun dä Berliner Verkehrsbetriebe im Terminal A an, öm sich do zo erkundije, wie hä met dem Bus noh dä Pascalstroß en Berlin-Wilmersdorf kütt. Hä beuch sich vun de Sick noh dem Schalter un sprich dä Mann hinger dä Glasschiev an:

»Sagen Sie, welcher Bus...«

»Jehn Se sofort hinter die weiße Linie!«, blaff dä Mann in ohne Vörwarnung an.

Schockeet üvver dä schärpe Ton stellt Böll sich do herr,[502]wie et im dä Mann en dä BVB-Uniform befolle

---

[501] flöck usspeie = schnell ausspucken

[502] do herr = dorthin

hät. Böll ärgert sich üvver dä Ton en Berlin, dä im allemol opstüss, ovschüns hä allt su off he jewäs es.[503]
Berliner Schnauze - dorop sin die och noch stolz!
Noch mih wurmt in, weil keiner vör im steit. Et jitt alsu och keine Jrund, in waade zo loße. Dä Typ jläuv et och nit nödich zo han, sich för dä unfründliche Ton zo entscholdije, jeschwijje zo bejründe, woröm hä in waade lööt. Dä Mann klotz[504] jebannt op dä Bildschirm, ohne och bloß emol opzoloore. Böll mät jede Wett, dat dä nit op de Affahrzigge vun dä Busse loort, sondern sich bestemp irjend en Computer-Spill erungerjelade hät un in waade lööt, weil dat Spill noch nit am Engk es! Hä hät jetz de Schnauz voll un verlöß wödich dat Terminal.
Jott, dann evvens en Tax! De Uslage för de Berlinreis kritt hä suwiesu nit widder. Dat mät dä Kohl jetz och nit mih fett![505]
Em Taxi läuf et nit besser, och he jitt et för Böll en jratis Kosprob vun dä Berliner Schnauze. Dä Fahrer, ene Türke us Kreuzberg, meckert üvver de Berliner, die falsche Baupolitik, dat ärch schläch Esse en der Stadt un steit beim Meckere nem waschechte Berliner en nix noh.

---

503 ovschüns hä allt su off he jewäs es = owohl er schon so oft dort gewesen ist

504 klotz = glotzt

505 dat mät de Kohl jetz och nit mih fett = das macht den Kohl jetzt auch icht mehr fett, gemeint ist: das Geld fürs Taxi zu sparen, bringt jetzt auch nichts mehr

Esu funktioneet de Integrazijon en Berlin!
Wie dä Fahrer en Schängerei üvver de Politiker aflööt[506] un Böll immer noch nit en dat Jespräch ensteije well, fängk hä an, üvver de Fahrjäss zo lästere. Böll hoff, dat se bahl do sin. Doch de Faht durt. Hä hät verjesse, dat et en Berlin einije Zick bruch, öm vun A no B zo kumme.
Als dä Taxifahrer rejistreet hät, dat hä met Böll nit en e Jespräch kütt, mät hä de Musik op volle Lautstärk. Endlich hält dat Taxi vör dem wieße Jebäude en dem de Fraunhofer- Gesellschaft für Produktionsanlagen- und Konstruktionstechnik singe Setz hät.
Öm vun dä nervtötende orientalische Musik flöck fott zokumme, schenk hä däm Fahrer dat Jeld zom Wäßele.
Bloss erus he!
Hä stolpert us dem Auto un zerrt dobei singe Rocksack un die sperrije Keste erus. Derwiel Böll sich afmöht, bliev dä Kääl hingerm Lenkrad setze un flöpp sieleverjnöch en Zerett,[507] wobei hä singe Elleboge salopp us dem opjemaate Finster lähnt un Böll bei singe Verrenkunge zo loort. Kaum hät Böll de Autodör zojeschmesse, dröck dä Fahrer op et Jaspedal.
Dä Kommissär loort konsterneet hingerher.
Rau Flaster, dat Berlin.

---

[506] en Schängerei üvver de Politiker aflööt = über die Politiker schimpft
[507] sieleverjnöch en Zerett = seelenruhig eine Zigarette

Em Institut emfängk in ne fründliche Pratikant. Böll nimmp an, dat dä junge Mann noch nit lang en Berlin es, weil sing jot Stemmung noch keine Schade jenomme hät. Böll erkundich sich noh dä Wessenschafflerin, die dä Kuhle im jenannt hät. Dä Praktikant bedd in zo waade.
Monika Weißenfels kütt noh unjefähr 20 Minutte op de Bildfläch un Böll es erstaunt: Sie süht nit esu uss, wie mer sich im em Alljemeine en etableete Historikerin vörstellt. Skinny-Jeans, knapp am Bein, de Botzebeine met Schnedde un Löcher, janz modisch opjerisse. Dozo en Tattoo am Hals (villeich och noch woanders), ne volominöse Wollpulli, bei däm Böll schweiß,[508] wenn hä dä bloß süht, un hennarude Hoor, die enorm ajjressiv wirke[509] un en Berlin wal nie us de Mod kumme, ovschüns de Zick vun dä Huusbesetzung jo längs vorrüvver es. Dat Hoor es zo widderböschtich Dreadlocks opjedriht, die däm Bob Marley jot jeston han, beim Monika Weißenfels ävver an e Vugelsness erennere. Un zom jode Schluss hät se och noch e Piercing en dä Ovverlepp.
Na, dat kann jo heiter wäde, denk Böll un setz e scharmant Lächele op. Ävver do kütt nix zeröck. Doför kritt hä ne feste Hängsdrock, der esu fass es, dat Böll en de Knee jeit un sing Lächele enfreert.

---

[508] schweiß = schwitzen

[509] enorm ajjressiv wirke = enorm aggressiv wirken

»Na, denn kommense mal mit«, berlinert de Historikerin, die
im vum Kuhle als Expertin för de Rekonstrukzijone vun Dokumente emfolle woode es. Böll schnapp sich beidse Keste un jeit hinger ehr her. *Höfliche Jeste sin he in Preuße wall övverflössije Schnickschnack,* denk Böll, denn se hät sich nit anjebodde, im zo helpe, die Kiste zo drage. Un vun Small-Talk, öm wärm ze wäde, hält se och nit vill. Böll hät zwar versök, e Jespräche en Jang zo brenge, ävver et hät nit jeflupp.[510] Schleeßlich hät hä et dranjejevve.
Esu jon de Beids schweijend de Flur elans. Am Engk vun dem Flur, mät de Wessenschaffterin en Dör op. Dä Raum es unjefähr 100 Quadratmeter jroß un erennert Böll an en Fabrikhall, bestöck met vier Maschine, die wie üvverdimensioneerte Fotokopierer ussin.

---

[510] jeflupp = funktioniert

29

Angela kneet vör ehrem Bett un es am bedde. De Oberin hät ehr noh dem Jespräch emfolle, dä Angelus zo bedde un derwiel dä Bußjödel ze drage.[511] Se soll dä Jödel nit afläje, sondern in dä janze Dach drage, denn Huhmot zälle zo dä Dudsünde.[512] Se hät et jewoss, dat se bestrof wääd, noch bevör se zom Jespräch jejange es, denn als Novizin muss se sich verpflichte, ehr Leiterin alles zo verzälle, och die Dräum, Jeföhle, un wat dachsüvver esu passeet es.[513]
»Die Seele sauber halde«, nenne se dat em Opus Magnum. Mindestens emol en dä Woch es su en Jespräch. Hück ävver hät Angela die Oberin selvs opjesök. Se muss spreche, ehr Jewesse hät se en dä Naach ärch jeploch![514] Se muss ehr sage, dat se sich üvver dat Lov,[515] ehr Stemm wör engelsjleich, ärch jefreut hät. Se kritt noch en Jänsehuck, wenn se do dran denk. Kommissär Böll hat ehr dat Jeföhl jejovve, jet janz Besonderes zo sin! Se föhlt dä Stolz deef en sich, wann se an sing Wöder denk. Jo, se muss och allemol widder an in denke. All dat hät se dä Leiterin vun däm

---

[511] dä Bußjödel zo drage = den Bußgürtel zu tragen
[512] denn Huhmot zälle zo dä Dudsünde = denn Hochmut zählt zu den Todsünden
[513] wat dachsüvver esu passeet es = was tagsüber so passiert ist
[514] ärch jeploch = sehr geplagt
[515] Lov = Lob

Studentinnewonnheim verzallt. Die hät ehr zojehöt, ohne se zo ungerbreche. Am Engk vun däm Jespräch, hät Angela dä Kopp jehovve un en die Auge vun dä Heimleiterin jeloort. En ehrem Bleck hät se jesinn, wie schlemm ehr Dun[516] jewäse es.
Se hät en jeräch Strof jekräch.[517]
Nevven dä sibbe Stundejebedde am Dach - et Vigil, Laudes, Prim, Terz, Sext, Non un dä Vesper am Ovendmuss se och noch e paarmol am Dach dä Angelus bedde, su off se kann. Se soll och dä Boßjödel drage, in fass zotrecke, domet de Stachele sich deef en ehr Fleisch bohre un se dä Ping och spöre deit.[518] Naachs soll se nit en et Bett jon, sondere op däm Boddem schlofe. Ehsch, wann de huhmödije[519] un och de sinnliche Jedanke nit mih zoröckkumme, soll se domet ophüre.[520] Dat hät de Oberin ehr met op dä Wäch jejovve.[521] Se weiß, dat die Heimleiterin se bestrofe deit, öm ehr Sieleheil[522] zo rette. Angela vertraut ehr, ävver et es ehr schwer jefalle, dodrüvver zo spreche.

[516] ehr Dun = ihr Tun
[517] se hät en jeräch Strof jekräch = sie hat eine gerechte Strafe bekommen
[518] dä Ping och spüre deit = die Schmerzen auch spürt
[519] huhmödije = hochmütigen
[520] ophüre = aufhören
[521] dat hät de Oberin ehr met op dä Wäch jejovve = das hat die Oberin ihr mit auf den Weg gegeben
[522] Sieleheil = Seelenheil

Se weiß, dat ehre Wäch bes zom feierliche Jelübde, dat se op iwich[523] an Jott un dä Orde binge deit, noch wick es.[524] Wann de Siel rein un dä Jeis rief jenoch es,[525] sich vun dä Welt afzowende, darf se dat Jelübde afläje.
Se krütz sich noch ens un steit op, dobei dröcke die Metallstachele en ehre Oberschenkele. Se bieß de Zäng zosamme, bes de Ping fott jon.[526] Die Leiterin hät se jemahnt, dat se lihre muss, die Ping zo erdrage, bes se die Ping un sich selvs nit mih spört.[527] Bloß esu wööd se lihre, de eije Bedörvnisse hingeran zo stelle[528] un de Jemeinschaff an ehschte Stell zo setzte. Dat, wat ehr paseet es, zeich ehr, dat se op dem Wäch noch nit ärch wick es.
Angela hät en wigge, jrau Botz usjewählt, domet dä Boßjödel nit zo sinn es. Se muss noch noh ehrem Patenkind Anton loore. Vör nem halve Johr es ehr de Aufjabe opjejevve woode, sich öm dä sibbejöhrije Jung met däm Down-Syndrom zo kümmere.
Se wor üvverasch, wie de Leiterin ehr Metjeföhl un ehre Leeve för dä Jung jetadelt hät. De Leev för de

523 iwich = ewig
524 wick es = weit ist
525 wann de Siel rein un dä Jeis rief jenoch es = nur wenn die Seele rein und der Geist reif genug ist
526 bes de Ping fott jon = bis die Schmerzen weg gehen
527 bes se die Ping un sich selvs nit mih spört = bis sie die Schmerzen und sich selbst nicht mehr spürt
528 de eije Bedörvnisse hingeran zo stelle = die eigenen Bedürfnisse hintenanzustellen

Jemeinschaff wör wichtijer, Einflüss vun drusse dörf mer nit an et Hätz loße, hät de Oberin se jemahnt. Wann ehr dat nit jelinge dät, wööd se vun dä Aufjab afjetrocke.[529] Doch se well Anton nit herjevve, dä Jung es ehr an et Hätz jewaaße.[530]

Ävver villeich muss ich jenau dat lihre:diejinnije losszeloße, die ich leev han, öm mich janz un jar Jott zo widme.[531]

Angela es verzwiefelt, wie se en de Bahn ensteich. Se wäd et niemols schaffe! Deef en ehrem Ennerste weiß se: Se es kein wätvolle Minsch sin. Dä Deuvel hät e leich Spill met ehr. Un widder steich de Scham en ehr huh.[532]

---

[529] Wann ehr dat nit jelinge dät, wööd se vun dä Aufjab afjetrocke = Wenn ihr das nicht gelingt, wird sie von der Aufgabe abgezogen

[530] an et Hätz jewaaße = ans Herz gewachsen

[531] diejinnije losszeloße, die ich leev han, öm mich janz un jar Jott zo widme = diejenigen, die ich liebe, loszulassen, um mich ganz und gar Gott zu widmen

[532] Un widder steich die Genier en ehr huh = und wieder steigt die Scham in ihr hoch

30

Böll hät dat jeschredderte Papier janz vörsichtich op de Arbeidsdesche jelat. No sin fünf Praktikante domet beschäftich, en ehschte, jrov Vörzorteerung[533] zo maache. Wat för Papierstöcker passe zoenander? Wat sich ähnelt, wäd op e Fließband jelat un afjelichtet. Op däm Bildschirm kann de Frau Doktor Weißenfels dann sin, wat för Vörschläch dä Computer mät, öm die Papiere widder zosammezoföge. Dobei beröcksichtich die usjefielte Software Papierstruktur, Färv, Schreffaat un andere Opfällichkeite. Su, dat de
Zoodenung jelinge kann. Wo et zoletz ävver drop ankütt, dat mät nit de Technik, sondere ne Wessenschaffler dä sät, wat am Engk zosammejeföch wäd. Dat Softwarprojramm mät bloß Vörschläch.

Böll wääd et janz schwindelich, wann hä dodran denk, wie vill Däch oder Woche dat duure kann bes esun Papiere widder zosammejeföcht sin. Wie Böll sich bewoss weed, dat im de Zick dovunläuf, süht hä jih de jepiercte Lepp[534] vun dä Frau Doktor Weißenfeld vör singem Jeseech. Dä hä ävver sing Jedanke nohhängk, nemmp hä nit wohr, wat se sät. Se schups in an, domet hä zohöt.

---

[533] Vörzoteerung = Vorsortierung

[534] Lepp = Lippe

»Ick sachte jrade, det wir die Süßen hier mal ihre Arbeit machen lassen. Wah, eh?«
Boll es durchenein.
»Wir bleiben nicht hier?«, he en Berlin bemöht hä sich Huhdütsch zo spreche.
»Nee, bloß nich. Kommen Se mit.«
Böll un de Wissenschafflerin verloße dä Raum. Met zügije Schredde jeit de Akademikerin en ehr Büro un jrief sich ehr Bomberjack un en Military-Mötz met decke Ohreklappe. Die Mötz es noch us dem Bestand vun dä ehemalije sowjetische Armee. Noh dem Morefall en Berlin woren die ne Hit, die woode domols op jedem Trödelmaat anjebodde.
Als de Weißenfels noh im zoröckkütt, sät se:
»So, wir beede fahrn jetzt zum Jendarmenmarkt.«
»Und was machen wir da? «, fröch Böll üvverrascht.
»Essen jehen. Im Borchardt.«
»Im Borchardt? Dem Promilokal?«
»Der Kuhle hat mir versprochen, det ick für den Sondereinsatz von dir zum Essen einjeladen werde. Un in die Schickimicki-Bude wollt icke schon imma.«
Kuhle, dä fiese Möpp, hät hinger mingem Rögge Verspreche jemaat![535]

---

[535] Kuhle, dä fiese Möpp, hät hinger mingem Rögge Verspreche jemaat= = Kuhle, der gemeine Hund, hat hinter meinem Rücken ein Versprechen gegeben

De Wahl vun dem Restorang üvverrasch in, esu wie die sich antrick[536] hät hä op en Lieblingslokal en Kreuzberg jetipp.
Su kann kammer sich täusche, jriemelt Böll stell en sich erin. Ävver wat im vill mih Sorje mät, es de Tatsaach, dat singe Usfloch noh Berlin jetz vill dürer wäd, wie jedaach.
Wie se am Ernst-Reuter-Platz en de U-Bahn steije, es hä anjenehm üvverrasch, wie off de Bahne en Berlin fahre. Es hä doch en Kölle Wadezigge jewonnt, die sich nit bloß iwich anföhle, sondern och sin, vör allem bei Schnie un Rähn.[537] An der Haltestell Stadtmitte verloße se de Bahn.
Wie sie su us däm Berliner Ungerjrund optauche, schnick betterkalt Luff en ehre Jeseechter.[538] Decke Odemswolke han sich vör ehre Müng[539] jebildet. Jetzt weiß hä, woröm die Historikerin en Militarymötz op hät! Böll hät dat bes jetz för ne Modefimmel jehalde. Doch jetzt weiß hä: Berlin em Winter es saukalt!
Böll jrov[540] singe Nacke deef en singe Cashmere-Schal, dä hä e paarmol öm de Hals jeschlunge hät. Dä Krage vun singem Burberry-Mantel schleit hä janz huh. Doch dä Mantel es för Hervsdäch jedaach, ävver nit för de

---

536 antrick = anzieht
537 bei Schnie un Rähn = bei Schnee und Regen
538 schnick betterkalt Luff en ehre Jeseechter = schneidet bitterkalte Luft in ihre Gesichter
539 Müng = Münder
540 jrov = gräbt

Winterdäch en Berlin, die vill häder un kälder sin wie die mäßig kalde, ävver klamm Winterdäch em Rheinland, do, wo dä Schnie schmilz, bevör hä de Boddem beröhre deit. Jrund jenoch, dat ‚Borchardt' zögich anzosteuere.

»Man, lofen Se doch nicht so schnell. Da komm ick ja jarnischt mit«, mosert et Monika Weißenfels en breitem Berlinerisch.

»Entschuldigen Sie, aber mein Mantel ist nicht annähernd so warm wie ihre Bomberjacke und ihre Fellmütze«, jitt Böll als Antwoot un fällt en de kölsche Redensaat zoröck: »Ich muss mich flöck bewäje, söns krieje ich en Jrepp.«[541]

»Is ja schon jut«, sät se un hät de kölsche Ansage, allem Ansching noh, bejriffe, dann se pass sich däm Laufschrett vum Böll an.

»Se sind aber janz schön sportlich«, käch se[542] noh e paar Minutte.« Na ja, müssen Se als Kommissar wahrscheinlich och sein. Als Wissenschaftlerin is man ja automanisch so'n Stubenhocker.«

Böll loort se an un stellt fass, dat se verhaftich blass öm de Nas es, dat mer annemme muss, dat se op dä Arbeit met vill stöbbich Akte zo dun hät. Als ehr Odem anfängk zo rassele, kumme se justemang em Borchardt an. Do es en anjenehme Elejanz: Rut bespannte

---

[541] ich muss mich flöck beweje, süöns krieje ich en Jripp = ich muss mich rasch bewegen, sonst bekomme ich eien Grippe

[542] käch se = keucht sie

Sitzecke, schlichtes, wießes Damastoch op dä Desche, dovör brunge, evvensu einfache Holzstöhl, wieß jetünch Wäng un ne Duff us dä Köch, dä däm Böll et Wasser em Mungk zosammen laufe lööt. Dazo ene Sound us Tellerjeklapper, Laache un internazijonal Stemme durchenein.[543] E Flair, dä et bloß en dä janz jroße Metropole en dä Welt jitt.
Jetz wirk de kesse Frau Doktor Weißenfels janit mih esu kess. Anjeseechs vun dä ärch wichtich Minsche vun dä Berliner Republik an dä Desche steit se ratlos am Enjang.
Jetz üvvernemmp Komissär Böll, jitt dem Kellner met nem Handzeiche zo verston, dat hä zwei Setzplätz han well. Met enem: »Da haben Sie aber Glück gehabt, da wird gerade was frei, sonst geht ohne Reservierung mittags garnichts« dirijeet dä Kellner se an ne kleine Desch. Böll röck met Vörbedaach[544] de Frau Doktor Weißenfels dä Stohl zoräch un nemmp ehr jäjenüvver Plaatz. Verstolle loort de Weißenfels sich em Raum öm. Met jedämpter Stemm flöstert se im zo:
»Icke jlaub, icke bin nischt richtig anjezogen für son Lokal.«
Böll hät zwor die jliche Meinung, trüs se ävver[545] wie ne Jentleman dodrüvverweg.

---

[543] internazijonal Stemmedurchenein = internationales Stimmengewirr
[544] met Vörbedach = mit Rücksicht, rücksichtsvoll
[545] trüs se ävver = tröstet sie aber

»Ach, allemol bloß Jil Sander oder Escada Business-Anzoch wie die andere Dam ehe, es doch langwielich. Ehr maht dä Laden doch eesch intressant!«

»Meen en Se«, hauch se un fäht met de Häng en ehr hennarude Hoor, öm se e bessje zo odene, un üvver dat Tattoo am Ungerärmtreck se dä Pullover beschämp eraf. Böll bekräftigt sing Ussage met nem jotmödich Koppnicke.

Dä Kellner reck inne de Foderkaat und bliev afwadend am Desch stonn, öm die Bestellung tirek opzonemme. Nohdem de Wissenschafflerin met däm Hang zom jruffftije Outfit de Priese studeet hät, hält se verschreck de Häng vör de Mungk.

»Ach, herjee. Det is abba teuer hier, det wusst'ick nischt.«

»Määht nix, jetz sin mir he, un jenieße dat Esse och«, sät Böll kurascheet un do die Weißenfels däm Ansching noh Kölsch bejrief, bliev hä dobei.

Hä loort sich öm un verhaftich setze im Borchardt vill bekannte Lück beim Meddachesse. Dä amtierende Rejeerungssprecher, dä jekunt dä Politzirkus för de Rejerung en Schach hält, en französch Schauspillerin, die och hück wie em Film ‚Chocolat' ne wunderbare Schmollmungk mät, Seiblitz, dä Chefredakteur vun nem bekannte Politikmajazien, vun ovven eraf wie allemol. Secher setze he och noch e paar Staatssekretäre un Lobbyisten vun dä jroße Kunzäne un

Verbänd, deren Jeseechter em Fänsinn[546] niemols optauche, die ävver en Wohrheit de Strippe en dä Politik trecke.
Böll wählt Weld met Preiselbeere[547] un ne rude, drüje Merlot.[548] De Frau Weißenfels ävver weiß nit, wat se nemme soll. Do springk Böll ehr bei.
»Also, dä Film-Star Jonny Depp hät em Borchardt dat Wiener-Schnitzel met Jenuss jejesse. Dat weed hä wie en Wien jemaat. Die nemme ech[549] Kalvfleisch[550] und broode dat met Botter.«
Die Informazijone üvver dä Jonny Depp hät hä bei singem letzte Besöck em Borchardt vun nem Rejeerungsbeamte jehöt, dä am Nevvendesch jesesse hät.
»Det nehm ick«, sät se erleichtert.
Dä Kellner hät bejreffe, wat he vörsich jeit un ungerstütz die kusch Frau[551] dobei, de Bestellung afzoschleße.
»Gnädige Frau, darf ich Ihnen einen Weißwein empfehlen Vielleicht einen trockenen Silvaner? Der passt ganz ausgezeichnet dazu.«
De Wessenschafflerin nick erjeben. Op ehr Stehen jlänz et verräterich. Böll kann nit erkenne, op dat vun däm

---

546 Fänsin = Fernsehen
547 Weld met Preiselbeere = Wild mit Preiselbeeren
548 drüje Merlot = trockener Merlot
549 ech = echt
550 Kalvfleisch = Kalbsfleich
551 de kusch Frau = die kleinlaute Frau

üvverus wärme Pullover kütt oder vun dä Anstrengung en su einem pinkfeine Lokal wie he, en Bestellung unfallfrei opzojevve.

31

Elena hät sich en de letzte Bank jesetz. En ehr zidderich Häng hält se e Papier, dat se hück Morje op däm Köchedesch jefunge hät. Ne Dräubref, op däm bloß eine Satz steit:
»Du stirbst, wenn du nicht gehst.«
Se weiß nun met Secherheit: De Huusdör hät verjange Naach nit zofällich opjestande!
Elena es völlig durchenein. En ehr tobde Angs, die an Panik jrenz, mengeleet met Wot[552] un ner widderböschtich Jetz-ehsch-räch-Haldung. En dä Opräjung schlech sich allemol de deef wohrjenomme Troor[553] öm ehre Broder. Se hatte allemol zosammejehalde, wie Pesch un Schwäfel. Zom ehschte Mol em Levve es se allein. En deef Ratlosigkeit mät sich en ehr breit. Derwiel se am bedde es, merk se nit, dat ehr de Trone erunger laufe. Voll vun Verzwieflung wellse zo Jott bedde, hä soll ehr helfe, dä rächte Wäch zo jon. Doch do lät sich jih e Hand op ehr Scholder. Se

[552] mengeleet met Wot= gemischt mit Wut
[553] Troor = Trauer

bleck en dat Jeseech vun ner Dam,[554] die se ävver nit kennt. De Frau beuch sich eraf un flöstert ehr en et Ohr: »Kann ich üch helfe?«
Elena nick. Spreche kann se nit. Die Frau kütt ehr vör, wie ehr eijen Mamm. Se es dä Strühhalm, noh däm se jesök hät![555] De Frau lät dä Ärm schötzend öm se, kniep däm Köster zo, un dirijeert et Elena us dä Kirch.

32

Angela loort dä Anton met vill Zaatjeföhl an. Hä es ne janz leeve Jung. Sing Mamm ävver hät in en dat Heim jebraat. *Wie kunnt se dat nur dun?*[556]
Angela beloort wie dä Anton met Jescheck dä elektrische Trecker zosammebaut, dä se im zom Jebortsdaach jeschenk hät. Sing Freud es jroß, denn met Autos, Trecker un all däm technische Spillzeuch, beschäftich hä sich met jroße Passion. Zom Dank hät hä sich ehr an de Hals jeworfe un ehr Jeseech met dausend Bützjer[557] övversiet. Sun Freud zo sinn, es för et Angela dat schönste Jeschenk. Ävver zickdem se hück Morje jebich hät,[558] denk se en ehrem Hätz, op

[554] Dam = Dame
[555] noh däm se jesök hät = nachdem sie gesucht hat
[556] Wie kunnt se dat nur dun? = Wie konnte sie das nur tun?
[557] Bützjer = Küsschen
[558] jebich hät = gebeichtet hat

ehr Freud jot un richtich es. *Well ich villeich, dat ich för dä Jung de wichtigste Person bin? Well ich sing Leev*[559] *allein för mich han?* Se weiß et nit, so deef se och en ehr Siel[560] loort. Se weiß nur, dat se en deefe Leev för dä Jung hät. Ävver de Oberin hät se jewarnt, dise Leev nit noh zo jevve. Widder kütt de Verzwiefelung in ehr huh. *Alles wat sich richtich anföhlt, es doch irjendswie verkeht!*

De Üvverzeugung, alles en ehrem Levve besher verkeht jemaat zo han, schlich sich en ehr Denke.[561] Die andere han se zwar beräuhich,[562] de Wohrheit zo sinn, föhle sich zenöks verkeht an, weil mer zovör em Unwohre jeläv hät, ävver späder dät mer erkenne, wat wohr oder unwohr es.

Wie kann se jetz noch ehre eijene Jeföhle traue?
Wie kann se Jodes vum Unjode ungerscheide?

Angela es dankbar, dat se em Orden levve kann.[563] He wäd se beschötz, vör dem Unjode bewaht. Sulang se selver nit weiß, wat jot för se es, muss se op de Fraue un Männer höre, die dä Orden leite. Die wesse, wat jot för se es. Op dise Minsche muss se vertraue, die se zo nem Werkzeuch Jottes forme wäde.

---

[559] Leev = Liebe
[560] Siel = Seele
[561] alles en ehrem Levve besher verkeht jemaat zo han, schlich sich en ehr Denke = alles in ihrem Leben bisher falsch gemacht zu haben, schleicht sich in ihr Denken
[562] beräuich = beruhigt
[563] levve kann = leben kann

Se well dun, wat vun ehr verlangk wäd. Vun janzem Hätze!

En ehschte Jehorsamspflich hät se allt hinger sich jebraat,[564] wie se en besondere Aufjab för dä Musiklährer erledich hät. Doför hät mer se och et ehschte Mol jelovv.

Janz en Jedanke verloore, strich se üvver de dunkle Locke vum Anton, dä janz usser sich vör Freud met singem neue Auto spillt. Et Angela nemmp sich för, sich noch mih anzostrenge. *Jott soll ehr jnädich sin un och se erleuchte!*

33

Böll es zefridde. De unjewennte Ümjebungun dä jode Wing, han dä Weißenfels ehr Zung jelüs.[565]Se hät im jesaat, wat se su dä leeve lange Dach en dem Institut mät. En dä Verjangenheit eröm wöhle,[566] hät se dat jenannt, nit en irjendein Verjangenheit, sondern en dä vun dä DDR, Schwerpunk Stasi. Se hät im verzallt, wie domols, als de DDR wie e Kaatehuus zosammejefalle

---

[564] hinger sich jebraat = hinter sich gebracht

[565] Zung jelüs = ihre Zunge gelöst, gemeint ist: sie hat ausführlich erzählt, viele Informationen gegeben

[566] en dä Verjangenheit erömwöhle = in der Vergangenheit hermwühlen

es,[567] dat vill Ungerlage vun dä Stasi entsorch wode es, domit die Verbreche vun dä Ajente niemols opjeklärt wäde.

Dä Nevvel zo lichte, de Wohrheit an et Leech zo holle, hält et Monika Weißenfels för ehre wichtichste Aufjab. Dat hät se im anvertraut.

Och ehr Eldere[568] woren Opposizijonelle en dä DDR. Se hatte ‚rübergemacht', wie et Monika noch klein wor. Doch met dä Fluch woren se de Stasi noch lang nit loss. Se blev ehre ständije Begleiter. Su wor ehr Dreirad, met däm se su jän römjöckelte, met einem Mol kapott, se verletzte sich schwer un och ehre Vatter hät beinoh ne schwere Unfall jehat.

De Orsaach wood nie jeklört.

Dat Jeföhl, allemol beloort zo wäde,[569] hät nie noh jeloße. Misstraue zo erzeuje, bei Fründe, en de Verwandschaff, Nohberschaff un bei dä Arbeitskulleje, wor dat Ziel dä Stasi. Dat hät Monika Weißenfels noh dä Wend erfahre, wie se de Akte vun ehr Eldere jelese hät.

Se hatte sich nix vörjemaat![570] De Stasi hät se nie us dä Auge jeloße!

Ehr Familich wor dodran zerbroche.

---

[567] wie e Kaatehuus zosammejefalle es = wie ein Kartenhaus zusammengefallen ist

[568] Eldere = Eltern

[569] allemol beloort zo wäde = immer beobachtet zu werden

[570] sich nix vorjemaat han = sich nicht getäuscht haben

»Wissen Se, wat det Schlimmste war?«, fröch se am Engk vun däm Jespräch, dat Böll wie en Levvensbich vörkütt.
Böll schüddelt dä Kopp.
»Det uns niemand jeglaubt hat. Unsere Freunde dachten, dat wir ne Meise haben. Keiner wollte mit uns noch was zu tun haben. Für mich is et janz schlimm, det se die Olle vom Honecker ohne Strafe nach Chile haben verduften lassen. Dabei war die eine der Schlimmsten! Die hat kleine Kinder den Eltern wegjenommen! Die hat ihre Verbrechen och nie einjesehen! Musste se och nisch. Die meisten Täter wurden nie bestraft. Det is unerträglich für mich!«
»Das verstehe ich«, sät Böll us Respek vör däm, wat se verzallt hat, en Huhdütsch. Hä weiß jetz, woröm se bei dä Rekonstruktion vun dä Stasi-Ungerlage ärch jode Arbeit leistet. *Intrinsische Motivation,* sagen de Psychologe doför. Icke behaupte mal, det wir bis heute nischt det janze Ausmaß von den Stasiaktivitäten aufgeklärt hamm, wie aktiv die im Westen jewesen iss. Ick bin zutiefst davon überzeucht, det vieles, wat wir für historische Wahrheit halten, in einem janz anderen Licht erscheint, wenn wir noch mehr Akten zusammenfriemeln.«
»Das kann ich mir gut vorstellen, nachdem, was sie mir alles erzählt haben«, zeich sich Kommissär Böll faszineet vun däm Jespräch.

»Icke nenn Ihnen nur een Beispiel. Benno Ohnesorg. Sagt Ihnen dat noch wat?«

»Ja, klar. Das war doch der Student, der von einem Polizisten erschossen wurde, als der Schah von Persien zu Besuch in Berlin war. Danach fing die Radikalisierung der 68er Bewegung an.«

»Jenau, die Radikalisierung kam, weil alle jlaubten, det der Ohnesorg von einem Polizisten, also vom deutschen Staatsapparat, kaltblütig ermordet worden wäre. Daraufhin jründete sich die Rote-Armee - Fraktion und ermordete Politiker. Blöd nur, det et nischt der böse Staat im Westen war. Der Polizist, der Ohnesorg erschossen hat, war Stasi-Mitarbeiter! Die wollten mit dem Mord jenau diese Radikalisierung in der Studentenbewegung bewirken. Is ihnen ja och jelungen!«

»Wenn in dem geschredderten Stasi-Materialien noch vieler solcher Geschichten stecken, dann kommen auf uns noch interessante Zeiten zu… «, merk Böll an, dä sich ärch konzentreet, öm nit in et Kölsch zo flutsche.

»Det kann man wohl sagen! Jenau deswegen wird immer wieder versucht, die Aktendeckel ein für alle Mal zu schließen. Icke und mein Team aber sind wie Bluthunde, die dranbleiben und die Spur verfolgen bis wir am Ziel sind.«

»Das freut mich, zu hören!«, antwootet Böll janz zofredde, denn sing Papierfetze sin he en de beste Häng. Wenn se en Spor herjevve, wäd die Weißenfeld die finge. Wie ne Spörhungk,[571] dä de Witterung opnemmp.

34

Kuhle hät versproche, sich öm de Schwester vum Pastur zo kümmere. Böll hät im och opjedraache,[572] se noch nochens zo befroge, ov ehr in dä Zweschenzick noch mih, wichtije Informationen einjefalle sin. In dä Meddachspaus es hä üvver dä Chressdachsmaat e Jläbbich jeschlendert, hät met Kulleje ne Punsch jedrunke, un dä joße Chressbaum bestaunt, dä en dä Medde op dem Konrad-Adenauer-Platz opjebaut es. Dat hät im jefalle. Irjendswie es hä en dä letzte Johre allemol röhrsillicher jewode.[573]
No muss hä sich noh dä Meddachspaus widder met däm Mordfall befasse. Dat es e Wäßelbad dä Jeföhle. He de Freud en dä Adventszick un do en jewaltätije Realität, die dä andere, dä zivilisierte Deil allemole bedräut. Singe Zwiefel, dat et en ‚heile Welt' jensicks vun dä Verbreche jitt, wäd vun Johr zo Johr jrößer.
Hä es einfach allt zo lang bei dä Kripo!

---

571 Spörhungk = Spürhund
572 opjedraache = aufgetragen
573 röhrsillicher jewode = rührseliger, sentimentaler geworden

Dise nejative Weltansich es e Berofsrisiko, denk Kuhle un fäht durch dä Kreisverkehr, an däm dat Landjasshuus Sonne litt. He, en däm Jasshuus, hät hä met däm Böll ens ne Pfälzer Saumage jejesse, dat Leibjereech vun dem verstorve Kanzler Helmut Kohl. Wie de Türm vun Marialinden vör im optauche, versök hä, sich op de Opjabe zo konzentreere, die nun vör im litt. Doch die depresssive Jedanke kumme zoröck. Hä denk an die Strofreechter,[574] die met de Johre allemole jaschtich wäde,[575] weil se su off beloge wäde, un jesinn han, wat de Minsche sich andun. Hä mät op jeden Fall vill leever de Ennedeens.[576] Wann mer met de Minsche nit tirek sprich, Distanz zo inne hält, kann hä dä Fall wie ne Fall betraachte. Dat es för sing Siel besser! Sich esu eren zo wöhle,[577] wie dä Böll dat deit, es im jut rechercheete Informazijione. Off kann hä wichtije Hinwies jevve, die helfe, dä Fall zo löse. Op jeden Fall verzällt hä sich ovends dat beim Enschlofe. Jetz muss hä dat bloß noch jläuve! Ävver noh ner Frau zo fahre, die met däm Mord an ehrem Broder leeve muss, un zwor för iwich, dat es nix för in. Jot, dat Böll die Opjab normalerwies üvvernemmp.

---

[574] Strofreechter = Strafrichter

[575] jaschtich wäde = garstiger werden

[576] Ennedeens = Innendienst

[577] sich esu eren zo wöhle = sich so hereinzuwühlen

Hä park vör dem Dom un schleit dä Mantelkrage huh, als hä us dem Wage steech. *Do levven Jott! Dat es he noch ne Rock kälder wie en Jläbbisch.*
Hä drück op dä Klingelknopp am Faarhuus un wad. Nix. Alles stell.
Als hä klopp, jeit de Dör op wie vun Jeisterhand. Dem Ansching noh wor de Dör bloß anjelänt.
Hä jeit en dat Hus eren un röf:
»Frau Gomez? Sind Sie da? Ich bin es, Kuhle, der Kollege von Komissar Böll.«
Widder nix. Jetz hät hä e komisch Jeföhl. Lang es et her, dat hä vun sing Pistol jebruch jemat hät, ävver dat Huus wirk op in derardich duster,[578] dat sing Hand zom Jödel jriev. De Pistol ävver trick hä noch nit. Hä röf nochens dä Name, ävver widder kütt kein Antwoot. Jetz trick hä de Pistol.
Wat es he loss?
En den ville Johre singer Tätigkeit als Kripobeamte hät hä jelihrt, dat Stelle, wo e Verbreche passeet es, en eijenadije Atmosphäre han. Die nejative Enerjie es richtich zo spöre. Bei nem Ovend met Kulleje vun der Sporesecherheit han se lang dodrüvver diskuteert un im räch jejevve.
Jenau dat Jeföhl hät hä jetz.

[578] derardich duster = derartig düster

Dat Zentrum vun dä schläch Enerjie, hä spööt et jenau, es de Köch. Dann süht hä et. En Frau litt ohne Levve op dem Köcheboddem. Se drät en eijenadich jraue Wollbotz. Kuhle weiß noch bevör hä ehren Puls föhlt, dat se dut es.

35

Böll es met Monika Weißenfels en et Institut zorückjejange. Hä hät et sich verkneffe, met ehr noch üvver dä Chressmaat zo jon, ovschüns dä Maat op däm Gendarmenmarkt met sing Bude un Leechter ärch enladend ussüht. Ävver et drängk in zoröck noh dä Arbeit.
Op dat Team en dä Zweschezick jet jefunge hät? Et kribbelt en dä Finger, dat zeresse Papier selver zosammezosetze. Villeich kann hä sich nötzlich maache. Om Röckwäch röf hä dä Kuhle an, öm zo froge, op die Jereechtsmedizin allt Erjebnisse jescheck hät. Doch Kuhle jeit nit an et Handy. Hä hät sing Handy usjeschallt. *Komisch.*
Em Institut sin se fließich jewäs. De ehschte Kess han se allt bearbeit un einjescannt, jetz sin se an dä zwette Kess dran. Böll nemmp de Arbeitsfortschredde met Freud zo Kenntnis. Die Weißenfels ävver warnt in:

»Freun Se sich nich zu früh! Entscheidend is de letzte Phase, wenn wir am Monitur de Vorschläge des Softwareprogramms prüfen und dann entscheiden, wat wir tatsächlich zusammenfügen. Det ist echte Fummelarbeit und kann noch ewich dauern!«
De nökste Stunde verbrenge se met dä Sortierarbeit, die ärch op de Nerve jeit. Ech Fummelsarbeid! Öm zwanzich Uhr verloße die andere Metarbeider dä Ruum. De Vörzorteerung es afjeschlosse. Dä Ress müsse dä Böll un de Weißenfels allein stemme. Mih als zwei Lück künne suwiesu nit am Computer setze.
Böll un de Weßenfels arbeide Hand en Hand, üvverläje, wat fun dem Enhalt su ne Erpresserbref han kann, öm dä Filter vun däm Softwareprogramm zo präziseere un esu flöcker an et Ziel zo kumme.
Noh ner Wiel fange de Buchstabe vör singe Auge an zo danze.[579] Böll es drop un dran opzojevve. Doch met einem Mol schreit die Weißenfels triumpheerend op: »Hey! Da is wat!«
Böll kritt tirek sing ahl Frische zoröck.
Verhaftich: Op däm Monitor es en Deil vun nem Bref zo erkenne, der met »Wenn du nicht bald verschwindest, wird Gott dich strafen,« anfängk, ävver nit wigger jeit. Dä Bref wod op nem Computer jeschrevve. Och dat Papier jitt op dä ehschte Bleck kein Besonderheit pries. Ävver dä Wessenschafflerin sök wigger. Bölls Häng sin jetz feuch. Anjespannt waad hä

[579] danze = tanzen

op die Erjebnisse. Noh e paar Minutte jitt die Software noch e Stöck vun nem Bref an, och wann hä nit an de ehschte Deil tirek anschleeße deit. unerwartetauftreten. Auch Gottesmännern kann das passieren…«
Do steit: »Es gibt Unfälle, die plötzlich und
Die Forscherin lööt die Software wigger söke. Ävver dä Computer hät nix mih, dat passe deit. Die Weißenfels mät en resolut Bewäjun met de Hand un sät: »So, wir machen Schluss für heute. Basta. Morgen kann ick in dem janzen Zinnoba[580] weitersuchen. Böll, du hast in jedem Fall zwei Teile des Drohbriefes. Dat is ´ne Wolke! Damit kannste arbeiten!« Se jriemelt in batzich[581] an. »Det müssen wir feiern, wah, eh? Jetzt jibt et Feez!«[582]
»Also, öm ihrlich zo sin… äh, ich meine, um ehrlich zu sein: Ich bin hundemüde«, anwootet Böll lahm.
»Böll, du willst kneifen!«, protesteet de Weißenfels.
»Dat jibt et nich! Wir jehen jetzt auf die Piste. Mindestens e nen Absacker trinken.«
Wat well hä maache? Nä, sage, dat akzepteet die nit. Also nick Böll erjevve.
»Ja, gut, ein Glas auf den Erfolg.«

580 Zinnoba = ist Berlinerisch und meint: der ganze Kram
581 batzich = übermütig
582 Feetz = ist Berlinerisch und meint: Spaß, Vergnügen

36

Böll wäd met hämmerte Koppping[583] wach. Hä litt op nem kratzije Sofa, dat ussüht, wie wenn et allt en dä zwanzijer Johre he en Berlin för en Schlofjelejenheit jestande hät. Zo dä Kopping kütt och noch en leich Malätzichkeit[584] hinzo.

Hä weiß och nit, wo hä üvverhaup es.

Jo, en Berlin! Ävver wo jenau?

Böll loort an sich eraf. Hä hät en singem Boss-Anzoch jeschlofe. Immerhin hä hät jet an. *Dat es en jot Zeiche.* Doch sing Montur süht ärch metjenomme[585] us. Dat Hemb es schrumpelig[586] un sing Jeseech bestemmp och.

En dä Moment höpp et Monika met üßerst joder Stemmung en et Zemmer un stellt im en undefineert Jesöff op dä Wonnzemmerdesch, der mih wie en Sperrholzkess ussüht. Dat Jedränk süht verdächtich no ner ‚Bloody Mary' us. Böll weiß, dat dat jäje ne handfeste Kater hilf, ävver et koss mächtich Üvverwindung dat runger zo schlecke.

Nohdem hä janz kleine Schlückcher vun däm Höllejedränk jenomme hät, merk hä, wie sing Levvensjeister zoröckkumme. Op dat Jebräu us

---

583 hämmerte Kopping = hämmernden Kopfschmerzen

584 Maläzichkeit = Übelkeit

585 metjenomme = mitgenommen, gemeint ist: lädiert, zerknittert

586 schrumpelig = zerknittert

Tomatesaff, Wodka, Zitronesaff, Worcesterzaus, Salz un Peffer es Verlass.

Unschlagbar, öm Dude widder en et Levve zoröckzoholle!, denk Böll un schöddelt och noch dä Ress vun dem Jebräu en sich eren.

Nohdem hä dat jeschaff hät, weiß hä, wat als nöchstes kütt, denn hä es en Berlin. Janz secher wäd de ärch jroße Altbauwonnung nit bloß vun dä Weißenfels bewonnt, sondern och noch vun andere Metbewonner. Leiderjottes[587] lit hä met singer Annahm richtich.

Hä muss sich in singer schlemm Verfassung ner Jury stelle, die de anderen Metbewonner vun dä Wonnjemeinschaff bilde. Met ner Heidi, nem Kevin, ner Doro un nem Musiker us Jamaika, dä die jliche Dreadlocks hät, wie die Weißenfels, muss hä sich dat Fröhstöck deile. Dat Schicksal verschont in och nit dovör, met dä wilde Trupp vun Musiker, Stasi-Jägerin, Beamtin, Jädener[588] un Politprofi schwaade[589] zo müsse, natörlich üvver de schlemmste Mordfäll en singer Laufbahn.

Hä würch en Schrippe erunger, wie se de Brütcher en Berlin nenne, un klammert sich an dä Tass met däm heiße Kaffe, dä in vör ner Ohnmaach bewahre deit. An singem lädierte Anzoch dät sich he in Berlin

---

[587] leiderjodess = leider Gottes

[588] Jädener = Gärtner

[589] schwaade = reden, plaudern

nümmes[590] störe. Nohdem die Fröhstöcksgesellschaff deef en sing Ermittlunge enjetauch es, kann hä sich zom Jlöck vör noch mih, messerschärpe Beobachtunge zo singer Berofswahl un wie dat met singer villeich eijenadich Persönlichkeit zesammehängk, verafschiede. Denn singe Fliejer jeht öm halve elf. Hä muss sich dran halde,[591] denn sing Jepäck es noch em Hotel.
Die Wäge en Berlin vun enem Engk zom anderen sin lang, dat hät im de vörrich Naach jezeich, denn die schrächste Cocktail-Bars singes Levvens, die de Weißenfels im jezeich hät, wore en janz ungerscheidliche Stadtdeile. Jedenfalls wor et Böll esu vörjekumme, denn en Kölle litt alles vill nöhter beienein.[592] Su sin se krütz un quer durch diese selde[593] Stadt jefahre, die vun dä Muur domols vör e lang Zick en zwei Deile jeresse wood. Se sin jefahre un jefahre, zo ehsch noh dem Ballhuus Berlin, dat Danzhuus[594] em Stil vun dä 20er Johre, en Berlin-Mitte. Dann vum Prenzlauer Berg noh der Oranienburger Stroß, wo die Trottewarschwalve[595] en dä Nöh vun dä jüdische Synagoge sich de Bein en de Buch ston.[596] Vun do no

---

590 nümmes = niemand
591 dran hale = sich beeilen
592 vill nöhter beienein = viel näher beieinander
593 selde = seltsame
594 Danzhuus = Tanzhaus
595 Trottewarschwalbe = Nutten, Prostituierten
596 sich die Been in de Buch ston = sich die Beine in den Bauch stehen, gemeint ist = lange auf ihre Freier warten müssen

noh Kreuzberg un am Engk noh Friedrichshain. Irjendswo sin se dann versack. Hä hät alles jesin, vun dä todschick Cocktail-Bar, bes zor versifften Spelunke .En Berlin jitt et evve kein Sperrstund, un esu jov et kein Durchflutsche,[597] och nit vör die Flirtversöke vun dä Frau Doktor Weißenfels.

37

Thomas wäd wach. Hä föhlt sich sauwohl. *Nä, wat wordat jestere ne jeile Ovend!*[598]
Se han Musik jehört, vill Bier jedrunke un sich en Rasch jequatsch.[599] Dann sin se lossjetrocke.[600] Hans, Uwe, hä un die blonde Miez, op die hä schon lang e Aug jeworfe hät. Uwe ävver och.
Dann sin se met dem friseerte BMW duch de Jäjend jefahre. Han am Jolfclub-Lüderich e paar vun dä schicke Autos demoleet. Donoh sin se widder en et ‚Kuckuck' jefahre.
Thomas hät e paar Runde jeschmisse, om däm blonde Jeschosszo imponeere. Et es jo nit esu, wie wenn hä

---

[597] Durchflutsche = kein Entkommen
[598] Nä, wat wor dat jestere ne jeile Ovend! = Nein, was war das gestern ein geiler (toller) Abend!
[599] en Rasch jequatsch = in Rage geredet, gemeint ist: sich gegenseitig anheizen beim Diskutieren
[600] lossjetrocke = losgeszogen

kein Jeld hät.[601] De janze Zick hät se met im eröm jeschäkert.[602] Met Uwe ävver och. Kunkerenz zwesche singem Fründ un im! Dat ehschte Mol.
En de Kneip han se üvver de Türke jelästert, dann üvver dä Moscheebau en Ihrefeld. Un schleeßlich han se üvver de Flüchtlinge jejeftet. Dat janze hät sich huh jeschöckelt,[603] bloß weil et Gaby jesaat hät, se däte jo bloß Sprüch kloppe.[604] Do hät hä jesaat:
»Nee, ne Mann, e Woot.[605] Mer maache die jetzt platt.«
Se sin en dä blau BMW enjestieje. Thomas hät nevven däm Gaby op dä Röckbank jesesse, af un an han sich en de Kurve ehr Oberschenkele beröhrt, hä fung dat Klasse, zomol Uwe durch de Jäjend jekurv es, wie wenn hä op dem Nürburchring e Renne jewenne wollt.
Dann woren se op einmol en Overath-Landwehr jewäs, wo de Flüchtlingshüser ston, die vun dä Overather Flüchtlingshilfe betreut wäde.
Wat för Wichser! Woröm maache die dat? Wolle die, dat Overath bahl[606] ne Moslembroder als

---

[601] Et es jo nit esu, wie wenn hä kein Jeld hät = Es ist ja nicht so, als ob er kein Geld hätte.
[602] jeschäkert = geflirtet
[603] huhjeschöckelt
[604] se däte jo bloß Sprüch kloppe = sie täten ja nur Sprüche klopfen, gemeint ist: sie reden, aber handeln nicht
[605] e Mann e Woot = ein Mann, ein Wort, gemeint ist: gesagt, getan
[606] bahl = bald

Bürjemeister han? De Flüchtlinge vermehre sich doch wie die Kning![607] Dat weiß doch jeder!
Uwe hät Benzin un Brandbeschleuniger em Kofferraum dobei jehat. Se wosste, wat zo dun es. Et Gaby feuerte in un alle andere an. Dat hät im jot jefalle. Hä hät de ehschte Fackel jeschmesse op dä Balkon em Parterr. Op dem stund ne Wäscheständer met Kledasch.[608] Die fing tirek an zo brenne. Uwe wor en dat vöddere Huus jejange, de Huusdör wor bloß anjelat un hät Benzin op de Trapp jeschott.
Och dat Treppehuus fing tirek an zo brenne.
Hans, der vierte em Bund, hät dat janze met singem iPhon jefilmp. Üvver die Akzijon well hä em Internet bereechte, un die Jungs en dä Szen janz jroß erusbrenge.[609]
Gemeinsam han se dat För anjeloort, dat sich vun einem Stock zom andere wigger froß un allt an dä övverschte Balkongs zo brenne anfung. Se hoote de Röf un Schreie un laachte sich kapott.
Jo, et wor en jewaldich Gaudi!
Se hatten kein Angs un kein Iel.
Ehsch wie de Polizeisirene un de Förwehr zo höre wore, sprunge se en dä Wage un haute af. Dann sin se noh Kölle jefahre, öm die Tat esu richtich zo feere.
Et wor en esch geile Party!

---

[607] Kning =Kaninchen
[608] Kledatsch = Kleidung
[609] erusbrenge = herausbringen

Un Gaby hät met im jeknutsch - nit met däm Uwe.
Hä hät sich jeföhlt, alswie wenn hä op nem Seejerpodess ganz ovve stünd.
Thomas es sich secher, dat dat en dä rächte Szen enschlage dät wie en Bomb. Bis noh Kölle, Dortmund, Wuppertal un Solingen.
Dat Signal es klor. Die Overather traue sich jet! Dat wäde hück all wesse. En dä Szen wäd hä jetz met vill Respek behandelt wäde! Dat es secher!
Hä es üvverzeuch, dat bahl en dä Zeidung ston wäd, dat all die Flüchtlinge en ehr Heimat zoröck wolle. Am Flochhafe wöre dann Uwe, Thomas, Hans un Gaby un däte winke winke maache.
Thomas muss jriemele, wie hä sich de Situazijon vörstelle deit.
Drei Jungs un ein Mädche han dä Overather jezeich, wie mer sich jäje diese Zecke zor Wehr setz! Se han dä Flüchtlinge e bessje Damp unger dä Hingersch jemaat.
Dä Usdruck ‚Damp unger dä Hingersch' pass prima, denk Thomas un laach en sich eren. *Solle die doch hück ohne in die Dose beim Discounter ensorteere.* Hä jedenfalls, hät sich krank jemeld. *Et es jo suwiesu bloß ne Ushölpjob.* Jetz kann hä dä Morje un singe Erfolch esu richtich jeneeße un sich noch e bessje em Bett räkele. Met Jenoss stallt hä sich vör, wie die Zeidunge, Fänsinn un dat Radio vun ehr Heldedate bereechte.
Ich un die Jungs sin jetzt wer!

Dat Adrenalin strömp durch sing Odere.[610] Su jot hät hä sich allt lang nit mih jeföhlt.

38

Böll hät die Schnürsenkel op jemaat, dä Jödel usjetrocke, de Uhr afjedonn, singe Rucksack op dat Band jelat, domet dä vum Flochhafepersonal noh Waffe durchleuch wäde kann.
Dress! Allt widder han ich verjesse, ming Handy uszemaache! Irjendswann jeit et kapott.
Die Röntschestrohle dun dä empfindlich Technik nit jot.
Vör dem 11.September wor reise met dem Flochzeuch esu einfach jewäs! Die Secherheitskuntrolle woren domols dojäje jemötlich, erennert sich Böll met Wihmot. *Ävver dann es dat met dä Attack op de Twin Towers en New York passeet un vorbei wor et met dä Jemötlichkeit. Hück benüdije mer mih Zick för de Secherheitskuntrolle als för dä Flug selvs*, denk Böll un jeit op Strümp en dä Nackscanner, en dem hä wie ne Schwerverbrecher dä Adler maache muss. Un esu steit hä met jespreizte Bein un Ärme en dä Scanner. *Jruselich!*
Dä Dach hät schlemm anjefange un besser wäd dä nit mih. Böll hät jroße Loss op en heeß Dusch, en

[610] Odere = Adern

anständich Rasur un en erfreschende Zahnpasta em Mungk. E fein jebüjelt Hemb wör och nit schläch.
Hück Morje hät hä bloß en Katzewäsch jemaat, weil hä jenau weiß, dat Badezemmer en ner WG hatt öm kämpf Jebiete sin. Sing Frusstazijon steijert sich noch, wie hä erfahre hät, dat singe Floch zwei Stunde Verspätung hät. *E sune Dress!*
Hät ich doch bloß nit dä Billigflejer jeboch! Jeder weiß doch, dat die koot vör dä Pleite ston un dann all Flöch zesammeläje, öm Koste zo spare. Bestemmp jenau wie hück!
Hä lööt sich jrumelich[611] en de uselig[612] Setzjeläjenheit am Gate falle un mät singe Laptop op. Dausend Mails quelle eren. Sujar Kuhle hät im jet jeschrevve. Hä mät die E-Mail op:
»Mayday, Maday. Woröm es ding Handy usjeschald? De Frau Grau es em Huus vun dä Frau Gomez dut gefunge wode, wall[613] ömjebraat. Elena Gomez es op dä Fluch.[614] Uußerdem: Brand em Aselanteheim en Landwehr. Zehn Schwerverletzte, en Person es en Levvensjefahr!«
Leven Jott! Böll muss ehsch mol ens jot Luff holle. Domet hät hä nit jerechent. Die Nohreech föhlt sich an,

[611] jrumelich = murrend
[612] uselig = ungemütlich
[613] wall = vermutlich
[614] Fluch = Flucht

wie wenn im ener met dä Fuus en dä Mage jeschlage hät.
Hä hölt sing Smartphon us dem Rucksack.
Na, klor, dä Akku es leer. Doröm han mich die Nohreechte och nit erreich. Sun Dach strich mer besser us däm Jedächnis. Dat fuchs in[615] un esu üvverlät hä, wat hä zenöks dun kann un kütt zo dem Schluss: *Nix, janix!* Hä sitz he fass, bes de Flochjesellschaffe esu gnädich es, un in noh Kölle brengk. *Do hät dä Kuhle eimol Ussedeens un dann tirek dat!*
Böll lät sich janz fädich an dä Rögge von däm Sitz. Die Naach hät ehre Tribut jefoddert, hä es jo schleeßlich kein zwanzich mih. Dobei muss hä jetz sing janze Kraff sammele, öm en däm eijenadiche Fall nit ungerzejon. Hä spört, dat en dem Fall en frack[616] un flöck wirkende Dynamik litt.
Dat es nit jot! Janit jot! Hühkste kriminel Enerjie es he am Werk. Jetz müsse mer dä Fall flöck lüse, söns jitt et noch mih Dude.
Die Erkenntnis mät in ajjressiv. Wie en Frau in fründlich fröch, op nevve im dä Plaatz frei es, bellt hä ehr e wödich ‚Nä' entjäje Die Frau zuck zesamme un setz sich janz wick entfänt fott vun im op ene Stohl. Böll es üvver sich selvs entsetz, su schläch hät hä sich

[615] dat fuchs in = das ärgert ihn
[616] frack = böse

noch nih benomme. De ruppich Berliner Aat hät wal afjefärv un de fählende Naaksrauh[617] mät ehr üvrijes.

39

Eike van de Vries loort am Monitor jenösslich dat Video vun dä letzte Naach an. Hä föch die Bilder janz jescheck anenein, su dat dä kleine Film ne fing usjeknuv Dramatujie folch. Zwor hät hä bloß e paar Angsschreie met dem kleine iPhon opnemme künne, die ävver hät hä e paarmol kopeet un als Sound unger dä janze Film jelat.

Dat kütt richtich jot!

Eike es met däm Erjebnis ärch zefridde. Dä Film dräht sing professijonelle Handschreff. Do hä verjange Naach zemlich vill Bier jesoffe hät, drink hä hück lever Jröne Tee. *För de Entjeftung.* Eike, dä die Jungs bloß met däm Name Hans kenne, aach penibel op sing Jesundheit. Aachte dät hä och, op e jefläch Ussinn met düre Anzöch. Et stört in allemol, dat singe korpulente Körper zo singem kultiveerte Innere nit su räch passe deit un eher an kräftije Türsteher erennert. Die Lück han esu ne falsche Endruck vun im, wann se in dat ehschte Mol sin. Doch sing Faachwesse un sing fing

---

617 fählende Naaksrauh = die fehlende Nachtruhe

Maneere üvverzeuch schleeßlich all sing Kunde, die an usjesök Alderdümche[618] Intresse finge.
Eike stellt dä Film met nem letzte Klick online.
Die Junge en Kölle un Dortmund wäden sich janz schön wundere. Overath oha! Die Stadt es en dä Szen jetz keine blingke Fleck[619] mih!
De janze Daach üvver han die TV-Sender üvver dä Aanschlach bereech. Dat es jot för dat Aansinn vun dä Junge en dä Szen, die hä zo kleine Stars maache well. Ävver hä muss se och vör dä Pulizei schötze, domet se och lang för in als Informeerer[620] arbeide künne. Nötzlich es dä Aanschlach ävver och, weil die Polizei un dä Verfassungschotz no wesse, wat se an im han.[621]
Hä drink dä letzte Schleck vun däm Tee. *Jo, mer muss Jröne Tee flöck drinke. Kald schmeck dä jruselich!*

---

618 usjesöß Alderdümche = erlesene Antiquitäten
619 blingke Fleck = blinder Fleck
620 Informerer = Informant
621 wat se an im han = was sie an ihm haben

40

Spät nommendachs landet de Maschin us Berlin en Köln-Bonn un su erreich Böll dat Kommissariat ehsch öm 18.00 Uhr. Jrad noch beizigge,[622] öm dä Kuhle afzofange, dä jrad noh Huus jon well. Dä verzällt im, wat enzwesche all passeet es, dat de Fahndung noh dä Elena Gomez bes jetz ohne Erjebnis verlaufe es, dä Leichnam vun dä Frau Grau allt en dä Jereechsmedizin es un de Spusi em usjebrannte Aselanteheim de Spure am sechere es,[623] öm zo pröfe, wie et zo däm Brand jekumme es.

Böll well eijentlich beidse Deile vun däm Dräubref singer Chefin Hansen, als jroße Triump presenteere. Dä rekonstrueerte Dräubref wie en As en dä Häng, met däm se arbeide künne. Villeich finge se och met vill Jlöck op däm Papier noch Fingerafdröck. Ene Sprachprofiler künnt besondersch ene Ausdröck erusfiltere oder dat Brefpapier selvs jitt ne Hinwies op dä Däter. Op jeden Fall sin die Brefe dat ehschte handfass Bewiesmeddel, wat se en de Häng halde. Hä spekuleert och dodrop, dat die Hansen wäje sing Erfolg en Berlin, sing Reis doch noch bezahle deit.

---

622 beizigge = rechtzeitig

623 am sechere es = (kölsche Verlaufsform: dabei sein etwas zu tun), gemeint ist: Spuren zu sichern

Doch anjeseechs vun dem, wat en dä Zweschezick passeet es, verpuff dä Triump un wäd bloß en Arbeit, die jedon wäde muss.

Esu es dat Levve! Et kütt wie et kütt.

Och dat Erscheinungsbild vun däm Böll lööt zo wünsche üvverich. Die dunkle Schatte unger singe Auge, dat unraseete Jeseech un dat knüselige Hemb[624] – all dat es däm Bleck vun dä Hansen nit entjange. Doch se hält sich zoröck, och weil se kein Loss hät, de Berlinreis doch noch us Metligge zahle zo müsse.

Kuhle ävver hät sich nit zoröck.

»Du leeve Jott! Wie sühs do dann us? Ich han zwor of jehöt, dat Berlin anstrengend es, vör allem bei Naach, ävver do sühs us, wie wenn zwei Lasswage üvver dich jebrettert wöre.«

»Danke för dat Kumplement! Et woren kein Lasswage, et woren hatt Drinks. Leider häs do dä Weißenfels versproche, dat ich dat all met ehr drinke dät, wann se uns unger de Ärme jriefe dät!«

»Jo, ävver vun nem Besäufnis han ich nix jesaat. Do solltest met ehr esse jon un nit Whisky-on-the-rocks drinke.«

»Se wollt beids.«

»Un noch mih?«

»Wäd nit frech!«

[624] knüselige Hemp = unsauberes Hemd

Kuhle stemmp provokant den Sinatra-Song an üvver New York, die Stadt, die nie schlöf. Allerdings en leich afjewech Form:[625]

»Berlin, Berlin, the city that never sleeps…«

Böll loort in jenerv an. Kuhle kann sich e frackig Jriemele nit verkniefe. Dann ävver meint hä:

»No, jedenfalls hät sich dinge Ensatz jelohnt. Mer han zwei Deile vun nem Dräubref. Dodrop künne mer jetz de janze Kriminaltechnik hetze.«

41

Kommissär Böll es fruh, dat die winnich Stunde em Büro am Engk sin. Hä freut sich op die heiße Dusch. Nohdem die im neu Levve jejovve hät, trick hä dä rudkareete Huusanzoch an, un promp serveet de Frau von Eschborn im en dä Köch en Karmenat[626] met fein jebrode Ädäppel un Schavu,[627] dä noch vum Dach vörher wor un opjewärmt noch vill besser schmeck. Met vill Appetit iss hä die Molzick.[628] Och freut hä sich op dat jode Jlas Rudwing, dat im em Kaminzemmer bestemmp erwadt. Dat es enzwesche allt en Tradizijon.

---

[625] afjeweech Form = abgewandelter Form

[626] Karmenat = Kotelett

[627] Schavu = Wirsing

[628] Molzick = Mahlzeit

Wenn singe Dach besondersch anstrengend jewäs es, jitt et allemol ne Afsacker zom entspanne.
Böll es nit entjange, dat op dem Köchedesch ne jode Rhingwing, en Dornfelder, stund. Dä well hä jetz jän met Frau vun Eschborn jenöchlich drinke.
Doch wie hä en dat jot tempereete Kaminzemmer kütt, triff in fass dä Schlaach.[629] Do sitz et Elena Gomez em Sessel am Kamin! Met ner Deck övver de Knee, janz entspannt.
Böll es derardich perplex, dat hä kein Woot fingk, un sich en dä Ohresessel falle lööt. Frau von Eschborn, die met dä Situazijon jerechnet hät, schürch[630] ehre Stohl nevven dä singe. Et es klor, dat se vermeddele well. Bölls Bleck es no nit mih entspannt, sondere steit op ‚hab acht'. Hä waad af, wat die beids zo sage han, denn dat dat en arrangjeet Treffe es, litt op dä Hand.
»Ich weiß«, fängk et Anna an, »dat de Frau Gomez zor Fahndung usjeschrevve es. Dat hamer ävver hück ehsch us dem Fänsinn erfahre. Wie ich se metjenomme han, wor dat noch nit dä Fall. Et Elena weiß janit, wiesu se för de Fahndung usjeschrevve wode es, denn eijentlich wollt se noh dä Pulizei jon, öm die öm Personeschotz zo froge, weil ehr Levve bedräut es.«
»Aha«, sät Böll un fald sing Häng üvver singem Buch, esu, wie wenn hä sich, vör noch mih schlääch Nachrichte schötze well.

[629] triff in fass dä Schlaach = bekommt er fast eine Herzattacke
[630] schürch = schiebt

»Se es us alle Wolk jefalle, als se dat jehot hät, dat se vun dä Pulizei jesök wäd.«
»Womüjjelich wäd se jesök, weil en ehr Köch en dude Frau jefunge wode es?«, sät Böll met Sarkasmus.
»Ich well de Fahndung nit üvverschätze, ävver et kann unjenöchlich[631] wäde, wann de Polizei met kritt,[632] dat de Frau Gomez bei üch es, Anna. »No höt mer doch ens jot zo, bevör ühr mich un de Frau Gomez verordeile dot!«, räch sich de Frau von Eschborn op,[633] met nem Hals dä schon allt rude Flecke hät, denn dä Sarkasmus triff se hader, wie wenn Böll loss jebröllt hät. Doch bevör et Anna noch ens en Erklärung jevve well, sät Böll janz räuig:[634]
»Anna, ehr maht üch strafbar, wann ehr de Frau Gomez opnemme dot, ovschüns die vun dä Polizei jesök wäd.«[635]
»Dat weiß ich doch«, sät de Frau von Eschborn hastich, ävver de Fahndung es verhaftich e jewaldich Messverständnis«
»Su, es se dat?«, fröch Böll met ner merkwödich Stemm un loort et Elena an, die de janze Zick nix jesaat hät. Et Elena ävver wech singem Bleck nit us. Met ner janz leis Stemm sät se:
»Vergangene Nacht habe ich Geräusche gehört.«

---

[631] unjenöchlich = ungemütlich
[632] metkritt = mitbekommt
[633] räch se sich op = regt sie sich auf
[634] räuig = ruhig
[635] jesöck wäd = gesucht wird

Se häld inne, wie wenn se sich noch ens de Situazijon vör de Auge hält un die Furch en ehr allt widder huh kütt.[636] Met unsecher Stemm fäht se fott:
»Deswegen bin ich aufgewacht. Ich dachte, es wäre ein Einbrecher. Doch es war eine Katze. Sie war durch die Haustür hereingekommen. Mitten in der Nacht!«
Se räuspert sich un drink ne Schleck Wasser met ziddere Häng, dann sät se:
»Ich habe die Türe am Abend abgeschlossen.«
Se ungerstreich dat Jesaate met nem Wupp,[637] wie wenn se jet met nem Schlössel zomaache well.
»Ich hatte große Angst. Am nächsten Morgen fand ich diesen Brief auf dem Küchentisch.«
Se jitt Böll dä Bref, ävver statt dä zo lese, versök Böll de Frau Gomez zo animeere, no endlich de janze Wohrheit zo verzälle.
»Und als Sie den Brief gelesen haben, haben Sie vermutet, dass den Frau Grau geschrieben hat. Denn sie allein hatte einen Schlüssel zu ihrer Wohnung«, sät Böll en Huhdütsch, domit et Elena in verston kann.
»So haben Sie sie ins Pfarrhaus gelockt. Sie wollten sie zum Reden bringen, wollten, dass sie es zugibt. Sie waren aufgeregt, haben sich mit ihr gestritten, sie wollten es nicht tun, dann aber…«
»Nein, nein«, ungerbrich in Elena Gomez met en schrell Stemm. »Nein, Frau Grau war nicht bei mir. Es

---

636 en ehr allt widder huhkütt == in ihr schon wieder hochkommt
637 Wupp = Bewegung

lag nur dieser Brief auf dem Tisch. Daher bin ich sehr früh in die Kirche gegangen, um zu beten!«
Böll lis jetz dä Bref. Noch ne Dräubref. Hä weiß, dat hä met däm Papier dat beste Bewiesmeddel en de Häng hält!
Dä Berlinusfloch hät ich mer och spare künne un och die anstrengende Arbeit bei dä Zosammesetzung vun däm Bref. Dä Kater un die Uslage och, mät hä en Jedanke en Zosammestellung vun singer unnötzliche Tate.[638]
Jott! Ich han alle Hevvele[639] *en Bewägung jesetz för nix un widder nix!*
Singe Unmot hält hä jedoch för sich, hä well de Jeschichte vun dä Elena Gomez zo Engk höre.
»Ich bin sehr vezweifelt. Ich weiß nicht mehr, wem ich trauen kann. Alle schauen mich so seltsam an, wenn ich einkaufen gehe. Ich habe zu Gott gebetet, damit er mir hilft. Das hat er getan. Er hat mir Anna geschickt. Sie war in der Kirche, als ich dort gebetet habe. Sie hat mich in Sicherheit gebracht.«
Böll drieht sich noh dä Frau von Eschborn öm un fröch en nem strenge Ton: »Wat hatt ehr esu fröh morjens en dä Kirch zo söke?«[640]

---

[638] unnötzliche Tate = sinnlose Taten

[639] Hevvele = Hebel

[640] Wat hat ehr esu fröh morjens en dä Kirch zo söke? = Was hatten Sie so früh in der Kirche zu suchen?

»Ich wor do, öm en Käz[641] anzomaache. Dat maach ich jedes Johr am Dudesdaach vun mingem Mann. Dat han ich üch jo allt verzallt, hä wor för fünf Johr bei nem Verkehrsunfall öm et Levve jekumme.«
Böll räuspert sich un loort die beidse Fraue skeptisch an. Met lautem Knacke kraach en Holzscheit em För un spröht Funke. Böll lööt sich met singer Antwoot Zick. Noh ner Wiel sät hä:
»Wat erwad ehr vun mer, Anna? Soll ich zoloße, dat ehr en Frau opjenomme hat, die för ein Fahndung ussjeschrevve es? Wollt ehr, dat mer jetz jemödlich ne Rudwing vörm Kamin drinke un dat ich morje minge Job verliere, un dann siele verjnöch op en Disziplinarverfahre waade?«
Bei dä letzte Wöder hät Bölls Stemm ne hade, metalliche Klang anjenomme. De Frau Gomez sät nix. Se es stell. Anna von Eschborn loort dä Kommissär an un versök, ehre Stemm unger Kontroll ze halde.
»Nä, ehr sollt dä Frau Gomez nur e bessje Zick loße, domet se sich jet sammele kann. Morjen jon mer all en et Kommissariat.«
Böll loort die beids met Nohdrock en de Auge, nick schleeßlich un sät ääns:[642]
»Ein Naach un mih nit.«

---

641 Käz = Kerze
642 ääns = streng

42

Böll wälz sich em Bett hin un her. Welde Dräum halde in jefange. Allemol schreck hä huh un wäd wach. Villeich hät hä och zo vill un zo spät jejesse. Do im ävver die Reis noch en de Knoche hängk, nick hä allemol ein. Singe Körper bruch Rau. Einfach Rau. En singem Draum tauche brennende Aselantenheime, hennarude Dreadlocks un ne Hungk op, dä de Brandstefter jage deit. Hä bruch en janze Wiel, bis sing Jeheens registreet, dat dat Belle nit zom Draum jehöt, sondere dat dat Annas Hungk es, dä esu laut anschleit. Wie Böll klorer em Kopp es, bejrief hä, dat irjend jet loss es, esu ajjressiv wie dä Deutsche Drahthaar jebellt hät.

Böll luusch nochens en de Naach. Ävver do es bloß e Käuzje, dat mer en dä Naach besser höre kann wie am Dach. Et deit sich nix, och dä Hungk es allt widder still. Wie Böll sich jrad widder hinläje well, schleit dä Hungk allt widder an. Jetz ävver es hä usser sich! Do muss jet en dä Nöh vum Huus sin, e söns[643] wöd dä Hungk sich net esu opräje.

Böll es met einem Schlaach hellwach.

Wat es met däm Elena? Kütt do einer an et Huus? Es noh däm Pastur jetz sing Schwester dran?

---

[643] esöns = sonst

Böll höpp ruck zuck usem Bett,springk flöck en sing Botz,[644] ohne dä Püjama[645] uszedun un jrief noh dä Täschelamp un singer Deenswaff. Janz langksam mät hä de Dör vun singer Daachjeschosswonnung op un schleich de Trapp eraf. Hä süht, dat Paul vör dä Kellerdör sitz un ärch knottert. Sing Auge funkele em Dunkele. Et Anna steit nevven ehrem Hungk, en nem seidige Morjemantel, su vill kann Böll em Leech vun dä Taschelamp erkenne. Met däm Finger an dä Leppe, jitt hä däm Anna zo verstonn, bloß keine Kraach zo maache. Böll bliev wie anjewoozelt op dä Holztrapp ston, weil die knarre deit, wenn hä die Trapp eraf jeit.
Do dä Hungk ophöt zo belle, kammer[646] dat jetz höre. Op eimol jitt et vill Radau em Keller. Jetz jitt et keine Zwiefel mih: *Do es einer em Keller!*
Böll stöz[647] de Trapp eraf, deech jefolch vum Paul. Böll lööt dä Leechstrohl vun dä Täschelamp durch dä Kellerflor wandere. *Nix!* Och dä Kraach es nit mih zo höre.
Ävver Paul grummelt[648] wigger, dröck sing Nas an dä Kellerboddem un folch dä Spor, die em Zickzackkurs üvver dä Boddem verläuf. Op dä Polizeischull hät hä jelihrt, de finge Nase vun dä Hüng zo vertraue. Paul

---

[644] Botz = Hose
[645] Püjama = Schlafanzug
[646] kammer = kann man
[647] stöz = stürzt
[648] grummelt = knurrt

föhrt in bes an et Engk vun dem Flur noh däm Raum, wo die janze Enmaachjläser vun däm Anna ston.
Der Kommissär jeit vörsichtich met dä Täschelamp an dä Wand lang un loort en jede Raum. Jih springk dä Hungk met einem Satz en dä Vorratsraum. Böll höt de Jläser klirre un dat wödich Gebell vum Paul.
Hä lööt de Täschelamp vör däm Enjang vun däm Vorratsraum rolle, öm jet e bessje Leech en dä Raum zo krieje un beidse Häng an de Waff läje zo künne. Hä entsechert die Waff un stallt sich breitbeinich vör dä Enjang.
»Kommen Sie heraus. Ich habe eine Waffe«, bröllt Kommissär Böll op Huhdütsch, öm dem Janze mih Autorität zo jevve. En dem Huushaltsraum springk dä Hungk weld hin- un her. En dä janze Wöhlerei[649] kann Böll kaum jet erkenne.
»Ein letztes Mal. Ich bin Polizist und ich habe eine Waffe in meiner Hand. Kommen Sie mit erhobenen Armen heraus!«
Janix dät sich!
Böll es sich secher: Dä, dä do drin es, wad dodrop, in anjriefe zo künne, well in üvverrumpele. Jede Faser en singem Liev es op et Äußerste anjespannt. Däm Ansching noh hät Paul sich vör däm Kääl posteet. Hä hat dä Däter, wie et en dä Polizeisproch heiß, jestallt un zeich dat met singem Jeknotter un Belle an.

649 Wöhlerei = Getümmel, Durcheinander

Böll kann weder dä Hungk noch dä Spetzbov sinn, denn beidse sin usserhalv vum Leech. Doch hä höt, dat ajjressive Jeknotter vun däm Hungk, esu dat klor es, dat hä bei dä kleinste Bewäjung zobieße wöd. Wäjen dä Jeräusche nemmp Böll an, dat dä Hungk und dä Enbrecher sich em rächte Deil vun däm Raum sin. Hä tritt de Lamp en dä Raum erenn, lööt de Häng ävver an dä Waff un süht dä Jrund för die janz Opräjung: En fette Ratt, die dä Paul met steer Auge[650] anloore deit.

En Ratt!

Böll loort sich noch ens em Raum öm, ov nit doch noch ümmes[651] he dren es. Nä, bloß die Ratt, die sich an de Enmaachjläser zo schaffe maache well. Böll muss laache.

Wat e Jlöck! Kein kriminell Drama medden en dä Naach, bloß en Ratt!

Op eimol stutz Böll.

Wo es et Anna bloß?

Se hät doch evvens noch am Trappenafsatz jestande. *Wo es se? Se es doch söns esu behätz!!* Hä hät sujar Sorch jehat,[652] dat se dä Räuber met dä Enmaachjläser en de Floch schlage wollt - ejal, wie jefährlich dat och jewäs wör! Doch dann wor se doch nit en dä Keller nohjekumme.

---

650 steer Auge = Stieraugen, gemeint ist: mit vor Angst weit aufgerissene Augen

651 ümmes = jemand

652 Sorg jehat = Sorge gehabt, befürchtet

Eijenadich.
Ne jellende Schrei ungerbrich sing Üverläjunge. Böll rennt loss un nemmp die letzte zwei Trappestufe op eimol. Dä Schrei kom vun ovve.
Dat wor doch dat Elena Gomez, dat do su jeschreit hät!
Böll stürmp en dat Jässezemm erop dä ehschte Etasch, do, wo de Frau von Eschborn die Spanierin ungerjebrat hät.
Die Dör es bloß anjelant, Böll rieß de Dör op un süht jrad noch, wie die Eschborn met nem Metz[653] en dä Hand sich üvver et Elena Gomez beuch. Böll ras op se zo, rieß se vum Bett eraf un springk op ehre Rögge.
Hä schleit ehr dat Metz us dä Hand. Frau von Eschborn schreit vör Ping op un bliev op dem Bodden lijje, ohne sich zo wehre. Böll drieht ehr de Ärm op de Rögge. Us ehr Stross[654] kütt nur noch e Röchele. Böll drieht sich noh däm Elena eröm.
»Es met üch alles en Odenung?«
Die Spanierin sitz kätzejrad em Bett. Ehr Jeseech es esu wieß wie dat Naakshemb, wat se drät. Se loort Böll voll Entsetze an un stammelt:
»Bitte, lassen Sie Anna in Ruhe. Sie hat mir geholfen!«
»Inne jeholfe? Met nem Metz en dä Hand?«
Böll es jetzt üvverzeuch, dat hä et met zwei üvverjeschnappte Wiever zo dun hät.

---

653 Metz = Messer
654 Stross = Kehle

Warum han ich mich nur op dat Spill jester Ovend enjeloße? Hä es wödich op sich selvs.
»Dat Metz hät dä Däter falle jeloße«, würch de Frau von Eschborn erus, die durch dat Jeweech op ehrem Rögge kaum spreche kann. Do Böll die Eschborn noh däm rabiate Ensatz nit mih för en Jefahr hält, nemmp hä dat Knee vun ehrem Rögge. Se versök Luff zo holle. Dä Schreck hät ehr söns fing Jeseech zo ner Jrimass vertrocke.
»Sie Wahnsinnijer! Dä Mann es durch dat Finster jeflüch! Villeich hätte mer in krijje künne, wenn ehr ühr Flich jedon hät!«, schmieß se Böll an dä Kopp. »Jetz es hä üvver alle Birje!«[655]

43

Am nöhkste Morje es Katerstemmung am Fröhstöcksdesch. Et Elena stochert ohne Loss[656]en ehrem Porridge, Böll kaut ohne Freud am Wooschbrut un de Frau von Eschborn hät sich an dat Engk vun dem Desch jesatz, wickaf vum Böll, un iss ehr Rührei. Selvs dä Möpp hät sich unger däm Desch verkruffe.
Böll jitt sich ne Ruck.

---

655 Birje = Berge
656 Loss = Lust

»Anna, ich han ene Fähler jemaat. Ich han allt jester Naach öm Pardung jebedde.[657] Ävver wat soll ich bitte schön denke, wie ich unge em Keller wor un ovven dä schlemme Schrei jehöt han? Ich renn noh ovve un sinn üch met nem Metz en dä Hand üvver et Elena Gomez jebeuch?«
Frau von Eschborn sät nix. Se es immer noch schwer beleidich. Et Elena setz hilflos zwesche de dä Widderpats.[658]
Böll föhlt sich janz krank un dat es nit bloß wäje däm Konflik. Hä hät Koppping un Ping en de Jlidder.[659]
Dat föhlt sich verdamp noh ner Jripp an! Bloß dat nit!
No, hät hä die zweite Naach nit jeschlofe.
Trotz singer Möh, dä Fall zo lüse, wäd et allemol mih durchenein. Hä es dä Lüsung keine Schrett vöran jekumme. *Em Jäjendeil!* En dä Naach hät hä zwor noch en Fahndung enjeleitet. Doch ne Mann, janz en schwatz jekleid, met ner Halloween-Maske em Jepäck, han die Kulleje en dä Naach op die Stroße nit finge künne. Hä selvs es met däm Hungk, bloß met däm leich Schlofanzoch an, durch dä jroße Jade[660] un öm dat Fachwerkhuus jestrief, öm noh däm Däter zo söke. Womüjjelich hät hä sich em Jebösch verstoche,[661] öm

657 Pardung jebedde = um Verzeihung gebeten
658 Widderparts = Kontrahenten
659 Ping en de Jlidder = Gliederschmerzen
660 Jade = Garten
661 verstoche = versteckt

späder, wenn alles widder räuhich es, en aller Rau[662] afhaue zo künne. Wäje dä Sökereien dä kalde Naach kann et müjjelich sin, dat hä sich ne Peps[663] jeholt hät. Hä schnief, putz sich met dä Servijett de Nas, weil hä kein Täschedoch an Hand hät, wat et Anna von Eschborn tirek met nem verächtliche Bleck strofe deit.
»Entscholdije Anna, ävver dä Schlofanzoch wor wohl jet zo dünn, för ene Usfloch en de Naach«, kummenteet Böll met Hohn, dä strofende Bleck.
Doch se schweig ieser.[664]
No jot, se well wal noch en Wiel de beleidichte Levverwoosch spille.[665] Ävver ohne mich!
Entschlosse steit Böll vum Fröhstöcksdesc op, drieht sich an dä Dör noch ens öm un sät:
»Ich muss noh de Arbeit. Ne junge Kullech vun dä Polizeistazijon en Untereschbach kütt hück, öm dä Bodyguard för et Elena Gomez zo spille. Anna, ehr hat in kenne jelihrt, wie ehr mich noh mingem Unfall vun dä Polizeistazijon afjeholt hat. Ich wünsche üch noch ne schöne Dach!«
Ohne en Antwoot afzewaade, jeit hä us dä Köch. Hä hät sich entscholdich, mih jeit nit. *Wann et Anna sich*

---

[662] en aller Ruhe = in aller Ruhe
[663] ne Peps = eine Erkältung
[664] se schweig ieser = sie schweigt eisern
[665] se well wal noch en Wielde beleidichte Levverwoosch spille = sie will wohl noch eine Weile die beleidigte Leberwurst spielen

wigger en Selvsmetligge suhle well,[666] *dann soll se dat dun!*

44

Eike van de Vries loort sich Gabys durchträneete Schenkel jefällich an. Su evve[667] schelt sich de junge Frau us dä schwatze Leggins, die huck eng[668] ehr Bein bekleidet han. Se weiß jenau, wie se in op Toure brängk. Ehr bloß met Möh ungerdröck Jriemele verreet im, dat se jrad eins vun ehrer Lieblingspellche spillt. Dat einfäldich Mädche, dat nit öm sing Reize weiß un noh dä Arbeit bloß de Kleider wäßele well. Dobei hät se ene Boddy, dä jradezo donoh schreit em Sportmajazien afjeleecht zo wäde. Doch et stört in nit, dat hä em Moment dä Einzije es, dä in bewondere darf.
Wat för ne Praachjestalt!
Jetz häld se sich de Halloween-Maske vör dat Jeseech, rieß dat Brutmetz,[669] dat noch vom Fröhstöck op dem Desch litt, an sich un stürmp op in zo, um zo demonstreere, wie se die Spanierin zo dut, na jo, bahl

---

[666] en Selvsmetligge suhle well, dann soll se dat dun = in Selbstmitleid suhlen will, dann soll sie das tun
[667] suevve = soeben
[668] huckeng = hauteng
[669] Brutmetz = Brotmesser

zo dut verschreck hät.[670] Se hät ehr ne jehörije Schreck enjage solle, domet se endlich afhaut. Jedenfalls hät su dä Opdraach jeheiße.[671]
Gaby, die en Wohrheit Petra heiß, weiß, dat se en doll Arbeid jeleiß hät. Dat es ehr och beim Thomas jelunge. Däm hät se, wie Eike et wollt, schön Auge jemaat,[672] domet se in för die Saach met dem Aselanteheim anstachele kunnt.
Jo, se es verdamp jot, en däm, wat se dät! Ömso mih[673] bedorte hä et, se bahl hops jon loße zo müsse.[674]
Ävver et muss sin!
Af un an muss hä dä Polizei e paar Brocke hinschmieße, söns kütt us dä Quell keine Droppe[675] mih. Die zwei Junge kann hä nit an et Metz livvere, denn die bruch hä noch en dä Szen.
Jot, dat et Gaby esu sportlich es, dä Sprung us däm Finster, un dat och noch bei Naach, hät för manch andere winnichstens ne jestuchte Knöchel[676] bedück un domet de Jefahr erhöt, jeschnapp zo wäde.

---

[670] bahl zo dut verschreck hät = fast zu Tode erschreckt hat
[671] Opdrach jeheiße = Auftrag gelautet
[672] schön Auge jemaat = hat geflirtet
[673] ömsö mih = umso mehr
[674] bahl hops jon loße zo müsse = sie bald hochgehen lassen zu müssen
[675] Droppe = Tropfen (gemeint ist, dass die Quelle sonst versiegt)
[676] winnichstens ne jestuchte Knöchel = mindestens ein gestauchter Knöchel

En Frau för dä Ensatz zo nemme, wor ne raffineete Schachzoch vun im jewäs. Vör dem Ensatz hät hä met ehr jestredde, weil se partu[677] ehr dresseerte Ratt, die se janz leev ‚Engelche' nennt, widder us dem Keller holle wollt, noh dem se sich als Aflenkunsmanöver esu jot bewäht hät. Doch Eike hät ehr dat verbodde. Vill zo jefählich! Wann et Gaby jeschnapp wode wör, hät dat ehre Wät för in dramatisch jeschmälert. Dä Tip för et fass zo nemme muss vun im kumme un vun nümmes anderem!
No steuert et Gaby, alias Petra, met däm Metz op in zo. Hä kennt dat Spill allt un es ameseet.[678]
Met nem jescheckte Jreff rieß hä ehr dat Metz af, un schmieß et op dat Bett. Jetz kütt dä beste Deil, weiß van de Vries. Hä entsennt sich an ne Dierefilm,[679] dä hä vör langer Zick em Fänsinn jesinn hät. En däm Film rieß dat Bäremännche ne kapitale Hirsch un kopuleet donoh met singer Bärin. *Sex em Blotruusch. Animalisch jot.*

---

[677] partu = unbedingt
[678] ameseet = amüsiert
[679] Dierefilm = Tierfilm

45

Op die Froch, wer do vun jewoss han künnt, dat sich et Elena Gomez op däm Landjot vun dä Frau von Eschborns befunge hät, han sich de beidse Fraue ratlos anjeloort. Dann ävver huschte esu jet wie Ensinn[680] üvver Anna von Eschborns Jeseech. Se hät bloß zwei Wöder jesaat:

»Dä Küster.«

In han die Fraue jejrößß, wie se jemeinsam de Kirch verloße han. Böll well sich dä Köster deswäje hück morje vör knüppe.[681]

Do alle Parkplätz vör dä Kirch voll sin, park hä singe Wage op däm Parkplatz hinger däm Lindenhof, einer vun dä janz ahle Fachwerkhüser en Marialinden, wie im Kuhle verzallt hät.

Wie Böll en de Kirch jeit, ömfängk in Stille und ne Jeroch vun kalt jewoode Weihrauch. Doch vom Köster jitt et kein Spor, ovschüns de Morjeandaach bahl anfängk. En däm Moment jeit de Dör vun dä Sakristei op un ne asketisch wirkende Köster kütt erus, öm die Käze anzomaache. Böll sprich in an.

»Jode Morje, minge Name es Oliver Böll. Ich kumme vum Kumissariat us Jläbbisch.«

---

680 Ensinn = Erinnerung

681 vorknüppe = vorknöpfen

Betrodde[682] loort dä Kirchemann, dä deef en sing Arbeit versunke wor, in an.
»Jo, bitte? Wat kann ich för üch dun?«
De Wöder klinge kreecherich.[683]
De zor Schau jestalt Rächschaffeheit, die en kirchliche Kreise jän wie en Monstranz vör sich herjedrage wäd, hät Böll noch nie jemoch. Ejal, hä muss dä Käl jo och net müjje[684] ävver in befroge - un zwor jründlich.
»Sid ehr dä Köster?«
»Jo, dä ben ich.«
Täusch hä sich oder flackert en dä Auge vun däm Köster Angs? Böll fixeet de Mann. Et Mienespill sin ihrliche Zeuge vun dä Siel. Och dä Usdruck vun dä Auge künne mer bloß winnich steuere. Böll hät et en ville Johre en singer Kriminalarbeit zo ner Meisterschaff dorin jebraat, en Jeseechter lese zo künne. Bei Verhöre es im dat en jroße Hölf.
»Kann ich ehre Name han?«, fröch Böll.
»Schmitz. Karl-Heinz Schmitz«, sät dä Köster en däm jliche kriechericke Tonfall wie zuvör.
»Här Schmitz. Wat wesst ehr üvver dat Verschwinde vun dä Elena Gomez? Wie ehr secher wesst, han mer de Frau Gomez für en Fahndung usjeschrevve.«

682 betrodde = betroffen
683 kreecherisch = unterwürfig
684 müjje = mögen

Hä sät im net, dat de Fahnung längs afjebroche wode es, weil et Anna däm Elena Gomez e kiddelrein Alibi[685] jejovve hät. Em Moment vun dä Dat,[686] wor se met ehr allt op däm Landjut en Linde.

»Jo, ich han et jester em Radijo jehoot. En Marialinden wor jester vun nix anders de Red![687] Mer sin all ärch deef bewäch, wie de Schwester vum Pastur - Jott soll singer Siel jnädich sin- en Mörderin wäde kunnt.«

»En Mörderin? Et es bloß bekannt, dat de Frau Grau dut en dä Köch vun dä Frau Gomez jefunge wood.«

»No, jo ich bedd üch, dat es doch wall dat Jliche«, setz dä Küster noh.

»Oh nä, Här Schmitz. Et heiß bloß, dat de Leiterin vun dä Rusekranzjrupp en dä Köch vun dä Frau Gomez dut opjefunge woode es. Wemmer[688] dä Jereechsmedizin jläuve darf, es se nit an nem natörliche Dut jestorve. Wä dä Mörder oder Mörderin es, wesse mer noch nit.«

»Wie es se dann jestorve?«, fröch dä Köster. Em selve Moment bemerk, dat sing Neujeer verkeht am Plaatz es un wäd stell.

»Dat kann ich üch wäje dä laufende Ermeddelunge nit verzälle. Mich interesseet vill mih, wann ehr dat Elena Gomez zom letzte Mol jesinn hat?«

685 kiddelrein Alibi = einwandfreies Alibi

686 em Moment vun dä Dat = im Moment der Tat

687 vun nix anderes de Red = von nichts anderem war die Rede

688 wemmer = wenn wir

»No, dat muss vörjestere jewäs sin. Se hät de Kirch met ner Dam verloße, die ich mänechmol en dä Mess sinn, die ich ävver nit kenne.«

»Hat ehr jesinn, wo die beidse hinjejange sin?«

»Nä, dat han ich nit metjekräje,[689] ich hat noch en de Kirch zo dun.

«Hat ehr de Schwester vun dem Pastur jot jekannt?

»Jot? Nä, dat es zovill jesaat. De Frau Gomez hät sich öm de Huushald vum Pastur jekümmert. Dä Här soll singer Siel jnädich sin.«

Noch ens „dä Här soll singer Siel jnädich sin", denk Böll, *un ich wäd handjrieflich.*[690]

Stattdesse fröch hä:

»Hat ehr nie met ehr persönlich jesproche?«[691]

»Öm ihrlich[692] zo sin: Winnich. Ich han allemol dä Endrock jehat, se kann nit jot Dütsch spreche un ich kann kein Spanisch.«

Dä Köster hät de Scholdere enjetrocke, wal öm sing Demot opfällich zo maache.[693] Böll fingk die Jeste widderlich. De Bemerkung, dat de Frau Gomez - andersch als dä Köster behaup - janz jot Dütsch spreche kann, wenn och met nem spanische Akzent, verknief hä sich. Dat deit jetz nix zor Saach.

---

689 metjekräje = mitbekommen

690 ich wäd jlich handjrieflich = ich werde gleich handgreiflich

691 Hat ehr nie met ehr persönlich jesproche? = Haben Sie nie mit ihr persönlich gesprochen?

692 ihrlich = ehrlich

693 opfällich zo maache = zu zeigen

»Aha, ehr hat bloß selde[694] met ehr jesproche. Ne Mord traut ühr ehr ävver doch zo?«
»No jo, de Frau Grau es en ehrer Köch jefunge woode un se es flüchtich. Die Polizei sök se.Wat soll mer do schon denke?«, sät dä Köster un föch met en leis Stemm an:
»Dä Deuvel spingks[695] üvverall. Wenn de Siel nit stark jenoch es, kann vill passeere. Mer sin all Sünder.«
De letzte Wöder hät dä Köster met deefer Üvverzeugung jesaat. Böll hät dä Endruck, dat dat die ehschte authentische Wöder us däm Mungk vun däm Köster wore.
»Mer sin all Sünder? Ehr och, Här Schmitz?«
»No, klor, ich och.«
»Wat för Sünde hat ehr dann en letzter Zick bejange?«
Su en tirekte Froch hät dä Köster nit erwat. Met su nem hingerhäldiche, rhetorische Trick hät hä nit jerechnet. Hä weiß nit, wat hä dodrop anwoote soll. Sing Verblöffung steit im em Jeseech jeschriffe. Böll nötz dat us, öm dä nöhkste Piel[696] zo plazeere.
»Hat ehr villeich de Sünd bejange un Dräuebrefe an dä Pastur Gomez jeschrevve un späder och an sing Schwester? Villeich weil ehr et aflähne dot, dat dä Minsch, nit so esu jot dütsch jesproche hät, wie mer söns op ner Kanzel prädije soll?«

---

694 selde = selten
695 spingks = lauert
696 Piel = Pfeil

»Dä Här Gomez hät jot Dütsch jesproche! Waröm soll hä nit vun dä Kanzel prädije?«, anwootet dä Köster met ner opjeräch Stemm.
»Un wann hä schläch dütsch jesproche hät, dann woren die Dräubrefe en Odenung jewäs?«, bohrt Böll wigger.
»Ehr drieht mer de Wöder em Mungk eröm, Här Kommissär.«
»Hat ehr de Dräuebrefe jeschrevve?«
De janze Zick sin Böll und dä Kirchemann dat Kirchescheff elans jelaufe: jetz sin se op dä Hüh vun dä Bichstöhl[697] anjekumme.
»Wie kutt ehr dodrop?«, antwoot Karl-Heinz Schmitz janz opjeräch, dä seit dressich Johr singe Deens als Köster em Dom vun Marialinden mät.
Böll mät die jrise Holzdör vum Bichstohl op un setz sich op dä Stohl, wo söns dä Pastur sitz un loort dä Köster unverwand an.
»Ehr wesst, dat leje[698] en Sünd es?«
»De Lejerei us Höflichhkeit oder Nut[699] es en lässlich Sünd! Dä Här hät sich dobei jet jedaach. Mer künne nit jedem Minch, zo jeder Zick, de Wohrheit öm de Ohre haue!«

---

697 Bichstöhl = Beichtstühle
698 leje = lügen
699 Nut = Not

Do häs do räch, denk Böll. *Söns wöd ich dir, Wööschje,*[700] *nämlich sage, dat ich dich en huhem Moß heuchelerich finge.*

»Ühre theologische Spetzfingichkeit en Iehre,[701] Här Schmitz. Et jitt ävver och Erkenntnisse en dä Kriminalistik un ein dovon heiß: »Die Löje bejleitet dat Verbreche. Doröm noch ens ming Froch: Hat ehr die Dräuebrefe jeschrevve?«

»Nä.«

Böll loort dä Köster an.

»Herr Schmitz, dot ehr mer ne Jefalle? Kneet üch bitte ens en dä Bichstohl, esu wie et all die Minsche dun, wenn se jet zo bichte han.«[702]

Böll rechnet met jroßer Empörung oder en wödich Jäjenred,[703] ävver nix passeet. Dä Köster kneet sich hin, wie im jesaht wood.

Böll nötz die Schangs,[704] die sich im unverhoff opdeit.[705]

Hä rötsch met däm Jeseech nöhter an dat Jitter, dat in vun däm Köster trenne deit un fröch en nem strenge Ton:

»Hat ehr die Dräubrefe jeschrevve?«

---

[700] Wöschje = Würstchen

[701] en Iehre =in Ehren

[702] esu wie et all die Minsche dun, die jet zu bichte han = so wie es alle Menschen tun, die etwas zu beichten haben

[703] e wödich Jäjenred = eine wütende Gegenrede

[704] de Schangs = die Chance

[705] opdeit = auftut

Hä höt dä jerasselt Odem vun däm Köster. Hä kann dä Kampf en im tirek spöre. Böll wad wie ne jedoldije Bichvatter. Dann trick dä Köster schärp de Luff en[706] un sät:

»Jo, dat han ich jedon.«

Böll kann richtich höre, wie däm Köster ne jewaldiche Stein vum Hätze fällt. Nun soll hä reine Desch maache, sing Jewesse erleichtere. Dobei well Böll im helfe.

»Woröm hat ehr de Dräubrefe jeschrevve?«

Dä Köster sät nix. Böll jitt im Zick. Noch ens trick dä Köster de Luffschärp en.

»Weil Felipe Gomez die Minsche en Marialinden nit zo Jott jeföhrt hät, sonderese op dä falsche Wäsch jebraat hät.[707] Wesst ehr, däm Deuvel fällt vill en, dat Woot Jottes zo verfälsche. Manchmol flöstert hä selvs nem jeweihte Jottesmann[708] teuflich Wöder en et Ohr.«

Böll well dat nit kommenteere. Stattdesse folchte hä dä Jedanke vun däm Köster.

»Wat sin dat för Afwäje,[709] op die dä Gomez die Kirchemetjlidder jeföhrt hät?«

»Ha hät inne vun dä Kanzel jeprädich, dat et de Höll nit jitt. Hä hät jesaat, dat bei Jott die Leev em Meddelpunk steit un nit de Strof!«

»Wat es doran falsch?«

---

706 trick schärp de Luff en = zieht scharf die Luft ein

707 Wäsch = Weg

708 Jottesmann = Gottesmann

709 Afwäje = Abwege

»Wat doran falsch es?«, echauffeet sich dä Bichtende.
»All. Wä de Höll als Strof Jottes nit fürch, dä es allt op däm Wäch, dä tirek noh däm Deuvel föhrt. Et wör nit schlemm jewäs, wenn nur die Siel vun däm Pastur dä ewije Verderbnis anheim jefalle wör. Ävver, wann hä wigger su jeprädich hät, hät hä all die Minsche met en dä iwije Dut jetrocke. Jott selvs hät in bestrof. Singe Dut wor et bess för de Jemeinde.«
»Un ehr hat dem leeve Jott dobei nit e bessje jeholfe?«
»Enä, dat han ich nit, ävver ich han jebedd, dat dä Pastur vörziggich vum Herrjott abberofe wäd.«
No, dat hät jo jeklapp, denk Böll un fröch:
»Un bei dä Frau Grau hät dä Herjott üch de Hand jeföhrt?«
»Nä.«
»Wesst ehr dann, wä et jewäse es?«
Böll süht in koot zöjere. Dann kütt e »Nä«.
Dat Jesaate jenöch Böll, öm in met op et Reveer zo nemme, öm in do[710] wigger en dä Mangel zo nemme. Doch dat letz ‚Nä' en e ‚Jo' zo verwandele, dat wäd dore, do kann och ne Bichstohl nit helfe. Doför müsse se in em Kommissariat weichkoche.
Böll spööt dat se jenau an dä Stell wigger ansetze müsse, denn et kann müjjelich sin, dat et nit bloß öm dä Köster jeit.

---

[710] öm in do = um ihn dort

Dat janze rüch[711] *noh nem Komplott. Ne Mord en Jemeinschaff jeplant?*
Böll nemmp an, dat dat Elena Gomez instinktiv de Bedräung richtich enjeschätz hät. Et kann sin, dat dä Köster nit dä Einzije es, dä dodran arbeit, selver en de Höll zo kumme.
Do sin noch andere am Werk!
Dat Verhör em Bichstohl hät sich jelohnt. Böll es zofredde. Zom ehschte Mol jitt et en dem Fall en Jeständnis, och wenn et nur öm de Dräubref jeit.
Ävver et es ne Anfang!

46

Nohdäm Böll en dat Komissariat jekomme wor un dä Köster för Vernemmunge singem Kullech üvverjovve hät, waden op in wichtije Nohreechte. Dä Jereechmedeziner Professor Schulte, hät im die Ergebnisse vun dä Jewäwsungersökung[712] un vun däm Hätzschrettmacher jemailt. Die sin janz klor: kein Jeff em Jewäws, och dä Hätzschrettmacher wor tadellos en Odenung. Ävver och för dä Pathologe bliev die Froch, die hä tirek en dä Mail formuleet: *Waröm hät dat Jerät an jenem Sonndach versach?*

---

[711] rüch = riecht
[712] Jewäwsungersökung = Gewebeuntersuchung

Böll nick. *Jo, dat es et, wo et drop an kütt. Waröm no bloß?* Op jeden Fall wäden die Schrettmacher strengjepröf. Böll hät meddlerwiel janz ärch vill Zwiefel, dat et sich bei däm Dut vun däm Pastur öm ne natörliche Hätzdut jehandelt hät, och wenn die Ungersökunge vun dä Mediziner en andere Sproch spreche. Dä jewaltsamer Dut vun dä Frau Grau, die Dräubrefe, dä nächtliche Üvverfall op Elena Gomez. All dat sprich doför, dat dä Dut vun däm Pastur met dä Vörfäll irjendswie zesammehängk. Böll weiß ävver bloß noch nit wie. Dä Fall wirf nit bloß vill Froge op, sondere bruch och vill kriminalistiche Fingarbeit. Un als ob dat noch nit jenoch es, muss hä nun och noch de Mord an dä Frau Grau opklöre.

Andersch als wie beim Pastur, jeit et he janz klor öm Mord.

Se wod erschlage. Hä wäd Naaksschich enläje müsse! Denn bei Mordfäll drängk de Zick. *Allemol. Je länger et dore deit, desto winnicher kammer annemme, dat dä Fall noch jeklört wäd.*

Op singer To-do-Liss steit e Jespräch met dä jung Sängerin, met dä Stemm, die in su bejeistert hät. Singe Instinkt sät im, dat et jot es, de Person, die usse steit,[713] zo befroge. Dat Mädche wonnt net en Marialinden, es also vun dem Jeschwätz vun dä Lück[714] nit tirek betroffe, hät ävver, durch ehre Jesangsprobe un ehre

[713] die ussesteit = die außen steht

[714] Jeschwätz vun dä Lück = dem Geschwätz der Leute

Optritte während dä Messfeere jenoch Kontakte met dä Jemeinde. Villeich kann se im e paar wichtiche Tipps jevve.

Als hä jrad dat Büro verloße un sing Winterjack üvverstrieve well, klingelt sing Deenstelefon op singem Schriefdesch. Am Apperat es ne Kullech vun dä Sporesicherung.

»Hi, Olli, ich han do jet janz Dolles för dich!«

»Dann erus domet.«

»Also, op däm Dräubref, dä de Frau Gomez op ehrem Köchedesch jefunge hät, es keine einzije Fingerafdrock.«

»Wat es dodran esu doll? Dat hilf mer winnich. Do han ich jet Besseres! Ich han allt e Jeständnis! Dä Köster hät de Brefe jeschrevve.«

Am andere Engk vun dä Leitung es et stell.

»Heiß dä Köster Thomas Wilfurth?«

»Nä, Karl-Heinz Schmitz.«

»Dann han die zwei jemeinsame Saach jemaat. Denn dä Dräubref, dä do en Berlin häs rekonstrueere loße, wor üvversiet met Fingerafdröck, die ävver, leider, nit janz kumplett[715] wore, weil dat Papier jeschreddert wode es. Bloß an einer Stell han mer ne unbeschädichte Fingerafdrock jefunge. Dä han mer met uns Datei afjegliche. Et jitt keine Zwiefel mih: Dä Fingerafdrock jehöt däm Thomas Wilfurth!«

No ner Paus föch hä pikiert an:

---

[715] nit kumplett = nicht vollständig

»Do kanns mer jetz ens op de Scholder kloppe.«[716]
»Ich jrateleere dir, Pitter. Dat es verhaftich janz usjezeichnete Arbeit!«, goutiert Böll däm sing Möh.[717] Irjendswie deit et im jot, dat singe Usfloch noh Berlin doch nit su janz ömesöns[718] jewäse es.
»Wat hät dä Thomas Wilfurth verbroche, dat hä en ör Datei steit?«
»Vill klein Saache. Täschekläuerei un Kloppereie.So jet.«
»Dann jiv mer ens de Adress vun däm Poosch.«[719]
Böll schriev sich de Adress op ne Memo-Zeddel.
Kuhle soll dä Typ noh dem Verhör en et Kommissariat holle. Jemeinsam wäde se sich dä Thomas un och dä Köster vörnemme. Woröm sich die Fingerafdröck vum Thomas Wilfurth op dä Dräubrefe jitt, es komisch,[720] zomol dä Köster die janze Schold op sich jenomme hät. Böll well ävver jetz partu noh däm Mädche fahre. Hä spört, dat dat Jespräch sin muss. Irjendswo es do ne blinde Fleck. Jet Unjefrochtes un Unjesaates. Do es jet, wat im opjefalle es, wie hä en dä Kirch met ehr jesproche hät. Wie hät doch dä Jereechsmediziner jesaat? *Folge dingem Buchjeföhl.*
Jenau su es et, denk Böll un jrief noh dem Autoschlössel.

---

716 op de Scholder kloppe = loben
717 Möh = Mühe, geleistete Arbeit
718 ömesöns = umsonst
719 Poosch = Burschen
720 komisch = hier im Sinne von merkwürdig

47

Böll dröck an dem unopfällije Backsteinbau en Köln-Lindenthal op dä Klingelknopp. Et deit sich nix. Hä dröck nochens op dä Knopp. Un schleeßlich höt hä ümmes em Flur. En Nonn en ner dunkelblau Draach[721] vun ehrem Orde mät de Dör op, an der bloß e unopfällijes Messingscheld hängk, dat et sich he öm e Studentinnewonnheim vun däm Orde Opus Magnum handele deit. Misstrauisch loort de Nonn Böll an.
Hä zeich sing Deensmark un sät en nem strenge Ton, Angela Sandowski spreche zo wolle. Hä schleit nit ömesöns sune Ton an, denn en dem Huus sin nit bloß die More deck, sondere och die soziale Afjrenzung vun däm Orde jäjenüvver dä Welt do druße.
He wäd deech jemaat. Dat spööt mer tirek, denk Böll.
Die Nonn entfänt sich mürrisch un lööt in em Flur ston.[722] No rund zehn Minutte kütt im nit et Angela entjäje, sondereen andere Frau, die e bessje altbacke ussüht, ävver kein Draach anhät. Se jitt sich im als Heimleiterin zo erkenne. Die Erläuterung wor nit nüdich. Ehre strenge Bleck, dä koote Befähl an die Nonn, han Böll tirek signaliseet, dat hä et he met nem Alphadier[723] zo dun hät.

---

721 Draach = Tracht

722 un lööt in em Flur ston = und lässt ihn im Flur stehen

723 Alphadier = Führungsperson

Jenau wie die Nonn zovör, bejröß och se in nit met üvverschümend Freud Üvverhaup schingk dat he keine Oot zo sin, wo mer vill Freud hät.

En Bölls singem Kopp niss sich e Wödche en, dat die janze Atmosphär jot zesamme fass: *Kontrolle.*

Dä unopfällije Bau, die decke More, die Pooz als Schutz för fremde Eindringlinge, un die lang Flure. All dat wirk esu, wie wenn et em Innere vun däm Studentinneheim en Jeheimnis zo bewahre jitt. En Welt, zo dem Nitenjeweihte keine Zotrett han.

»Darf ich fragen, was Sie von unserer Novizin Angela Sandowski wünschen?«, fröch de Heimleiterin.

»Ich ermittle in einem Mordfall. Ich habe daher einige Fragen an Frau Sandowski«, antwootet Böll en huhdütsch, öm sing Autorität zo ungerstreiche.

»Die Fragen können Sie auch mit mir besprechen. Ich werde danach mit dem Mädchen reden und Ihnen dann die notwendigen Informationen zukommen lassen.«

»Möglicherweise habe ich mich nicht präzise genug ausgedrückt«, blaff Böll zoröck. »Ich wiederhole mich ungern. Ich ermittle in einem Mordfall. Wen ich befrage und wie ich dabei vorgehe, müssen Sie schon mir überlassen. Würden Sie jetzt bitte Angela Sandowski zu mir bringen?«

Die Frau zuck zorück. Esunne Tonfall es se nit jewonnt, ehr jehorche de Minsche, zo mindest he, en däm Jemörsch.

Böll weiß janz jenau, woröm hä sune Ton jewählt hät. Ohne dä reselutte Ton, kutt hä he keine Schrett wigger. *He wäd afjeblock. De Leiterin well nit, dat ich mich met dä jung Frau persönlich ungerhalde. Wenn och die Nonn stur es, ich kann dat och!*
Et kütt en klein Paus op. Dann sät de Heimleiterin met en betont räuhich Stemm:
»Angela es schon zu Bett gegangen. Sie können morgen wiederkommen.«
»Zu Bett gegangen? Um sechs Uhr abends? Das ist ja wie im Kindergarten!«, räch Böll sich op.
»Angela hatte heute morgen Frühdienst. Der beginnt um vier Uhr. Es ist nicht ungewöhnlich, dann früh zu Bett zu gehen«, erklärt de Oberin kald.
»Dann wecken Sie sie. Ich ermittle in einem Mordfall«, schnauz Böll basch.
Die Leiterin zöjert. Böll lät noh.
»Wenn ich nicht in den nächsten fünf Minute Angela Sandowski sprechen kann, lasse ich gegen Sie ermitteln, weil Sie die Aufklärung eines Mordfalls behindern.«
Die Leiterin spört, dat dä Mann et ähnz meint.
»Also gut, kommen Sie«, sät die Frau met nem jereizte Ungerton. Sie muss sich föje.[724] En unjewennte Situazijon för en Frau, de däm Ansching noh nit bloß däm Studentinnewonnheim vörsteit, sondere och als Oberin en dem Fraueckluster de hühkste Posizijon

[724] sich föje = sich fügen

ennemmp. Böll hät dat op däm Organigramm an dä Wand jesinn. Hä nemmp an, dat ehr Woot och em Opus-Magnum Jeweech hät, ovschüns dat för en Frau en äzkatollich Kreise nit Usus es.
Als hä ehr hingerher jeit, höt hä bloß dat Klacke vun dä Schohnafsätze op dem Flur. Keine Laut dringk us dä Zemmere vun dä Studentinne.
Wie es sujet müjjelich, denk Böll. *Dat sin jung Fraue, esu öm die zwanzich eröm un nirjendswo Party!*
Wie wenn se sing Jedanke verstande hät, sät de Heimleiterin, ohne sich zo im ömzodriehe:
»Es ist ein Privileg, hier wohnen zu dürfen. Das wissen die Mädchen. Sie nutzen jede freie Minute zum Lernen oder fürs Gebet.«
»O je«, rötsch et Böll erus.
Die Frau drieht sich eröm un bleck in schärp an:
»Wollten sie etwas sagen?«
»Nein.«
»Ich hatte kurz den Eindruck.«
Böll schöddelt met däm Kopp.
Die Oberin jitt sich no widder huhmödich. Se hät däm Anschingk noh ehr Balangks widdergefunge. Sie mät en Dör op, die en en öde enjerich Zemmer föhrt. Se nennt et ‚Besökszemmer'. Dat wirk esu enladend, wie en Zell för nöchter ze wäde[725] em Polizeipräsidijum en Köln-Kalk. All wat mer süht, es en nem fiese Beige

[725] en Zell öm nöchter zo wäde = eine Zelle, um nüchtern zu werden, Ausnüchterungszelle

jehalde. Teppich, Vörhäng, Wäng. En Welt ohne Färv. En dä Medde e Desch us Plastik un vier unbequem Stöhl, op denne kein Minsch länger als nüdich setze kann.

Noch ens zehn Minutte hingerdren,[726] - e Jedränk hät se im nit anjebodde - kütt de Oberin met däm Angela en dä Raum. Et Angela wirk verhaftich möd, et hät dunkle Ring unger de Auge. Als et in sieht süht,[727] flackere sing Auge.

»Guten Tag, Frau Sandowski«, bejröß Böll die jung Frau fründlich un zor Leiterin sät hä:

»Vielen Dank. Bitte lassen Sie mich nun mit Frau Sandowski allein.«

»Das kommt überhaupt nicht in Frage, wir haben hier im Heim keine Geheimnisse voreinander. Es ist der ausdrückliche Wunsch unserer Novizin Angela, dass ich sie bei der Befragung durch die Polizei begleite«, jef[728] de Oberin.

»Dat mag ja sein. Ich dulde es aber nicht. Ich muss und ich werde mit Frau Sandowski alleine sprechen«, knottert Böll zwesche zesammejepress Zäng.

---

[726] hingerdren = später

[727] als et in süht = als sie ihn sieht

[728] jef = giftet

Angela klotz[729] verschreck zwesche dä Oberin un Böll hin un her ‚esu, wie se et domols bei dem Chorleiter och jedon hät. Met Knaatsch hät se et nit esu.[730]
Voll Wot flüsch de Oberin us dem Raum, un mät de Dör met vill Kraach[731] zo.
Böll drieht sich zo dä junge Sängerin.
»Ich han jehöt, dat ehr hück Morje Fröhdeenst hattet. Ehr sid sicher ärch möd«, sät Böll, öm Verständnis för ehr Situazijon zo zeije.
»Ja«, haucht dat Mädche met en hösche Stemm.
En Stemm, dä mer jetz nit anhöt, wat för wunderbar Tön mer ehr erus locke kann.
Böll well dat Mädche besser kenne lihre, öm ehr Persönlickeit besser enschätze zo künne.
Daröm fröch hä:
»Darf ich üch froge, wat för Arbeide zu däm Fröhdeenst jehöre?«
»Zunächst muss ich die Hauskapelle für die Morgenandacht herrichten. Da ich Musik studiere, spiele ich während der Messe die Orgel. Dann bereite ich in der Küche für die anderen Mädchen das Frühstück zu. Anschließend putze ich die Toiletten und die Waschräume. Erst dann gehe ich zum Konservatorium. Anschließend muss ich proben, um

---

729 klotz = starrt
730 met Knaatsch hät se et nit esu = mit Konflikten kann sie nicht umgehen
731 Kraach = Lärm

meine Stimmbänder zu trainieren. In den Abendstunden lerne ich für mein Musikstudium, denn bald sind Prüfungen.«
Böll hät däm anstrengende Projramm jelausch. De kölsche Sproch hät it[732] allem Ansching noh verstande. Öm sich ne jesamp Endrock zo maache, fröch hä no:
»Und welche Dienste versehen Sie sonst noch?«
»Ich betreue die Messdiener in Marialinden.«
»Ehr betreut die Messdeener?«
Böll fingk die Informazijon intressant.
E Jriemele husch üvver dat blass Jeseech vum Angela.
»Ja, die kleinen Jungen und Mädchen wissen oft nicht, wie die Abläufe während der Heiligen Messe sind, zum Beispiel wann der Wein und das Wasser gereicht werden müssen. Ich helfe Ihnen auch beim Anziehen des Messgewandes.«
Nodäm se dat jesat hät, wäd et rut em Jeseech un föch, öm nit huffädig[733] vörzokumme, flöck an:
»Mein Dienst ist nichts Besonderes, aber er macht mir Freude.«
Böll hät bemerk, dat et sing dünne, blonde Hoor zo nem Zopp[734] jebunge hät, wat ehr Jeseech noch durchsichtijer ussinn lööt. Bei ehrem Anbleck föhlt sich Böll an ne Fesch erinnert, dä janz deef ungerm Meer

[732] it = sie (das Mädchen/Frau)
[733] Öm nit huffädig vörzokumme = um nicht eitel zu wirken
[734] Zopp = Zopf

läv, wo et kein Leech jitt. Dä Fesch hät deswäje ne janz durchsechtije Huck.[735]
Böll schöddelt koot dä Kopp, öm dä Eindruck loss zo wäde. Hä well met dä Befrogung vörankumme.
»Ävver se sin och em Chor vun Marialinden?«
»Ich probe im Moment nicht mit dem Chor. Ich habe Einzelunterricht bei Herrn Orth.«
»Einzel - Ungerreech? Woröm??«
»Meine Stimme soll geschult werden. Herr Orth meint, sie sei ein Geschenk Gottes.«
»Da hät Här Orth räch. Ehr Stimm es ärch schön.«Däm Mädche sing Backe wäde janz rut.
»Bitte, sagen Sie so etwas nicht«, flöstert die jung Frau.
»Waröm nit?«, fröch Böll janz perplex.
»Es könnte mich hochmütig machen und mich von Gott entfernen.«
»Ävver dä Chorleiter sät doch dat Jliche…?«
»Das ist etwas ganz anderes. Er ist ein Gottesmann. Er ist in unsrem Orden. Wenn er meine Stimme lobt, meint er nicht mich, sondern sieht meine Stimme als Werkzeug Gottes. Meine Stimme kann dazu beitragen, dem Wort Gottes bei der Verkündigung zu dienen.«
Böll fingk die Nohreech, dat Orth Metjlidd em Orden Opus Magnum es, verdammp informativ. Ne Orden, dä im irjendswie fanatisch vörkütt. Hä muss rechercheere, wat et met däm Orden op sich hät. Böll konzentreet sich op die nöhkste Froch, die im ärch wichtich es.

---

[735] Huck = Haut

»Haben Sie ein gutes Verhältnis zu Ihrem Gesangslehrer?«
Dat Mädche es verunsechert.
»Was meine Sie damit?«
»Na, hat ehr in jän? Vertraut ehr im? Oder verihrt in?«[736]
Dat Mädchen es ärch verläge vun dä Froge. Et windet sich un ringk öm en Antwoot. Instinktiv bejrief Böll, dat dat bloß zweierlei bedügge kann: Entweder hät it e eng, villeich intimes, Verhältnis zom Chorleider oder Orth es e wichtich Dier op dä Hierarchieleider vun däm Orden.
Wie Böll justemang de nöhkste Froch stelle well, wäd de Dör unsanf opjeresse un de Oberin ruusch en et Zemmer.[737] Se baut sich vör Böll op:
»Herr Böll, ich habe Ihnen eine Viertelstunde gegeben. Ich muss Sie bitten, unsere Novizin nun zu Bett gehen zu lassen. Sie muss morgen in Allerherrgottsfrühe aufstehen und ihren Dienst tun.«
Böll hät jih en Erkenntnis, hä es sich secher, dat die Oberin nit zo fällich en dat Jespräch jeplatz es. Dat bedügg, dat se dat Jespräch metjekräch[738] hät. Enweder hät se hinger dä Dör jestande, oder et sin Afhöranlage en däm Raum. Hä tipp op dat letzte. Daröm well hä dat Jespräch an anderer Stell wigger führe. Statt de Oberin

---

[736] Oder verihrt in? = Oder verehren ihn?
[737] ruusch en et Zemmer = rauscht ins Zimmer
[738] metjekräch = mitbekommen hat

noch ens en de Schranke zo wiese, nemmp hä ehr Optauche zom Anlass, sich zo verafschiede.
Dat Mädche loort im enttäusch hingher.
Ich wäde dich bahl widder sinn, denk Böll, *ich muss un well dich allein spreche - ohne Lauscher an dä Wäng.*[739]

48

Wie Böll andäm Ovend noh Huus kütt, setze et Elena Gomez un et Anna von Eschborn en dä Köch un schell Äppel. Op dä ehschte Bleck erkennt hä, dat die zwei Fraue ne erfreuliche Nommendach[740] zosamme hatte.
Dat lööt in hoffe, op en milder jestimp Anna zo treffe.
»Dach, die Damen. Kann ich an dä Vorbereitung vum Ovendesse deilnemme?«
»Dat dörft ehr«, jitt et Anna met fründliche Stemm zo Antwoot. Loor ens an,[741] se es jetz en ner versöhnliche Stemmung.
Böll setzt sich an dä Desch.»Wat jitt et dann Jodes hück Ovend?«[742]

---

[739] Wäng = Wände
[740] Nommendaach = Nachmittag
[741] loor es an = sieh an
[742] Wat jitt et dann Jodes hück Ovend? = Was gibt es denn Gutes heute Abend?

»Himmel un Äd«, kütt es us zwei Müng. Anna versök dem Ansching noh de lokale Köch dä Spanierin e bessje nöhter[743] zo brenge. Böll freut sich op dat Esse. Jebrode Flönz[744] met friteete Öllichringe,[745] Ädäppelspürree un Äppelkompott.[746]
Hät hä allt iwich nit mih jejesse und dann kritt hä och noch e Jereech, dat en nem kölsche Brauhuus nit fähle darf. Och em Berjische Land wäd ‚Himmel un Ääd' jän jejesse, wobei dä Äppelkompott dä Himmel un dat Püree die Ääd es.
»Ehr künnt deÖlliche[747]schelle«, schleit et Anna vör. Böll rollt met de Auge. Öllich schnigge, kann hä nit verknuse.[748] Hä muss dann wäje de schärpe Öllischsaff allemol krieche.[749] Et Anne kann sing Jedanke lese un zeich im ne Kneff, wie hä die Ölliche schnigge muss, öm jenau dat zo vermeide. Hä soll dä Öllich an dä Stell, wo se spetz zosammelaufe fasshalde, esu, dat dä Öllichsaff nit erus kann. Böll es bejeistert: et jeit met winnich Trone üvver de Bühn. Die Flönz litt allt en jrovve Stöcker jeschnedde op däm Holzbrett. Anna jrief noh dä Blotwoosch un löötse en de heiße Pann flutsche.

---

743 nöhter = näher
744 Flönz = Blutwurst
745 friteete Öllichringe = frittierte Zwiebelringe
746 Ädäppelspüree un Äppelkompott = Kartoffelpüree und Apfelmus
747 die Ölische = die Zwiebeln
748 nit verknuse = nicht leiden
749 krieche = weinen

Flöck forme die Schieve en breiich Mass,[750] die an e parr Stelle kross jebrode wäde muss, domet dat richtije Zosammespill vun Kruste un mangse Wooschmass[751] jeschaffe wäd.
Die Ädäppel koche om Häd un wade drop, dat se zo Püree jestamp wäde. Et Elena Gomez üvvernemmp dat. Dobei soll se bloß noh dä Anweisung vum Anna dodrop aachte, nit alles klein zo stampe, sondern e paar jrovve Stücke üvverich zo loße.
»Dann han mer jet zo bieße«,[752] meint et Anna, dat sich en dä Roll vun ner Köchechefin ärch wohl föhlt.
Et Elena schött heiße Vollmilch en dä Püree, röhrt kräftich öm un jitt Botter en de heiße Ädäppelmass. Donoh schmeck et Anna met Salz un freschem Muskat af. Böll wälz die Ölliche en Mähl un friteet se em heiße Öl. Dat Äppelkompott koch stell vör sich her. Koot vör dem serveere jitt Anna Zucker un jet Limettesaff en dä Kompott.
Dat Lievjereech[753] vun ville Kölsche esse die drei am Holzdesch en dä Köch. Dozo drinke se Kölsch.
Böll nötz die jemödlich Stemmung, öm däm Elena Gomez de Zung zo lüse. Wann sich einer met dä

[750] flöck forme die Schieve en breiig Mass = schnell formen die Scheiben eine breiige Masse
[751] vun Krust und mangse Wooschmassm = von Kruste und weicher Wurstmasse
[752] bieße = beißen
[753] Lievjereech = Leibgericht

ungerschiedlich Kräfte en dä Kirch uskennt, dann es dat doch wohl die Schwester vum Pastur.
»Elena, ist Ihnen der Orden Opus Magnum ein Begriff?«, fröch Böll su nevven bei wie möchlich.
Elene höt op zo esse un loort in met brennende Auge an.
»Oh, ja ich kenne das Opus Magnum gut. Der Orden beherrscht große Teile Spaniens«, anwootet se un es met einem Mol janz konzentreet.
Dat dä Orden jenannt wäd lüs bei ehr schwer Emotionen us. Böll kann dat an ehrem Jeseech sinn.
»Sie haben das Bildungssystem unterwandert, um sich die jungen Leute zu schnappen. Sie versuchen, die Bischofsstühle und auch die Pfarreien nach ihrem Gutdünken zu besetzen. Gierig streben sie nach Macht.«
Ehre Bleck es jetz en wigge Fän jerich wie wenn se sich an jet Konkretes erinnere dät.
»Wussten Sie, dass der Organist und Chorleiter in Marialinden dem Orden angehört?«, fröch Böll un bliev em Huhdütsch, domet et Elena in besser verston kann.
Elena Gomez‘ Kopp fäht en de Hüh.
»Nein, das wußte ich nicht.«
Se häld enn.[754]
»Felipe und ich sind aus Pamplona weggegangen, um dem übermächtigen Einfluss dieses Ordens zu

[754] se häld enn = sie hält inne

entkommen. Offenbar sind sie nicht nur in Spanien, sie sind überall. Das erklärt vieles.«
»Was ist das für ein Orden, Elena?«, fröcht Böll wigger.
»Der Orden ist als Reaktion auf das Zweite Vatikanische Konzil entstanden. Als Gegenbewegung. Die Mitglieder verstehen sich als Laien, die das Werk Gottes im Alltag leben wollen. Doch ihr Verhalten widerspricht dem. Sie wenden sich nicht den Armen und den Laien zu, sondern denen, die Macht haben. Sie glauben, ihren Einfluß immer weiter ausdehnen zu können.«
»Was wollen sie mit dieser Macht bewirken? Sie wollen das Zweite Vatikanische Konzil rückgängig machen. Sie wollen zu der alten Katholischen Kirche mit all ihren Regeln und Riten zurückkehren. Den Prozess verstehen sie als notwendige Erneuerung der Kirche.«
»Wie wollen sie das bewerkstelligen?«
»Indem sie Zugang zu den Schalthebeln der Macht bekommen. In der Kirche, aber auch außerhalb. Sie haben Kontakt bis in die Regierung. Ja, auch dort, wo das Geld sitzt, in den Banken«, sät et Elena un hält koot enn.
Dann sät se met nem verächtliche Ton:
»Natürlich da, wo das Geld sitzt.«
»Wie rekrutieren sie den Nachwuchs?«, fröch Böll, der dobei an dat Studentinnewonnheim denk.

»Sie sind sehr aktiv an den Universitäten und Schulen. Denn sie brauchen die jungen Leute, die später in ihren Berufen und Ämtern in ihrem Sinne handeln sollen. Deswegen muss die Gehirnwäsche einsetzen, bevor sie in den Beruf eintreten.«
»Ich habe heute ein Wohnheim des Ordens besucht. Mir scheint, dass in ihm rigorose Regeln gelten. Irgenwie fanatisch.«
»Ja fanatisch. Das ist das richtige Wort! Sie glauben, die Wahrheit zu besitzen und sind überzeugt, dass diese Wahrheit sie zu allem berechtigt.«
»Klinkt hochmütig. Ist Hochmut nicht eine der sieben Todsünden?«
»Ja, sie sind hochmütig, aber das empfinden sie nicht so. Sie sehen die rigorose Durchsetzung ihrer Wahrheit als ihre oberste Pflicht an, denn die Wahrheit sei absolut. Man könne sie nicht relativieren.«

49

Se han Thomas en ehr Kralle! Wat för en verdampte Dress! Sin dann die Dräubrefe nit verschniggelt[755] wode? Wie sin se dem Jung bloß op de Schliche jekumme? Hät dä Köster in verrode?

---

[755] verschniggelt = zerschnitten, geschreddert

Jetz kann hä sing Plän bejrave,[756] Thomas en dä rächte Szen als Anförer opzebaue. *Fuck!*
Statt däm Gaby, muss hä jetz dä Thomas an et Metz livvere, öm zöverlässig[757] zo blieve. Hä muss im jetz alles en de Schohn schiebe: dä Brand em Aselanteheim jenausu wie dä Üvverfall op de Schwester vum Pastur. *Dä Schaden muss jetz esu jering wie müjjelich jehalde wäde!*[758]
Dä Verloss vun singem Joker deit im wih.[759] *Ärch schad! Dä Thomas wör ideal jewäse, su einfäldich wie dä es! Hät Minderwertichkeitskumplexe un ne Hang zo dä Jewalt. Esun Minsche loße sich prima manipuleere!*
Dobei es hä durchus vörsichtich jewäs, hät dä Thomas als zokünneftich Boss en dä rächte Szen ehsch en Erwägung jetrocke, wie hä vum Küster jehot hät, dat die Dräubrefe öntlich entsorch wode sin,[760] die op dä Thomas hätte hinwiese künne.
Zo ehsch hät hä, janz em Sinn vun sing Opdraachjevver, ne andere Plan verfolch:
De Fingerafdröck op dä Dräubrefesollte jefunge wäde. Wat sing Opdraachjevver domet bezwecke wollt, hät hä ehsch verstande, als hä vun däm komische Dud vun dem Pastur erfahre hät. Hä sollt offenbar en falsche

---

[756] bejrave = begraben
[757] zöverlässig = glaubwürdig
[758] esu jering wie müjelich jehalde wäde = so gering wie möglich gehalten werden
[759] wih = weh
[760] öntlich entsorch wode sin = ordentlich entsorgt worden sind

Spor usläje, öm de polizeiliche Ermeddelunge en dä rächte Szen zo lenke. Hä wor jän bereit jewäs, dä Deens zo leiste – jäje Jeld un och, öm en Zokunnef en kirchliche Kreise ene Foß en dä Dör zo han. Hä künnt dann zweierlei verkofe: Informazijone un Antiquitäte. Sich de Kirchelück wärm zo halde, fingk van de Vries wichtich. Wenn mer, wie hä, en nem Jewerbe ungerwägs es, en dem Informazijon Jeld un Einfluß bedügge, es et jot, üvverall sing Finger em Spill zo han. Hä fröch sich bloß, woröm se späder dat Aflenkungsmanöver met dä Dräuebrefe verworfe han. *Denn woröm söns hät die Grau de Brefe verschreddere solle? Oder wor et janz andersch jewäs? Villeich wor die Ahl*[761] *us dem Ruder jelaufe un wollt am Engk doch noch, dat de wahr Däter jefunge wäde?*
Van de Vries weiß et nit. Et es im e Rötsel, wie se dä Pastur öm de Eck jebraat han.[762] *Met Jef?*
Ävver, met sunner Froch kann hä sich jetz nit befasse. Hä steit unger Drock. Et jeit um singe Kopp! Hä muss handele! Hä muss als Informant zoverlässich blieve! Ävver die Saach es riskant.
Thomas kennt in persönlich, ävver nit unger singem richtije Name, och sing Biografie hät hä frei erfunge, ävver trotzdem. Hä künnt behaupte, dat hä bei dä Brandattack dobei jewäse es! Doch Jefahr droht nit nur vun dä Sick. Wenn Thomas irjendswie ahnt, dat hä vun

761 die Ahl = die Alte (gemeint ist Frau Grau)
762 öm de Eck jebraad han = getötet haben

im an et Metz jelivvert wode es, wör hä selvs en dä rächte Szen dud, denn Thomas es en dä Kameradschaff jot jeledde.[763]

Hä muss die Hansen, die dat Kommissariat leide deit ‚dringend an et Hätz läje, en wirklich jode Legende för singe Schutz als V-Mann zo strecke.[764]

Villeich wör jot en Aselantin in et Spill zo brenge, en Zeugin, die Thomas erkannt hät, irjend esu jet en de Richtung...

Thomas pries zo jevve, es ne Ritt op däm Vulkan. Doch wenn hä ihrlich es, hät hä Jefahr jän. Se es dat Salz en de Zupp vun singem Levve, dat doch söns e bessje fad wör, wenn hä bloß als Händler för Aldertümche arbeide dät.

No jot, hä muss sich jetzt op et Jlatties bejevve! Hä wäd et jeneeße, ävver och fürchte. Trotzdäm, hä muss et jetz dun!

---

[763] jot jeledde = gut gelitten

[764] zo strecke = zu stricken

50

Wie Böll am nöhkste Morje nom Kommissariat rollt, hänge sing Jedanke däm Jespräch vun jester Ovend noch noh.

Dä Opus Magnum begjrief sich als ne Jeheimorde, hät im et Elena Gomez usenander posementeert.[765] Sing Metjlidder meine, dat et bloß winnich Minsche jitt, die de Wohrheit Jottes verston. Böll wor janz verbasert,[766] wie hä dat jehöt hät. Hät hä doch als Messdeener jet andersch jehöt, nämlich, dat jede Minsch en dä Lach wör, dat Woot Jesu zo bejriefe.

Et Elena un och et Anna han im räch jejovve un sin sich einich jewäs, dat sich en die Aat vun Relijon un Jläuve ne unjlaubliche Huhmot an et Leech kütt.[767] Et Elena hät och noch verzallt, wat för en Jeheenswäsch sich Neue em Orde ungertrecke müsse.[768] Et Anna hät op Elenas Schelderung opjebraat reajeet, haupsächlich dodrop, dat dä Orden all Verbindunge zo de Familije vun dä junge Lück kappe deit, domet die isoleert wäde

---

[765] usenander posementeert = genau erklärt

[766] verbasert = erstaunt

[767] dat sich en die Aat vun Relijon un Jläuve ne unjlaubliche Huhmot an et Leech kütt = dass in dieser Art von Religion und Glauben ein unglaublicher Hochmut ans Licht kommt

[768] ungertrecke müsse = unterziehen müssen

un op keine andere mih, wie op dä Orde zoröckjreife künne.[769]
Böll mus jriemele, wie hä sich dodran erennert, met wat för en Amelung[770] et Anna argumenteert hät. Och et Elena Gomez hät sich en däm Jespräch opjeschlosse un dat Jesaats[771] kommenteert. Bloß met vill winnijer Wöder wie et Anna met singem Temperament.
Hä es esu deef en Jedanke versunke, dat hä die Stroß, die noh de Autobahn jeit, verpass un met einem Mol en Richtung Eulenthal rollt.
Doch hä bereut et nit, och wenn et ne Ömwäch es. Rächs un links deit sich en zauberhafte Winterlandschaff vör im op, en dä dä Nevvel decke Schwadem üvver die wieße, met Schnie bedeckte Felder trick, die af un an ungerbroche wäde vun e paar Sonnestrohle - en Landschaff, wie op nem romantische Jemälde vun Caspar David Friedrich.
Wie hä dä jletzere Schnie op dä Feldern em Vörbeifahre beloort, erennert hä sich, wat et Elena üvver de ordens interne Pröfunge jesaat hät. In Wohrheit, do es sich Böll secher, deene sun Pröfunge nit dä Jewissenserforschung, wie denne Zöglinge verzallt wäd, sondere dä Beobachtung. Hä es

---

[769] keine andere mih, wie op dä Orde zeröck künne komme = auf keinen anderen als den Orden zurückkommen können
[770] Amelung = Lust, Engagement, starkes Bedürfnis, hier ist gemeint: mit Engagement
[771] Jesaats = Gesagte

üvverzeuch, dat dobei de Froch im Zentrum steit, wie jot einer sich manipuleere lööt.
Klar, un wenn se dann de Pröfunge bestande han, föhle se sich als ,Userwählte', sineet hä un jriemelt better[772] üvver die perfide, hingerlestich[773] Stratejie.
Die Spanierin hät met deefem Ähnz die Vorgehensweise vun däm Orde kritiseet:
»Die Pröfunge entscheiden dodrüvver, ob se en dä Hierarchie opsteije. Esu han se jet Inneres op jet Äußeres jedrieht: Status. Met däm lange Wäch zor inneren Erkenntnis, hät dat winnich zo dun.«
Et Elena hät jesaat, wie ärch jescheck de Metjlidder en wichtije, Positionen en dä Jesellschaff ungerjebraat wäde, domet Opus Magnum durch se wirke kann: Herrschaff statt wahrer Jlaube. En janz raffineete Messbrauch, wie et Elena Gomez fingk, weil se die Method an spiretuelle Erfahrunge fassmaache: dat Verjesse vun däm eijene Ich en dä Meditation, wäd benotz, um dat met däm blinde Jehorsam jlich zo setze, dä se vun dä jungen Minsche verlange, bloß öm us denne e Werkzeuch vun ehr Herrschaff zo maache. Un dann hät se noch eins dropjesetz: Allein dä Orde wisse, wie de Bottschaff Jottes zo verston es, un wo se am dringestens jebrauch wäd, hät et Elena denne ehr spezielles Verständnis vun Relijon jeschildert.

[772] better = bitter
[773]hingerleestich = hinterlistige

Janz fädich hät et Elena ehre Bereech[774] he an et Engk jebraat un wor janz stell jewoode.
Böll dojäje hät sich en däm Jespräch faszineet jezeich, vun dä psycholojische Konstrukzijon vun suner Sekte.
Besondersch beendrock es Böll vun einem Jedanke: Opus Magnum verkünd, dat die Herrschaff, de se usübe, nit se selvs sin, sondern dä Welle Jottes.
»Klor, dat mät se jäje Anjreffe vun usse immun!«, alnalyseet Böll met ner hell Stemm, ovschüns usser im keiner em Wage sitz. Die Jedanke kreise wigger.
Andere, de eije Wohrheit opzwinge, an däm Punk es Relijon nit mih spirituell, sondern tyrannisch, fingk dä Kommissär. *Un jrundverkeht,*[775] *weil sich spirituelle Wohrheit jarnitt erzwinge löß, selvs wenn mer dat wollte!*
Esun innere Wäje, kann bloß jeder för sich selvs jon, es Böll üvverzeuch, *nur esu künne relijöse Erkenntnisse jewonne wäde. Üßere Zwang, Drock en dä Jesellschaff, Konformität sin dat Jäjendeil vun sun Wohrheitssuche. Waröm verston relijiöse Fanatiker dat nit?*
Vör im tauch en Ootscheld op: Donrath. He muss hä langksam fahre! Hä jeit vom vierte en de dritte Jang. Wie hä dä Oot passeet hät, süht hä op dä linke Sick fünf Rihe[776] op nem Afhang, die am äse sin.

---

[774] Bereech = Bericht
[775] jrundverkeht = grundfalsch
[776] Rihe = Rehe

Op die Chressdach noch do sin? Böll weiß, dat en dä Jäjend vill jejach[777] wäd, nit bloß em Hervs bei dä Jaachsäson.
Hä loot op de Uhr om Armatorebrett.
Nüng Uhr. Jetzt kumme de Nohreechte.
Hä mät dat Radijo an. Dä Sprecher sät, dat et am fröhe Morje en London ene Aanschlach en dä U-Bahn jejovve hät. Drei Dude, zwanzich Verletzte. Dä Däter soll, beför hä sich un andere Minsche en de Luff jesprenk hät, »Allahu Akbar« - »Jott es jroß« - jeschreit han. Die Terrorjrupp ‚IslamischerStaat' hät üvver dä TV-Sender ‚Al Jazeera' die Dat op sing Kapp jenomme.[778]
Böll schöddelt mem Kopp. Su ne Fanatismus es im deefs zowidder, ävver durch Opus Magnum met einem Mol esu noh. Relijöser Fanatismus, dat es im zick jester Ovend klor, jitt et nit bloß em Islam. Doch et es im e Rötsel, wie et dozo kumme kann.
Villeich soll ich mich ens met nem Psychologe dodrüvver ungerhalde. Üverdrage se die eijene Maachtjelöss op en üvverminschliche Jröße, öm dat eijene Strevve noh Maach zo vertusche.[779]
Böll kratz sich am Drei-Däch-Baat[780]oder es et allt ne Vier-Däch-Baat? Hä weiß et nit, wie lang et her es, dat

[777] jejach = gejagt
[778] die Dat op sing Kapp jenomme = sich zu der Tat bekannt
[779] zo vertusche = zu vertuschen, verschleiern
[780] Drei-Däch-Baat = Dreitagebart

hä sich dat letzte Mol raseet hät. Böll entresseet sich op dä Fall betrocke, och noch die Froch:
Wie wick jeit dä relijöse Iefer vun däm Opus Magnum? Lööt sich Mord noh däm Selvsverständnis vun däm Orde rächfädije, wann et doröm jeit, dat Zweite Vatikanische Konzil röckjängich zo maache - ne Mord, öm Millijone andere Siele zo rette? Wä en däm Orde traut sich, dat en de Dat ömzosetze?
In intresseet och die Froch, wie wick dat Netzwerk vun däm Orde reck. *Bis noh Rom?*
Irjendwo hät hä ens jelese, dat dä verstorve Bischof vun Kölle, dä se all dä ‚Decke' jenannt han, nem Jeheimorde anjehöt hät. Domols hät die Informatzijon för Böll kein Bedüggung jehat. Zick däm Mord an däm Pastur en Marialinden es dat andersch.
Es dä neue Kadinal vun Kölle evvensu Metjlidd en däm Orde? Jitt hä sich en dä Presse esu vill Möh öm liberal zo wirke, esu, dat dä Orde besser em Jeheime, dofür ävver öm esu effektiver sing Strippe trick?
Böll seufz.
Hä weiß die Antwoote op die Froge nit, wäd se villeich och niemols jewahr wäde. Selvs wann Opus Magnum verhaftich en dä Mordfall verweckelt sin soll, steit allemol die Froch em Raum, wie se et anjestellt han. Schleeßlich hät keiner jeschosse oder vör de Auge vun dä Jemeindemetjlidder e Metz en et Hätz vun däm Pastur jerammp. Jef es zick dä Opdukzijon för die Dutursaach evvensu usjeschlosse.

Alsu, verdammp nochmol eimol, wie dann?
In quäle ävver noch janz andere Jedanke:
Wat, wann et janz anders jewäs es? Dä Mord an de Frau Grau, sich als ene Raubmord entpupp? Dä Pastur ne natörliche Dud jestorve es un et Elena Gomez bei däm Üvverfall en dä Naach bloß Angs enjejach wäde sollt, jrad suvill, dat et freiwellich verschwind und dä opjewirvelte Stöpp,[781] *sich wie Patina üvver die Jeschichte läje deit!*
Böll drieht dat Radio vun WDR 2 nohm Deutschlandfunk, denn am Vörmeddach kumme off intressante Sendunge, die hä sich jän beim Autofahre anhöt.
Themenschwerpunk vun hück es de Digitalisierung. Jenau richtich, öm en vum Jribbele[782] afzolenke, e Jribbele, bei däm momenta nix erus kütt. Hä höt en Wiel zo, dann muss hä laache.
Digitalisierung? Wat verzälle die do? En dä Städte villeich. En Overath-Linde es jedenfalls dovon nix zo spöre! Op däm Land wäde de Minsche vun ner Entwicklung einfach afjehange ärjert sich Böll.
Hä selver hät bei singe Ermeddelunge och do drunger jeledde.
Hä luusch dä Experte, wie die üvver de Einführung vun däm Digitalfunk spreche. Dann, op eimol, tritt hä hatt op de Brems, esu, dat dä Wage en et Schleudere kütt.

---

781 Stöpp = Staub
782 Jribbele = Grübeln

Jrad noch rächziggich drieht hä dä Lenker jäjen dä usbrechende Wage. Wie hä dat Auto widder im Jreff hät, fäht hä an dä Stroßerand un lät dä Kopp op dä Lenker.

Jetz kennt hä die Datwaff!

Woröm ben ich nit fröher dodrop jekumme?

Hä driht dä Wage eröm un fäht straks[783] noh dem Studentinnewonnheim.

51

Elena Gomez es iggelich. Se setz op däm Röcksetz en Böll singem Audi, dä jester us dä Werkstatt jekumme es. De Frau von Eschborn nemmp ehre Häng un well se beräuhije. Dat Jeseech vun dä Spanierin jlich ner stolze Maske. Se hät dat Kinn noh vörre[784] jereck, öm de Minsche de Steen[785] zo beede. Käzejrad, dä schlanke Hals huh jereck, all dat deent dozo, Haldung zo bewahre, denn hück muss et Elena dä schwerste Jang en ehrem Levven dun.

Em Dom vun Marialinde wäd se bei dä Troorfeer vun ehrem Broder dobei sin.

---

783 straks = sofort

784 vörre = nach vorne

785 Steen = Stirn

Se weiß, dat all op se loore wäde, jedes Wibbele vun ehr beobacht wäd. De Müler wäden se sich zerrieße,[786] wat se deit un wohin se loort. Mänch einer wäd wal e schläch Jewesse han, ävver bestemmp wäd et nümmes kald loße.[787]
Vör zwei Dach wod se noch polizeilich jesök, wie en ehr Köch de Frau Grau dud jefonge wood. Hück ävver wäd se em Zentrum ston. Dat weiß se jenau.
Böll lenk dä Wage vör dat Einjangsportal vum Dom. Davör steit de janze versammelte Jemeinde.
Böll mät de Dör vun singem Audi op un hilf dä Elena Gomez beim Ussteige. Hä un et Anna nemme de Spanierin en ehr Medde, ävver se well sich nit enhoke. Mit huhem Haup jeit se durch de dunkel jekleid Troorjemeinde. De Odem vun dä Lück mät en dä Ieskält decke Wolke vör ehre Jeseechter. De Jespräche verstumme, wie et Elena an inne vorbeijeit.
Bloß dat eintönich Lügge vun dä Dudejlock[788] es zo höre.
Elena schenk keinem och bloß eine Bleck. Wie en Künnijin[789] schreitet et, stark un verletzlich zojlich, em Jeleit vun Kommissär Böll un Frau von Eschborn en de

[786] de Müler wäden se sich zerrieße = die Mäuler werden sie sich zerreißen
[787] ävver bestemmp wäd et nümmes kald loße = wird es niemanden kalt lassen
[788] Lügge vun dä Dudejlock = das Läuten der Totenglocke
[789] Künijin = Königin

Kirch. Böll spört de Blecke, die inne durch dä lange Meddeljang folje, wie dausend Nodelsteche en singem Nacke. Böll dröck dä Rögge durch un föhrt et Elena en de ehschte Bank, tirek vör däm Altar, wo ehr Broder vör zwei Woche sing Levve verlore hät. Ehr Jeseech spejelt de janze Anspannung, die Kraff, de et se jekoss hät, dat all zo erdrage. Böll ahnt, dat se hück nit bloß he es, öm vun ehrem Broder Afschied zo nemme, sondere och, öm dä Minsche vun dä Jemeinde, die vun Fründe zo Feinde jewode sin, wie se de Hölf am nüdichst jebruch hät, de Steen zo beede.
Denne will se bewiese, dat en Gomez nit dovun läuf, wann et eng wäd. Janz secher well se mänche vun inne och strofe, wäje dä ville falsche Verdächtijunge, die üvver se jetrasch wode es, wobei dat Jerüch, ehrem Broder Jef en dä Morjekaffee jedon zo han, noch harmlos wor.
Et wäd stell em Dom, de Jespräche höre op, kinne Rock raschelt mih en dä Hoffnung, doch noch ne Setzplaatz zo finge, kein hoste hinger vörjehalde Hand stört de andächtije Rau.
Dann schallt dat Requiem vun Mozart, huh ovven vun dä Empore. Chor un Orchester jevven alles, denn Peter Orth, Dirijent un Chorleiter met Liev un Siel, driev[790] se all zor Hühksleistung.
Wann ne Komponiss et verstande hät, Troor uszodröcke, dann es et Mozart, jeit et Orth durch dä

[790] driev = treibt

Kopp, derwiel hä dä Chor dirijeet. En däm Requiem sin all Facette un Jeföhle vereint, die Troor usmache. Wä jemols öm ne leeve Minsch jetroot hät, dä weiß, dat us dem Requiem de Wohrheit sprich. En däm unvollendete Requiem zeich sich dat wohre Jenie vun däm Mozart. Dat Requiem hät hä op däm Stervebett jeschrevve, nohm esu Afschied vun dä Welt.
Nie wor Mozart ihrlicher wie en dise Komposizijon!
Orth spört de Demut, met dä Mozart, em Anjeseech vum nöhe Dud, komponeet hät. En Demut, die in vun sämplich weltliche Huffaat[791] frei jemaat hät un dat eijentlich, wohre, ennere Sein erus hölt. *Ehsch met disem Requiem hät dä Mozart dä Höhepunk en singem Schaffe erreich,* denk Orth, *och wenn hä dat Stöck nit zu Engk hät schrivve künne.*
De Musik lööt in erschuddere, Troor erfass singe janze Liev. Hä weiß, dat hä niemols esunne jroßadiche Minsch wöd, wie Mozart et wohr. Deefe Neid op esun unjewöhnlich Schaffenskraffer jrief sing Siel un lööt in krieche.[792]
Bloß et Angela, dat hück em Chor singk, ahnt, woröm. Trone laufe üvver singe Backe, denn et jitt bloß winnijes, wat sing Siel beröhrt: Musik un dat Dranhalde no Perfekzijon.
Denn Perfekzijon es Herrschaff üvver Saache un Minsche. Et es de Ersatzdroge för die, die nit met

---

[791] Huffaat = Eitelkeit
[792] krieche = weinen

schöpferische Kraff jesänt sin. Dat hät et Angela bei im jelihrt.
Met dä linke Hand brengk Orth dä Chor zom verstumme.
De janze Blecke sin jetz op dä Kaplon jerich.
Dä weiß öm de Sprengkraff diser Mess. Et es stell. Mucksmäuschestell. Hä spööt: ein falsch Woot un de Saach eskaliert. Vörsichtich mät hä sich an de Troorred[793] eran. Die richtije Wöder well hä finge, an dä Dude erennere, och de Schwester vun dem Verstorvene trüste, un de Jemeinde em Zaum halde.
Hä föhlt sich domet üvverfoddert.
Hä hät als Kaplon noch esu vill vun däm Gomez liere wolle! Jetz steit hä janz allein do för en Aufjab, die zo jroß för in es, muss met de Minsche us Marialinden uskumme; zomol wenn hä die Faarstell üvvernehme soll.
Hä räuspert sich un fängk an.
Hä zeichnet met vill Leev e Porträt vun däm Verstorvene, loov sing Metminschlichkeit, sing Fähigkeit, jot zo höre zo künne.
Ävver dä Prädichmetschnett un och die Dräubrefe erwähnt hä nit.
Dat schmeck Böll üvverhaup nit.
Öm en verloge Harmonie opräch zo halde, wäd dat Eijentliche, dä Verrot un dat Denunzeere unger dä Teppich jekährt.

793 Troorred = Taruerrede

Böll es wödich. Et Elena sitz nevve im. Hä spört wie et ennerlich zo Ies wäd.[794]

Trus well se nit, sondere de Wohrheit! Bloß esu wäd ehre Doosch[795] noh Jerächtichkeit jestellt, spört Böll jenau.

Do es hä met ehr eins. Dä Doosch noh Jerechtichkeit hät in domols noh dä Polizei jebraat und dat Jeföhl brennt allemold noch en im.

Nohdäm dä Kaplan dä Diakon un die Messdeener opjefoddert hät, för dä Verstorvene de Förbedde zo lese un dä Letze och jelese hät, springk Böll op un jeit an dat Pult.

Dä Kaplon erstarrt, de Jemeinde hält dä Odem[796] an.

Dat Mikrofon kreisch, wie Böll versök, et op sing Jröße enzostelle. Dat Kreische un Knacke hät jet Verstörendes. Et unterbrich die Routin dä Mess. Et es dä Jäjenklang zom Requiem un zo dä aadig[797] Wöder vun dem junge Kaplon.

Böll räuspert sich un hält koot en, bevör hä dä Kopp hiv un de Jemeindemetjlidder anloort.

»Ich han dä Pastur nit persönlich jekannt, ävver wann ich andere Minsche jläuve darf, dann wohr hä ne jode Pastur. Zick ich de Ermeddelunge föhre, han ich mich jefroch: Wat mät ne jode Pastur us?

---

794 zo Ies wäd = erstarrt

795 Doosch = Durst

796 Odem = Atem

797 aadig = brav

Nojo, ich denke, hä muss de Minsche müjje. Dat es vill wichtijer, wie all die theologische Üvverläjunge zesamme. Doch wann ich op uns Kirchemänner loore, han ich nit allemoldat Jeföhl, dat et de Sielsorjes, de se motiveet, dat zo dun, wat se dun. Mänechmol han ich dä Endruck, dat de Minsche inne lästich sin met all ehr Sorje. Off verzälle de Pastürsch von theologischhehre Wäte staat inne konkret zo helfe.
Ich han dä Farrer Gomez nit persünlich jekannt, ävver wenn ich andere Minsch jläuve darf, dann wor hä ne jode Minsch... un noch ene vill bessere Farrer. Zick ich de Ermiddelunge föhre, han ich mich jefroch: Wat mät ne jute Farrer us?
No jo, ich denk, hä muss die Minsche möje. Dat is vill wichticher als all theologische Üvverläjunge zosamme. Doch wenn ich op unsere Kirchenmänner loore, han ich nit immer dat Jeföhl, dat et die Seelsurg es, die se motiveert, dat zo dun, wat se dun. Manchmol han ich de Eindruck, dat de Minsche ihne lästich sin met all ihre Sorje. Oft verzälle die Pastürche nur vun theologische hehre Werte anstatt inne konkret zu hälfe.
Böll mät en Paus un loort de Lück en dä Kirch durchdringend an. Dann fängk hä erneut an:
Unser Franziskus en Rom mät dat anders. Hä wend sich zo de Minsche. Un dat hät och Felippe Gomez jemaat un esu zo dä Lück jesproche. Sing

Prädichtewohrekurascheet,[798] ävver am Engk hat et im dat Levve jekoss.
Wat jenau hät hä jesaat?
Hä sproch dovun, dat nit de Angs vör de Höll wichtich es, sondere sich Jott zozowende. Hä wor zodeefs dovon üvverzeuch, dat ne Jlaube, dä us Angs jeboore wäd, keine echte Jlaube sin kann. De Leev un nit de Angs muss em Meddelpunk ston. Dat hät och Jesus jesaat, un nix anders hät och Felippe Gomez jeprädich. Dat wör Verrot an dä katholische Üvverzeujung, jläuvte e paar Minsche, un han doröm sing Prädich opjenomme un an dä Kadinal jescheck. Jo, ich muss et beim Name nenne:Wat he passeet es, dat es janz schlemme Andragerei.[799]
Eso wollte se im dat Maul stoppe!
Jo, wie mer dä Schwednitz kenne, hät dä sich et Händche jerevve, un sich jefreut, dat mer dem Gomez ne Muulkorv[800] verpasse kunnte. Felippe mot tirek[801] nom Kadinal, ävver do hä bloß us dä Bibel ziteet hät, mot mer jet anders finge, öm in zo bestrofe.Dä Kadinal hät dann bei im eröm jemeckert,wie hä de Wandlung zelebreet hät. Ich han de Protokolle bei nem Treffe met däm Kadinal jelese.
Esu jet Verlogenes!

---

[798] kurascheet = couragiert, mutig
[799] schlemme Andragerei = schlimme Denunziation
[800] Muulkorv = Maulkorb
[801] mot tirek = musste sofort

Dä Kadinal sprich nit eimol dat an, woröm et im jing: Dä Weijerung vum Gomez, de Minsche met Angst zum Jläuve zo zwinge. Ävver se verzallte ohne Engk üvver lithurgische Froge.«
Böll ungerbrich koot un mät en wiggushollende Jeste, de all die Minsche en dä Kirch ömschleeße deit. »Ehr all hat dat en dä Zeidung jelese, ävver keiner vun üch hätdäm Pastur Gomez jeholfe. Dorömwoßte sing Feinde, jetz künne mer drophaue, jetz es hä vugelfrei. Hä bekom Dräubrefe, hä soll noh Spanije zoröck jon. Wann hä dat nit dät, künnt hä ne Unfall erligge, bei däm hä stirve künnt.[802] Doch Gomez hät Röckjrat jezeich. Un esu han sing Feinde, die sich von Jott berofe föhlte, in ömjebraat.«
Böll sät nix mih, öm sing Wöder wirke zo loße.
Et es janz stell en dä Kirch. Wie em Jrav.[803]
Do op eimol bröllt ener durch dat Kirchescheff:
»Hä hät dä Deuvel jeleuchnet! Doch dä es üvverall! Seht ehr dat nit? Gomez hät de Minsche bling[804] för die Jefahr jemaat. Ich mot de Siele vun all die Minsche rette!«
All de Lück driehe sich eröm un loore erop noh dä Empore.

---

[802] Wann hä dat nit dät, künnt hä he ne Unfall erligge, bei däm hä stirve künnt = Wenn er das nicht täte, könnte er einen tödlichen Unfall erleiden
[803] Jrav = Grab
[804] bling = blind

Dä Dirijent hängk vörrerüvver met dä Oberkörper üvver de Balustrad. SingJeseech es knallrut anjelaufe. Sing Auge spröhe voll Hass, dat schlohwieß Hoor fluddert[805] öm singe Kopp.

»Sie haben niemanden gerettet. Sie haben gemordet. Sie haben ein unschuldiges Mädchen und einen behinderten Jungen zu ihrem Werkzeug gemacht. Die beiden taten, was Sie wollten, ohne zu wissen, was sie taten«, sät Böll en Huhdütsch un lät sing janze Autorität en sing Stemm.

»Ne Mord künnt ehr mer niemols bewiese«, kreisch dä Dirijent.

»Oh doch«, widdersprich Böll un fällt vör luuter Opräjung widder en et Kölsche zoröck.

Ehr Schülerin hät jesaat, dat ehr noch ene Dräubref en dä Sakristei jelaat hat, domet dä Gomez in lese soll, bevör hä de Mess zelebreere dät. Och hat ehr jewoß, dat Gomez et am Hätze hat.[806] Ehr hat jewollt, dat hä sich opräje soll, un sing Hätz us dem Tack kumme soll. Dat wohr ne Deil von dem Mordplan.

Dann hat ehr däm Mädche, wat so schön singe kann, befolle, däm kleine Antonmet dem Down-Syndrom, e Digitalfunkjerät zo jevve. För dä Kleinwor dat e Spill. Dat hat ehr usjenötz! Dä Anton sollt sich noh[807] jenoch

---

[805] fluddert = flattert

[806] et am Hätze hat = herzkrank war

[807] noh = nah

an dä Pastur stelle. Dat im in dä Kopp eren zo krieje,[808] wor de Aufgab vun däm Angela Sandowski. Denn ehr hatt ne Techniker jefunge - jo, Herr Orth, och dä Mann han mer jefunge - dä üch dat Funkjerät op die Frequenz enstelle kunnt, en däm e Hätz jewöhnlich schleit. Dä Techniker es ehrem Wunsch nohjekumme, ohne zo wesse, dat hä e Mordinstrument baue dät.«
Böll höt op, un odemt deef en.[809] Ävver hä es noch nit fädich met dem Dirijent.
»Däm Techniker hat ehrverzallt, dat ehr dat Jerät em Altersheim vun dem Orde benüdicht.[810] Dä Hätzschrettmacher hät dann, wie vun üch jewünsch, bei dä Mess sing Ungerstützungsfunkzijon einjestellt, weil hä de Frequenz vun dem Funkjerät fehlinterpreteet hät. Dat wohr ne fass perfekte Mord.«

---

808 dat im in dä Kopp eren zo krieje = ihm das einzutrichtern
809 odemt deef en = atmet tief ein
810 benüdicht = benötigt

Epilog

Et es Friedachovend un Kommisär Böll sitz met däm Anna en däm Jasthuus ‚Altenrath'. Die Beids sin enzwesche en enjeschwore Jemeinschaff. Dat deftije Berjische Esse, dat et Anna von Eschborn ehrem Ungermeeder rejelmäßig serveet, hätvill dozo beijedrage.

Bölls bessere Hälfte zeich seit Neuestem leich Iefersuch, wenn hä de lecker Kochkünste vun däm Anna en de hühkste am lovve es.[811] Endäftich Koss, die allt lang nit mih op dem Foderkaat vun singer Frau drop steit, denn et Julia koch jän ‚Nouvelle Cuisine'.

Och hück es et dat Esse, wat se zesammbrengk. Denn Friedach es Rievkochedach. Do et Anna dat Gedöns[812] öm de Ädäppele undat Friteere met vill Ölen ehr Köch nit han well, sin se dohin jejange, wo se de Rievkoche esu krije, wie se die jän han,em Jasshuus‚Alkenrath'.

Se wade nit lang op die Rievkoche. E lecker Mädche,[813] dat af un an he ushilf, jongleert de Tellere met de knusperich jebrode Rievkoche met Jescheck an dä Thek vorbei un läuf op dä Desch zo, wo Böll un de Frau von Eschborn setze.

---

[811] am lovve es = am loben ist (typisch kölsche Verlaufsform), Hochdeutsch: lobt

[812] Gedöns = gemint hier: die viele Arbeit und der Dreck

[813] e lecker Mädchen = ein hübsches Mädchen

Böll kritt Rievkoche met Appelkompott un Schwatzbrut un et Anna Rievkooche metfreschem Rindertatar. Em Rheinland un em Berjische es dat en Delikatess. Dozo jitt et zwei fresch jezappte Kölsch.

»Nä, wat sin dat schön Rievkoche! Wie lang han ich datallt nit mih jejesse!«, stöhnt Böll un riev sich dä Buchals hä dä ehschte Bess verputz hät. An Rievkoche hät hä sich als kleine Jung allt e Schänzje jejesse.[814]

Och et Anna lööt es sich schmecke un sät usnahmswiesens nix. An dä Thek setze e paar Männer em Sportklamotte. Friedachs wäd op däm Sportplatz en Marialinden Foßball jespillt, un donoh en dä Kneipe paar Bierche jedrunke. Böll hät dä dringende Verdaach, dat dä Sport bei däm ene oder andere bloß ne Vörwand es, öm e paar Bierche zo zische.

De Freizeitkicker loore de janze Zick verstolle noh inne erüvver. Nohdäm dä Böll denne Lück enMarialinden de Levite jelese hät,[815] es hä fass ne prominente Kopp em Berjische Land.Och en dä Zeidung es vill üvver sing Red en dä Kirchjeschrevve wode, dausendfach komenteet. Selv em Kommissariat en Jläbbisch han se dodröver jeschwad. Sing Chefin, de drüje Hanseatin, hät im allerdings zo verston jejovve, dat et vollkomme reiche wöd, Morde opzoklöre, Moralprädichte wören em Jehalt nit enthalde. En singem ehemalije Kommissariat en Köln-Kalk hät mer sich vör luuter

[814] e Schänzche esse = viel zu viel essen, weil es so gut schmeckt

[815] de Levite jelese hät = jemandem die Meinung sagen, schimpfen

Verjnöje[816] op de Schenkele jeklopp. Jo, esu kenne se in, dä Böll, ehre ahle Kullech. Dat Woot lööt hä sich nit verbede. Doröm hät dä Kölner Polizeipräsident in och en deWöste[817] noh Jläbbisch jescheck hät, och wenn die sich janit mih als Wöste för Boll anföhle deit.
Hä weiß och, dat hä sich met singer Red bei däm Dudeamp[818] nit bloß Fründe jemaat hät. Ävver villeich hät hä mäncheiner en Marialinden an et Nohdenke jebraat. Dä Eindruck hät hä jedefalls, nohdem häe paar Brefe jelese hät, die in en dä Zick donoh kome. Noh däm zweite Rievkoche well et Anna doch noch jet wesse, se muss einfach Froge stelle. Böll sieht et ehr an dä Nasespetz an, denn se rötsch unräuhich op dä Holzbank hin un her. Der Kommissär weiß, et kann sich nur noch öm Sekunde handele, bes se de ehschte Froch eruslööt.
Jenau so kütt et.
»Oliver, ich han noch zwei Froge wäje däm Mord«, platz et us ehr erus.
»Bloß zwei Froge?«, sät Böll un deit esu wie wenn hä enttäusch wör. Doch dä ironische Ungerton es däm Anna nit entjange. Met Afseech üvverhöt se in.
»Woher hat ehr jewoss, dat dä Peter Orth och däMörder vun dä Frau Grau wor?«

---

816 luuter Verjnöje = vor lauter Vergnügen
817 Wöste = Wüste
818 Dudeamp = Totenmese

»Dat wor nit schwer. Ich han in an singe unbedingk Welle, perfeck zo sin, jepack un in met dä Bemerkung provozeet, dat dä ehschte Mord perfeck jewäs wör, wann hä sich nit dozo hät hinrieße loße, de Frau Grau em Affekt zo ermorde, weil se mer de jeschredderte Dräubrefe jejovve hät. Do mer de Forensiker en Kölle jesaat han, dat dä Schlach op dä Kopp vun nem Linkshänder kom, wor dä Orth tirek verdächtich. Hä es Linkshänder. Dat wor en heiße Spor.«

»Woröm hät se üch üvverhaup de Papiere jejovve? Se hing doch irjends do met drin.«

»Villeich wor ehr die Saach zo heiß jewode. Villeich hät se och Jewessensbesse jekräge. Wer weiß?«

»Ävver wat hät die Grau en dä Köch vum Elena zo söke? Un wie es se en de Wonnung erenjekumme?«, wundert sich et Anna.

»Se hät ne Schlössel för dat Faarhuus jehatt. Allt immer. Womüjjelich hät se nit jewollt, dat et Elena dä Dräuebref finge dät. Villeich hät se noch mih Verbreche verhindere wolle. Doch et Elena hät dä Bref allt jelese un wor janz opjeräch en de Kirch jelaufe. Do hatühr üch ehrer anjenumme.[819] Jott sei Dank.«

»Un wie sitühr eijentlich dodrop jekumme, dat en Dijitalfunkjerät dat Mordinstrument jewäs es?«

»Dat feel mer bei ner Radijosendung en, en däne Experte üvver jesundheitliche Schäde sproch, die dä

[819] do hat ühr üch ehrer anjenumme = da haben Sie sich ihrer angenommen

Dijitaltfunk schold es. En dä Sendung jing et öm Hätzschrettmacher un die selde Störfäll, die durch dä Dijitalfunk usjelöß wäde künne. Do woß ich, wie se et jemaat han. Ich woß ävver nit wä.[820] Klor wor nur eins:Wann dat Dijitalfunkjerätde Datwaff wor, muss einer janz en de Nöh beim Pastur jestande han. Un dat kunnt nur einer vun dä Messdeener jewäse sin.«

»Leeven Jott, es dat hingerhäldich!«[821]

»Und dä Kadinal Schwednitz, dä Schreckliche, wäd niemols bestrof. Äch schad, dat dä allt dut es! Dä wor doch och em Opus Magnum. Jenau wie die Heimleiterin. Die han doch all metjeholfe. Wä weiß wie vill Lück dobei wore un sich jetz jescheck fottducke.«[822]

Böll nick, ohne Annas Redefluss zo stoppe.

»Die solle all op dem Piljerwäch vun Overath noh Marialinde Buße dun! Ejal, bei wat für nem Wedder. »Am bess wör et, se wandere tirek wigger un jon dä janze Jakobswäch bes noh Santiago de Compostela. Ejal wie wick dä Wäch es, so vill, wie die sich op de Siel jelade han. Mer kann et met dä Angs ze dun krijje, die ville Sekte en unserer Kirch!«, mät et Anna ehrem Ärjer laut Luff, esu dat de Männer an dä Thek sich noch ens erömdriehe.

---

[820] wä = wer

[821] hingerhäldich = hinterhältig

[822] fottducke = wegducken

»Jo, et es zom Verschrecke, wann Fanatismus un Relijon zesammekumme. Wann et dä Deuvel jitt, dann es hä en dä Kreise am arbeide. Janz ejal, ov et sich dobei om relijiöse Fanatiker em Christentum, Judentum oder Islam handele deit. Dat Erjebnis es immer dat selbe. Et jitt Dude. Morde, die met unjlaublicher Arrojanz, de Minsche unger dat Jochzwinge welle, « flich Böll ehr bei. »Un dat bess es: Die Moralprädichte sin bloß vör die andere, nümmes för die Lück, die dä Schmonsens prädije. Se selver nemme sich wat erus.«[823]

»Tja, un de jeistije Brandstifter wäde selde bestrof, denn se aachte janz jenau dodrop, dat andere sich de Häng dreckich maache«, wirf Anna better en.

»Jo, dä Orth es kein Einzelfall. Bei dä relijiöse Fanatiker jeit et janz irdisch zo. Em Jrunde jeit et öm de eijene Jelöste op Maach, de relijiös verpackwäde, domet keiner se hingerfröch.«

»Un wä hät dat arme Elena naaks en mingem Huus üvverfalle?«, setz et Anna de Befrogung fott.

Böll jriemelt en sich eren un weiß och, dat hä die Frogerei vun dem Anna nit stoppe kann, weil se sich süns nit zofredde jitt.

---

[823] Die Moralprädichte sin bloß vör die andere, nümmes för die Lück, die dä Schmonsens prädije. Se selver nemme sich wat erus. = Die Moralpredigten sind nur für die anderen, niemals für die Leute, die den Blödsinn predigen. Sie selber nehmen sich alles heraus.

»De Frau Hansen, ming Chefin, hät de Verhöre met dem Thomas Wilfurth us dä räächte Szen un dem Küster selvs durchjeföhrt. Se hät jesaat, dat et dä Wilfurth jewäse es, dädie Attack en dä Naach jemaat hät. Jestande hät dä de Tat ävver nit.«
»Komisch«, murmelt et Anna.«
»Wie ich die schwatz jekleidete Jestalt us dem Finster springe soch,[824] hat ich janz koot dä Endrock, et wör en Frau jewäse. Ävver, no jo, et wor jo janz dunkel.«
Böll höt ehr interesseet zo un sät dann:
»Mer han Beweise: die schwatze Kleidung un die Halloween-Mask, an beidse es die DNA vum Wilfurth. Dat Jereech wäd sich en singem Ordeil op esun Indizije stütze müsse.«
»Hm, un hat ehr de Brandaanschlach op dat Flüchtlingsheim en Landwehr opklöre künne?«, wäßelt et Anna jescheck dat Thema, öm de unanjenehm Erennerung an dieNaach loss zo wäde.
»Zo däm Anschlag hät sich dä Wilfurthjän bekannt. Hä es och zemlich stolz op sing Tat. Em Netz wäd hä en dä räächte Szen wie ne jroße Held jefeet. Vun singe Kamerade en Overath sowiesu.«
Met einem Mol vibreet dat Handy vum Böll. Janz unwellich nemmp hä et en de Häng, weil hä Angs hät, dat singe Rievkoche kalt wäd.
Am Telefon es Kuhle.
»Bes do noch en Overath oder allt zo Huus?«

---

[824] soch = sah

Die Froch kann hä janit mih esu jenau beantwoode. Sing Wonnung en Overath es im enzwesche jenau su an et Hätz jewaaße, wie die Altbauwonnung en Ihrefeld. Doröm stellt hä die Jäjenfroch.
»Woröm?«
»Weil mer en neu Leich han. Die litt medden em Kohdress. Dat muss do dir ens ansinn!«

Kölsche Wöder, die mer vill bruche

dä = der, den

däm = dem

et = das

denne = denen

inne = ihnen

de = die (Einzahl)

die = die (Mehrzahl)

hä = er

se = sie (Mehrzahl)

ehr = Sie, ihr (e)

do = du

dir = dir

üch = euch

ör = eurer

sid ehr = Sind Sie?

ming = mein

sing = sein

mer = wir, mir, man

uns = unserer

im = ihm

it = sie (das Mädchen)

sich = sich

inne = ihnen

in = ihn

he = hier

do = da

em = im

en = in

wie = als

ovschüns = obschon

un = und

öm = um

wä = wer

wann = wenn

dann = denn

wal = wohl

hä, se mät = er, sie macht

hä, se sät = er, sie sagt

hä, se steit = er, sie steht

hä/ se deit = sie/er tut

hä, se lät = er, sie legt

hä, se kütt = er, sie kommt

hä, se loort = er, sie schaut

hä, se süht = er, sie sieht

hä, se well = er, sie will

Rezepte, met denne de Frau von Eschborn dä Kommisar verwennt:

Ähzezupp för 4 Lück

500 g Ähze
3 Liter Wasser
750 g Ädäppel (mählich)
¼ Zellerei,[825] 1 Stang Porree,
2 Murre, 1 jäl Röb,[826] Pitterzilije,[827]
300 g Schweinerepp,
300 g jepökelt Schweinefleisch
2 Ölliche[828]
Salz, Majoran, e bessje Natron,
vielleich 2 Knovlaufzihe
1-2 Löffele Essich

---

825 Zellerei = Sellerie
826 jäl Röb = gelbe Rübe
827 Peterzilije = Petersilie
828 Ölliche = Zwiebeln

Esu wäd et fädich jemaat

Zuehsch wäde de Ähze koot rein jemaat un dann en Wasser, met jet Natron, einjeweich. Am nökste Dach, schöpf et Anna vun Eschborn ne Deil von dem Einweichwasser af un jitt et en dä Pott.[829] Die Ähze koche bes se bessfass sin.[830] Dann kütt dat Schweinefleisch und dat Pökelfleisch en dä Pott (dat jitt mih Jeschmack en dä Zupp). No unjefähr ein Stund, nemmp se dat Fleisch widder erus. Jetzt kumme de kleinjewürfelt Ädäppel un dat kleinjeschnedde Zuppejröns,[831] un de kleinjehack Öllichen en dä Zuppepott. Weil dä Kommissär Böll jän Knoblauch mag, jitt se 1-2 Ziehe Knobi dozo. 45 Minutte vör däm Engk vun dä Kochzick, deit se dat kleinjeschnedde Fleisch widder en dä Pott. Am Engk wäd de Zupp met Majoran, Peffer, Salz un nem Schoss Essich afjeschmeck. Lecker!

---

829 Pott = Topf

830 bessfass = Bißfest

831 Zuppejröns = Suppengrün

Berjische Blatz

1 kg Mähl (Typ 550)
60 gHeff[832]
2 Teelöffelche Zucker un e bessje Hagelzucker
¼ Liter lauwärme Milch (3,5 Prozent Fett)
200 gr. Zucker
2 Eier
En Pris Salz
150 g Botter
250 g Stiftmändelche[833]
1 Päckche Blattmändelche
Botter för enzofette
Milch und Eidodderzom Bestreiche

Esu mät mer dä Blatz fädich[834]

Et Anna von Eschborn jitt dat Mähl en e Schössel un mät et en dä Medde jet deefer. Doeren bröckelt se de Heff un streut Zucker drüvver. Se jitt jet Milch eren un verröhrt dat Janze zo nem Deich.[835] Dä wäd met nem Köchedoch bedeck un dann lööt et Anna in en halve

[832] Heff = Hefe
[833] Mändelche = Mandeln
[834] Blatz = süßes Weißbrot
[835] Deich = Teig

Stund stell opjon.[836] Donoh es dä Deich duppelt su jroß. Dann deit se Zucker un de üvverich Milch un die Eier, Salz und Fett dozo. Jetz wäd dät all zo nem jlatte Deich jemengk.[837] Se knett dä esu lang bes dä Deich Blose zeich un sich vum Schösselbodde afhevv. Dann kumme noch de Stiftmändelche dozo. Jetz muss dä Deich nochens en halve Stund opjon.

Derwiel wäd en viereckije Kasteform enjefett un et Anna lät dä Heffdeich do eren. Met nem Metz schnick se en lang Kerv[838] erenn.

Dä Deich muss jetz widder 20 Minutte opjon bes dä Deich üvver dä Rand vun dä Form jeit. Donoh verrüht se ene Eidodder met jet Milch un strich dat üvver dä Blatz, domet dä och schön jlänz.Villeich kumme noch e paar Hagelzuckerköner un Blattmändelche op dä Blatz. Ävver dat kann jeder maache, wie hä Loss hät.

Jetz kütt die Form em vörjeheizte Backovve (200°C, Heisslooch 180°C) op de Schien en dä Medde. Dä Blatz muss jetz 60 Minutte backe. Dann es dä fädich!

Jetz schnick se e paar Schieve vun däm wärme Blatz af, dä ennedrenne[839] noch ‚mangs‘ sin muss, also nit janz drüch. Esu kann dä Kommissär sich en Schiev met Botter bestrieche, öm die dann met Jenoss zo esse.

---

[836] stell opjon = in Ruhe (auf)gehen lassen
[837] jemengk = verarbeitet
[838] Kerv = Kerbe
[839] ennedrenne = innendrin

Aprikusmarmelad à la Anna von Eschborn

Dat bruch mer dozo:

Saftije, söße Aprikuse, esu vill, wie mer will
1 Appelzien (dat mät dä fruchtije Jeschmack)
Gelierzucker, dat Verhältnis es zo dä Früchte 40:60
1-2 Limetten (kein Zitrone!)
Ne jodeGrappa

Esu mäd mer dat

De Aprikuse un de Appelzien schelle un en jrov[840] Stöcker schnigge. Dann kumme de Früchte en ne Pott un op dä Häd. Donoh de Gelierzucker dozojevve un op kleiner Flamm enkoche. Am Engk met Limettesaff un Jrappa afschmecke. Schmeck sensazijonell, meint dä Kommissär.

---

[840] jrov = grob

Himmel un Ääd

1 Ring Flönz
Ädäppele (fasskochend)
Jemöszwibbele[841]
Äppel
Mähl
Muskat
Salz
Milch
Botter
Öl
Zucker
Limettesaff

Esu wäd dat fädich jemaat

Ädäppele schelle, en Stöckcher schnigge un jar koche. Die Flönz en decke Schieve schnigge un en e bessje Mähl wende. Dann en ner Pann[842] brode. Die Flönz muss kross sin, ennedrenne ävver mangs.[843] De Ädäppele jrov kleindröcke,[844] domet mer em Püree noch jet zo bieße hät (wie et Anna meint). Milch un

[841] Jemöszwibbele = Gemüsezwiebeln
[842] Pann = Pfanne
[843] mangs = weich
[844] kleindröcke = stampfen

Botter unger dat Püree rühre un met Muskat afschmecke. De jekochte Äppel wäden zo Mus jestamp met Zucker un Limettesaff afjeschmeck un fädich es et!

Dä Oot, wo alles passeet

Wallfahtsoot Marialinden

Marialinden es ne Deil vun Overath. Dä Oot wääd 515 et ehschte Mol durch en Orkund erwähnt. Bis hück es Marialinden ne Wallfahrtsort jeblevve. Dat Wahrzeiche sin de zwei Türm vun däm Dom. Dä Dom, jebaut 1897, es die Wallfahrtskirch.
Noh bei dä Kirch ston schön Fachwerkhüser, jeschötz als Denkmöler, esu, wie die ahl Vikerie vun 1795, dat Jaachhuus vun däm Rittersitz Alt-Bernsau (1662), dat Jasshuus Lindenhof un dat Pastorat, dat em Anfang vum 19. Johrhundert jebaut wood. Fröher jov et en Marialinden sibbe Jasshöff, wo die Piljer noh däm schwere Opsteech vun Overath noh Marialinden beköstich woote. Hück jitt et em Ootskän bloß noch de ‚Gaststätte Alkenrath'. Dä Lindenhof und dat Vogelnest kann mer privat för Feste meede.

Dä Piljerwäch

Der Piljerwäch jeit zick hunderte vun Johre vun Overath jihde Berch erop durch dä Wald vörbei an sibbe Foßfälle,[845] wo Szene vun dä LeideJesu jezeich wäde. DäBleck en de Landschaff op däm Wäch es einfach herrlich. Dä Piljerwäch es ene Deil vun däm bekannte Jakobswäch, dä noh Santiago de Compostela en Spanie föht. Jeder Wanderer kann sich en dä Kirch vun Marialinden ne Piljerstempel selvs holle.

Dä Dom vun Marialinden

Die Kirch es dä ‚Maria Heimsuchung' jeweiht. Die Sakristei es zoför en Kapell jewäs. Em Chorraum befinge sich Freske us dem 15./16. Johrhundert, die 1954 wedder freijeläch wode. Dä Hochaltar stammt us dem 18. Johrhundert, wod ävver zeletz[846] en de 60er Johre des vurherijen Johrhunderts ömjebaut. De Finstere em Chorraum, met Motive us dem Levve vun Maria, sin vun 1978.

---

845 Foßfälle = Gottesfälle, Stelen an denen man auf dem Weg beten kann

846 wod ävver zoletz = wurde aber zuletzt

Die Marienstatue

Dä zentrale Oot vun dä Marienverehrung es dä Marienalaltar, em rächte Seitenschiff vun dä Kirch. Die Statue stammp us dem 15. oder 16. Johrhundert. Se wäd am Engk vun dä Fesswoch, am 2. Juli jedes Johr, en einer Prozessijon durch Marialinden jedrage. Rächs nevve dem Altar, en dä Nich steit de orijinal Pietà us Terrakotta (öm dat Johr 1420). De Marienverehrung wäd nit ohne Jrund en Marialinden jefläch.[847] En dä Lejende steit, dat en einer vun dä sibbe Linde[848] - doher kütt dä Name för dä Oot - e Jnadebild jefungen wood. Nohdäm dat Jnadebild us dä hohle Lind erusjehold wod, wor et am nöhksten Dach widder zoröck. Dodrop wod dan an dä Stell e Kapell un späder en Kirch jebaut.

Dat Zweite Vatikanische Konzil

Met dem Zweite Vatikanische Konzil (1962-1965) hät de katholische Kirch en ömfänglich Erneuerung einjeleitet. Dat Konzil defineet Kirch als die Jemeinschaff vun dä Jläubige, als ‚Volk Jottes‘. En dä Schrifte vun däm Konzil wäd dat jemeinsame

---

847 jefläch = gepflegt
848 sibbe Linde = sieben Lindenbäumen

Priestertum aller Jläubijer betont, dat bei Priester un Laien ävver en ungerschiedliche Forme verwirklich wäde soll. Met dä Zolassung dä historisch-kritische Usläjung wäd dem wissenschaftliche Ömjang met dä Bibel dä Wäch jeebnet. Ziel vun dem Konzil es et, dat de Kirch sich immer widder reformeet. Jefodert wäd dä Einsatz en dä jeweilije Landessproch em Jottesdeens. De Jläubije solle aktiv en dat liturgische Jeschehe einbetrocke wäde. Dat zentreere[849] op dä Priester tritt zoröck. Die Konzilsväter läje besondere Wät op de Bibelverkündijung und de Kirchemusik em Jottesdeens.[850] Die ahle Tridentinische Mess, in dä dä Priester beim Messoffer met dem Rögge[851] zo dä Jemeinde steit, wood afjeschaff.

Maria 2.0

Maria 2.0 es en katholische, innerkichliche Bewäjung, de en Münster i.W. anjefange un metlerwiel vill Jläubije en Städte un Jemeinde metjeresse hät. De Fraue un och die Männer, die die Bewäjung ungerstütze, wolle Zojang för Fraue zo kirchliche Ämpter un dä Flichzölibat afschaffe. Och die Aat, wie

[849] dat zentreere op = die Konzentration auf
[850] Jottesdeens = Gottesdienst
[851] Rögge = Rücken

die Kirch met dä vill Fäll vun Missbrauchsfäll ömjeit, wäd kräftich kritiseet.